Monsters of Verity

众魔之城

残酷之歌

This Savage Song

[美] 维多利亚·舒瓦 / 著
Victoria Schwab
赵伟轩 / 译

天地出版社 | TIANDI PRESS

图书在版编目（CIP）数据

众魔之城. 1, 残酷之歌 / （美）维多利亚·舒瓦著; 赵伟轩译. —成都: 天地出版社，2019.8
ISBN 978-7-5455-3586-0

Ⅰ. ①众… Ⅱ. ①维… ②赵… Ⅲ. ①长篇小说－美国－现代 Ⅳ. ①I712.45

中国版本图书馆CIP数据核字（2018）第034760号

著作权登记号 图字：21-2016-297

ZHONG MO ZHI CHENG 1: CANKU ZHI GE

众魔之城 1：残酷之歌

出品人 杨 政
作　者 [美] 维多利亚·舒瓦
译　者 赵伟轩
责任编辑 杨永龙 聂俊珍
装帧设计 思想工社
责任印制 葛红梅

出版发行 天地出版社
（成都市槐树街2号 邮政编码：610014）
（北京市方庄芳群园3区3号 邮政编码：100078）
网　址 http://www.tiandiph.com
电子邮箱 tianditg@163.com
经　销 新华文轩出版传媒股份有限公司

印　刷 河北鹏润印刷有限公司
版　次 2019年8月第1版
印　次 2019年8月第1次印刷
开　本 880mm×1230mm 1/32
印　张 12
字　数 258千字
定　价 45.00元
书　号 ISBN 978-7-5455-3586-0

咨询电话：(028) 87734639（总编室）
购书热线：(010) 67693207（营销中心）

献给
怪人、疯子和恶魔。

许多人都有一颗恶魔般的心，

而许多恶魔懂得如何假扮人类。

——V.A. 韦尔

目录

CONTENTS

序曲

凯 特

决定烧掉学校教堂的这晚，凯特·哈克既没生气，也没喝醉酒。她实在是被逼急了。

烧教堂实属无奈之举；她打破过一个女生的鼻子，在宿舍里抽过烟，参加的首场考试便作了弊，还曾对三位修女出言不逊。可无论她做了什么，圣艾格尼丝中学总会原谅她。这是天主教学校的通病。他们觉得她的灵魂需要拯救。

可凯特并不想被拯救；她只想离开这儿。

临近午夜，她从宿舍窗户跳到了下方的草地上。人们通常把此时称作深更半夜[1]，躁动不安的幽魂鬼魅一般会在这暗夜时分谋求自由。那些被关在寄宿学校、远离家人的少女，往往也会在这个时段寻求自由。

凯特沿着一条路面规整、由宿舍通往“十字架教堂”的石板路前行。她肩上背了个背包，包里的酒瓶彼此碰撞，叮当作响，仿佛靴刺[2]在随着她的脚步节奏发出声响。她把酒瓶都装在了包

[1] 原文为“the witching hour”，既指午夜时分，在西方迷信里又指女巫、魔鬼、幽灵在一天中出没且横行的时段。本书脚注若无特殊说明均为译者注。

[2] 骑马者所穿马靴上的踢马刺。

里，除了手里拎着的那瓶从梅里莉修女的私人储物室偷来的佳酿葡萄酒。

就在这时，柔和而低沉的钟声响起，不过钟声来自校园彼端的一座大教堂——“圣徒教堂”。那座教堂一直有人看管——女修道院院长艾丽斯，即本校的女校长，或者说本校众修女的头儿（管她叫啥），就睡在教堂旁边的一间屋子里。虽然凯特很想连那座教堂一块儿烧掉，但这样一来就会在自己的纵火罪上再添一宗谋杀罪，而她还没有蠢到这种地步。她十分清楚暴力行为的巨大代价。

小教堂的门到了晚上便会上锁。但这天稍早的时候，凯特趁梅里莉修女就如何感受天恩的话题发表长篇大论时，搞到了一把钥匙。她开门进入教堂，把包放在门边。教堂内的光线比她以往所见要昏暗些，染成蓝色的窗玻璃在月光下有些发黑。她和圣坛之间隔着十二排靠背长凳。有那么一瞬，想到要把这座古雅的小教堂付之一炬，她心中不由得感到一丝歉疚。但这儿并非学校里唯一的教堂——也谈不上是最好的——况且圣艾格尼丝中学的诸位修女成天都在宣扬牺牲的重要性。

被父亲送走的头一年，凯特便连烧了两所寄宿学校（这里说的“烧学校”是象征性说法），第二年又烧了一所。她希望如此一来，自己的流放生涯能到此为止。可她父亲毫不动摇（她一定遗传了这股倔劲），总能为她找到新学校。第四所学校——一所管教问题青少年的少管学校，坚持了快一年才认输。第五所学校是一所男校。为了获得凯特父亲的巨额资助，该校破例接收了凯特，但也只坚持了短短数月。不过，她父亲一定早已把这所该死的女修道院预备学校的电话号设为了快速拨号，这地方一定早就为她预备好了，因为她连真理城都没能回去，就被直接送了过来。

五年之内，六所学校。

但现在是时候结束了。必须结束。

凯特蹲在木地板上，拉开背包的拉链，随即开始行动。

钟鸣过后，夜显得无比安静，教堂里静得出奇。她一边哼着圣歌，一边从帆布包里取出东西：两瓶杰克丹尼威士忌，一瓶几乎满瓶的五分之一加仑装伏特加，都是从一个没收物品存放箱里拯救出来的。此外还有三瓶店酒[1]，一瓶从艾丽斯院长的酒柜里偷来的数十年陈酿威士忌，以及梅里莉修女的那瓶佳酿葡萄酒。凯特将酒瓶并排放在最后一排长凳上，然后穿过过道，来到放置祈祷蜡烛的桌子前。三排浅口玻璃碗旁放着一盘火柴，是那种老式的长木棍火柴。

凯特继续哼着圣歌，回到了陈放烈酒的长凳前。她拧开各种酒瓶的瓶盖，拔去瓶塞，然后把酒浇在长凳上，一排接一排，尽量浇遍所有长凳。她把艾丽斯院长的威士忌留给了教堂前方的木质讲台。讲台上放着一本翻开的《圣经》，凯特忽然心生迷信，决定放过这本书，遂将其从敞开的前门扔到了外面的草地上。等她回到教堂，潮湿馥郁的酒气扑鼻而来。她不由得咳嗽了一阵，将吸入的刺鼻酒气从口中喷了出来。

教堂远端，一尊巨大的耶稣受难十字架像悬置于圣坛之上。虽然教堂内一片漆黑，但她举起火柴时，还是能感觉到那尊雕像

[1] 餐馆、饭店提供的廉价红酒。

正注视着自己。

天父啊，请宽恕我的罪过。她一边想，一边将火柴从门框上划过。

“这可不是私人恩怨。”她大声补充道。火柴瞬间点燃，发出了明亮的火光。凯特盯着燃烧的火柴看了良久，火苗缓缓爬向她的手指。眼看火苗就要烧及手指，她将火柴扔到了最近的那排长凳上。火焰顷刻燃起，伴着呼呼的声音向四周蔓延，起先只烧着了酒液，随后便吞噬了酒液之下的木头。片刻过后，一排排长凳便着起火来，接着是地板，最后是圣坛。火势不断蔓延，越烧越旺，从一团指甲般大小的火苗变成了一片熊熊火海。凯特站在原地，着迷地看着火焰起舞，升腾，一寸一寸地吞噬教堂，直到高温和浓烟将她逼入教堂外的寒夜之中。

快跑，有个声音——一个轻柔、急切、发自本能的声音——在她脑海中说道。教堂在她面前燃烧着。

凯特强忍住逃跑的冲动，在一张与大火隔着安全距离的长凳上坐了下来，双脚在晚夏的草地上来回滑动。

倘若她眯起眼睛，便能看见地平线上最近的那座属城发出的光亮：得梅因。这是一个古老的名字，一座属于大重建之前的古老城市。真理自治领周围散布着六座这样的属城——但这些城市都对人口进行了严格的限制，人口数均未超过一百万，而且在各方面都无法与首府[1]相提并论。此乃人们有意为之。没人想引起

[1] 指真理城。

恶魔的注意，或者引起卡勒姆·哈克的注意。

凯特掏出一个漂亮的银色打火机——开学第一周这个打火机就被艾丽斯院长没收了——拿在手里不停翻转，想以此来稳住她那颤抖不已的双手。但她未能如愿，于是从衬衫口袋里掏出一支烟——又是一件从没收物品存放箱里偷来的战利品——然后将其点燃，看着蓝色的小火苗在橙色的熊熊烈火前舞动。

她吸了口烟，闭上双眼。

你在哪儿，凯特？她问自己道。

自从了解了无限平行世界理论后，她偶尔会玩一玩这种游戏。该理论声称，一个人的人生轨迹其实并非一条直线，而是呈树状分布，你的每一个决定都会产生一条分支，产生一个不同的你。她喜欢这个概念：一百个不同的凯特，过着一百种不同的人生。

或许其中有个世界没有恶魔。

或许她的家庭依旧完整。

或许她和她母亲从未离家而去。

或许她们从未回来。

或许，或许，或许——假如真有一百种人生，一百个凯特，那她只是其中之一。而这个其中之一，正是她命中注定要成为的那个凯特。说到底，倘若她选择相信，在其他时空，其他版本的她可以做出其他选择，可以过上更好的——至少是更简单的——生活，她便能更从容地去做那些她迫不得已去做的事。或许她的所作所为能让她们免遭不幸，能让其他凯特保持理智，平安无事。

你在哪儿？她在心中问道。

躺在草地上。仰望繁星。

夜很温暖。空气很清新。

背下的青草透着凉意。

黑暗中没有恶魔的身影。

真好，凯特心想。她前方的教堂开始坍塌，一团余烬随之飞扬而起。

远方警笛长鸣，她从长凳上站起来。

开始吧。

几分钟内，女孩们便从宿舍里蜂拥而出，身着睡袍的艾丽斯院长也出现了，仍在燃烧的教堂发出的火光染红了她那张苍白的脸。凯特惬意地听着这位德高望重的老修女喷出一连串粗俗的词语。消防车终于驶来，警笛声淹没了一切。

天主教学校也是有忍耐极限的。

一小时后，凯特已经戴着手铐，坐在了一辆隶属得梅因的巡逻警车的后座上。警车在黑夜中飞速行驶，穿过真理自治领东北角的广袤土地，渐渐远离安全的边境，向首府驶去。

警车一路疾驰而去，凯特在座椅上挪了挪身子，以便坐得更舒服些。开车横跨真理自治领要三天时间。她估算了一下，他们距首府仍有足足四小时车程，离“荒野”边缘还有一小时车程——但这位警察开着这种车，绝对无法穿过那种地方。这辆车没怎么进行过加固，只有些铁质装饰物和一对能在黑暗中照亮前方的强紫——强化紫外——远光灯。

那警察紧紧地握着方向盘，指关节已经开始发白。

凯特想告诉他不必担心，暂时还不必担心——他们离那儿还远得很；真理自治领边缘相对还算安全，因为出没于首府的那些东西不会穿越“荒野”来找他们，毕竟真理城内还有那么多人可以食用。就在这时，他却用下流的眼神瞄了她一眼，于是她决定让他就这么继续提心吊胆下去。

她侧过头去，将健全的那只耳朵靠在皮椅上，注视着车外黑沉的夜色。

前方的道路十分空旷，夜色看上去无比凝重。凯特端详着车窗上映现的自己的面影。真奇怪，漆黑的玻璃上为何只看得见那些明显的部位——浅色的头发、尖下巴、深色的眼睛——却看不见眼角那块状似泪痕的伤痕，或者那道沿着她的发际线、从太阳穴直到下巴的伤痕。

圣艾格尼丝中学的“十字架教堂”现在大概已经烧成了一座乌焦巴弓的空架子。

当时身着睡衣赶到现场的女孩们一看见眼前的场景，立刻用手在身前画起了十字（最近刚被凯特打破鼻子的妮科尔·蒂克则得意地咧嘴一笑，仿佛凯特受到了报应似的，仿佛凯特不希望被抓住似的）。凯特被警察带离现场时，艾丽斯院长一直在为她的灵魂祈祷。

终于摆脱了圣艾格尼丝中学。

那警察说了句什么，但话音在未传至她的耳朵前便已消散，只留下一丝瓮声瓮气的声响。

“什么？”她问的同时转过头来，假装漠不关心。

“快到了。”他咕哝道。他显然还在为奉命载她到这么远的地方来，而不是把她扔进牢房里过一夜耿耿于怀。

他们经过一块路牌，上面写着——距真理城二百三十五英里。他们正在逐渐接近“荒野”，接近那片将首府和真理自治领其他地区隔开的缓冲区。就像一圈护城河，凯特心想，自带恶魔的护城河。路上并没有明显的界线，但你能察觉到沿途的变化。就像一条海岸，路面貌似平坦，但其实是有坡度的。经过最后几座小镇后，四周变成了一片荒芜之地，寂静无声的世界变成了空旷无垠的世界。

又行驶了安静得令人痛苦的几英里后——那警察拒绝打开收音机——单调的主路上终于出现了一条支路。警车拐入支路，轮胎从沥青路碾过碎石路时打了下滑，接着便隆隆地停了下来。

那警察打开车身的强紫灯，警车周围顿时散发出一圈光芒，凯特心中产生了一丝期待。这里不止他们两人；狭窄的道路旁停着一辆黑色运输车，该车只有底盘的强紫灯和红色的刹车灯亮着，引擎正在嗡嗡地低鸣。警车散发的光芒被运输车的着色车窗反射，照亮了运输车上的金属饰物。这种饰物能对任何接近该车的物体发出十万伏特电压。这是一辆专为穿越“荒野”而设计、能够应付沿途任何危险的汽车。

凯特露出了笑容，和妮科尔在教堂外对她露出的笑容一模一样——得意扬扬、不露牙齿。并非开心的笑容，而是胜利的笑容。那警察下了车，过来打开她身旁的车门，然后抓住她的手肘，将她从后排座椅上拽出了警车。他一边为她解开手铐，一边自言自语地嘟囔着政治和特权之类的话。凯特揉了揉手腕。

“我可以走了吗？”

他双臂交叉，抱在胸前。凯特把这个姿势视为许可的意思，于是举步朝运输车走去，随即又转身走了回来，然后伸出一只手。“你拿了我的东西。”她说道。

他没动。

凯特眯起了眼睛。她打了个响指，那警察朝她身后那辆嗡嗡低鸣的运输车看了一眼，这才从衣兜里摸出那个银色打火机。

她拿过打火机，转身便走。但在转过身之前，她那只健全的耳朵听见他说了句“贱人”。凯特没有回头。她钻进运输车，一屁股坐上皮椅，听见那辆警车驶离了此地。她的司机正在打电话，他在后视镜中对上了凯特的目光。

“是，我接到她了。是，好的。拿着。”他把手机从隔板另一边递了过来，凯特的心跳登时加速。她接过手机，放到左耳边。

“凯瑟琳·奥利维娅·哈克。”

电话里传来的声音犹如低沉的雷鸣，犹如隆隆作响的大地。声音不大，但很有魄力，是那种即便不会让人心惊胆战，至少也会令人心生敬意的声音，是凯特练习了多年的那种声音。虽然如此，这声音仍然令她不由自主地颤抖了一下。

“你好，父亲。”她努力让自己的声音保持镇定。

“你觉得很自豪吗，凯瑟琳？”

她盯着自己的指甲：“非常自豪。”

“圣艾格尼丝中学是第六所学校了。”

“嗯？”她低声道，假装心不在焉。

“五年之内，六所学校。”

“好吧，那些修女说过我可以随心所欲。还是怀尔德·普赖尔中学的那些老师说的来着？我记不太清——”

“够了。”这两个字就像打在她胸口的一记重拳，“你不许再这么做了。”

“我知道。”她说话的同时，努力想要变成那个她应该成为的凯特，变成那个渴望待在他身边、理应待在他身边的凯特，而不是躺在草地上，或是在一辆即将撞毁的汽车里哭泣的那个女孩，不是那个无所畏惧、不怕任何人、连他也不怕的女孩。此刻她无法挤出那种扬扬自得的笑容，但她在脑海中想象出了那种笑容。“我知道，”她重复道，“而且我估计，这类惊人之举恐怕越来越难掩盖，开销也越来越大了吧。”

“那为什么——”

“你知道为什么，爸爸，”凯特打断他的话头道，“你知道我想要什么。”她听见他在电话那头吐了口气。她把头仰靠在皮椅上，透过运输车打开的天窗望着满天繁星。

“我想回家。”

奥古斯特

一切始于一声巨响。

这句话奥古斯特已经读了五遍，还是没有读进去。他坐在厨房的柜台旁，一只手拿着一颗苹果转个不停，另一只手则按着一本讲解宇宙的书。黑夜已经透过用钢条封住的窗户涌进了屋里，他感觉这座城市正在用力将他拽向墙外。他看了眼手表，衬衫的袖口随即朝上缩了一点，露出了手臂上最下排的黑色条痕。他姐姐的声音从隔壁房间飘然而来，不过那些话语和他无关。他能听见十九楼之下各种各样的声音：靴子踏地的响声、枪支上膛的咔嗒声，以及其他上千种支离破碎的声音。这些声音汇聚在一起，形成了一首属于弗林大本营的音乐。他将自己的注意力拉回到那本书上。

一切始于一声巨响。

这句话让他想起了 T.S. 艾略特[1]的一首诗：《空心人》。伴着一阵低泣，而非一声巨响[2]。当然，一个说的是生命的诞生，

[1] 托马斯·斯特尔那斯·艾略特，英国诗人。

[2] 该句是《空心人》一诗的结尾句。

另一个说的是生命的终结，但这仍然让奥古斯特陷入了沉思：思考宇宙，思考时间，思考他自己。他脑海中的思绪如多米诺骨牌一般逐个倒塌，一个接一个接一个接——

厨房的钢门突然滑开，奥古斯特抬起头，看见亨利走了进来。亨利·弗林身高体瘦，有一双外科医生的手。他身着特战队的常规深色迷彩服，衬衫上别着一枚银星勋章[1]。这枚勋章曾经属于他哥哥，在此之前属于他爸爸，而在这之前属于他舅公。这枚勋章的历史可以一直这么往上回溯，回溯至五十年前，回溯至真理自治领分裂、重建和建立之前。也许还能继续往上回溯，因为弗林家族一直都驻守在这座城市的中心。

“嘿，爸爸。”奥古斯特说道。他已经为这一刻等了一整晚，但他努力不让自己的声音暴露这一点。

“奥古斯特，”说着，亨利将一支高紫手电筒——高密度紫外光手电筒——放在了柜台上，“怎么样了？”

奥古斯特停止转动手中的苹果，合上那本书，然后强迫自己坐定。虽然就算身体静止不动，思维仍会活跃不已——他觉得这或许与势能和动能有关；他知道自己快坐不住了。

“你没事吧？”见他没有回答，亨利问道。

奥古斯特咽了咽口水。既然他无法撒谎，那为何说出实话如此之难？

“我不能再这么继续下去了。”他说道。

[1] 美军颁发的一种奖章。

亨利看了看那本书。“天文学？”他佯装轻松地问道，“那就歇一会儿吧。”

奥古斯特注视着父亲的眼睛。亨利·弗林有一双和蔼的眼睛和一张忧郁的嘴，或者说有一双忧郁的眼睛和一张和蔼的嘴；他从来都无法让二者保持一致。人的脸上有许多器官，这些器官均由无数细节构成。可如果把这些细节组合在一起，形成某种表情，旁人便能立刻看懂，比如骄傲的表情、厌恶的表情、失望的表情、疲惫的表情——他的思绪又脱缰了。他努力地去拉缰绳，以免其完全失控：“我说的不是这本书。”

“奥古斯特……”亨利开口道，他已经知道奥古斯特想说什么了，“我们不必再谈论这件事了。”

“可要是你——”

“特战队的事没得商量。”

钢门再度滑开，艾米莉·弗林走进厨房，将一箱子食物放在了柜台上。她比丈夫略高，肩膀略宽，有一身深色的皮肤和一头富有光泽的短发，她的胯部挂着一个枪套。艾米莉走路的姿势犹如一名战士，但她和亨利一样，也有一双疲惫的眼睛和一个坚毅的下巴。“别再说这个了。”她说道。

“我身边到处都是弗特队[1]的人，”奥古斯特抗议道，“无论何时，无论去哪儿，我都和他们穿得一模一样。让我加入他们就那么难吗？”

[1] 弗林特战队（Flynn Task Force）的简称。

“对。”亨利说道。

“那样不安全，”艾米莉开始拆封食物，同时补了一句，“伊尔莎在她房间里吗？我想我们可以——”

但奥古斯特不肯就此罢休。“如今哪儿都不安全，”他插嘴道，“这才是重点。你们的人每天都在外面冒着生命危险与那些东西对抗，我却在这儿看一些关于星星的书，假装一切都没事。”

艾米莉摇摇头，从柜台的刀架上抽出一把小刀。她一刀一刀地切起菜来，将那堆杂乱的蔬菜切得井井有条：“大本营很安全，奥古斯特。至少目前比街上安全。”

“所以我才应该去红环帮忙。”

“你只需做好自己的本职工作，”亨利说道，“那样——”

“你们到底在怕什么？”奥古斯特厉声道。

艾米莉“啪”的一声放下了刀：“你一定要问吗？”

“你们认为我会受伤？”她还没来得及回答，奥古斯特已经站了起来。他熟练地拿起那把刀，对准自己的手插了下去。亨利的身子微微一颤，艾米莉则深吸了一口气，可那把刀却像碰到了石头一样，从奥古斯特的皮肤上擦了过去，刀尖插进下方的砧板。厨房里顿时变得鸦雀无声。

“你们的表现就像我是玻璃做的一样，”说着，奥古斯特放下了刀，“可我并不是。”他握住艾米莉的手，他曾多次看见亨利这样握住她的手。“艾姆[1]，”奥古斯特柔声道，“妈妈，我

[1] 艾米莉的昵称。

并不脆弱，我非常坚韧。”

“你也并非坚不可摧，”她说道，“并非——”

“我不会派你出去的，”亨利插话道，“要是哈克的手下抓住了你——”

“你让利奥指挥整个特战队，”奥古斯特反驳道，“外面到处都贴着他的照片，而他依然活得好好的。”

“那是两码事。”亨利和艾米莉异口同声地说道。

“怎么会是两码事？”他质问道。

艾米莉双手捧住奥古斯特的脸颊，就像他还是个小孩时经常做的那样——不过这么说并不恰当。他没有经历过童年，没有真正经历过，小孩可不会在犯罪现场诞生：“我们只不过是想保护你。利奥从第一天起就在作战。也正因为如此，他始终是敌人的袭击目标。我们在这座城市的势力越大，哈克就会派越多的手下来挖掘我们的弱点，窃取我们的优势。”

“那我是哪一种？”奥古斯特一边问，一边抽身避开她的手，“你们的弱点，还是你们的优势？”

艾米莉睁大了她那对暖褐色的眼眸，眼神变得空洞，同时脱口而出道：“两者都是。”

提问虽然不公平，但这句实话还是让他很难受。

“你为何对此事如此执着？”亨利揉着眼睛问道，“你不会真想去战斗的。”

他说得没错，奥古斯特并不想战斗——他不想在夜深人静的大街上战斗，也不想在这儿和他的家人争吵——可他感觉自己的骨头里有种东西在剧烈地颤动，竭力想要挣脱而出；他的脑海里回荡着某种旋律，声音正变得越来越大。“没错，”他说道，“但我想帮忙。”

“你已经在帮忙了，”亨利坚持道，“特战队只能治标。你、伊尔莎、利奥，你们才能治本。只有这样才行得通。”

可现在这根本行不通！奥古斯特很想大声吼。真理城停战协议达成至今才过去六年——一方是哈克，另一方是弗林——局势便已经开始恶化。人人皆知停战局面难以长久维持。每天晚上，都有越来越多的恶魔悄然穿越“裂缝”。恶魔实在太多，好人则远远不够。

“求你了，”他说道，“要是你们让我出去，我可以做得更多。”

“奥古斯特……”亨利开口道。

奥古斯特抬起一只手。“答应我，你们会考虑一下。”说罢，他在自己的父母被迫对他吐露心声之前走出了厨房。

奥古斯特的房间是无序和有序相结合的典型，看上去杂乱无章，实则尽在掌控之中。屋里空间狭小，没有窗户，如此封闭的环境多半会令不熟悉这里的人患上幽闭恐惧症。书架上塞满了书，床的四周也堆放着一摞摞摇摇欲坠的书，还有好几本翻开的书面朝下放在床单上。有些人偏爱某一种风格或题材的书；奥古斯特则没有什么偏好，只要不是虚构小说就行——他想了解这个世界的一切，想了解这个世界的现在、过去及其未来的走向。他是忽然之间出现在这个世界上的，就像变戏法一样，所以他对自己的存在毫无底气，担心自己随时都会再次消失不见。

他的书是根据题材堆放的：天文学、宗教、历史、哲学。

他一直都在家里接受教育，其实就是自学——伊尔莎头脑清醒的时候会来辅导他学习，他哥哥利奥则对书本毫无兴趣，而亨利和艾米莉平时又太忙，所以奥古斯特大部分时候都是靠自学。大部分时候他都并不介意。或者说，他以前并不介意。奥古斯特不确定到底是从何时开始，这种独处的生活令他产生了孤独感。他只确定一点，自己确实感到了孤独。

除了家具和书籍，他的房间里只有一把小提琴。小提琴放在一个打开的琴盒里，琴盒则稳当地放在两摞书上。奥古斯特不由自主地向其走去，但他强忍住了将小提琴拿起来演奏的冲动。他从枕头下抽出一本柏拉图的书，然后重重地躺倒在乱糟糟的床单上。

屋子里闷热无比，他捋起衬衫的袖子，露出了手臂上的黑色条痕。这些条痕总共有数百条，从他的左手手腕起，一路往上经过手肘和肩膀，环绕锁骨和肋骨。

截至今晚，已经有四百一十二道条痕。

奥古斯特拨开眼前的黑发，听着亨利和艾米莉之间的对话。他们仍在厨房轻声交谈，谈论他，谈论这座城市，谈论停战协议。

倘若停战协议真的破裂了会发生什么？当停战协议破裂的时候，利奥总是说“当”。

奥古斯特并未见过“现象”之后爆发的领地之战，那时他还没有出世，只对那场血腥的战争有所耳闻。可每当谈到这个话题，他都能看见弗林的眼睛里流露出的恐惧之情——最近越来越常见了。利奥似乎并不担心——他声称亨利赢得了领地之战。他声称是他们采取的某个行动促成了停战。他声称他们下一次也能办到。

“当战争爆发的时候，”利奥会说，“我们将整装待发。”

“不，”弗林会面色苍白地回应，“没人能准备好面对那个。”

另一间屋子里的谈话声终于消失了，陪伴奥古斯特的只剩下他自己的思绪。他闭上双眼，寻求安宁。但一切刚刚安静下来，遥远的枪声便像往常一样开始在他的脑海里回荡——只要四周一安静，这声音就会出现。

一切始于一声巨响。

他翻过身来，从枕头下拿出他的音乐播放器，将耳机塞进耳朵，按下播放键。悠扬的古典音乐随即响起。他沉浸在曲声之中，脑海里逐渐浮现出一串数字。

十二。六。四。

“现象”至今已经过去十二年。暴力就是从那时候开始滋生的，真理城也是在那时候瓦解的。

停战协议签订至今已有六年。该协议使这座城市再次统一，但并非统一成一座城市，而是两座。

他从某所中学的自助餐厅里醒来至今已有四年。当时警方正在用犯罪现场隔离胶带封锁那家餐厅。

“噢，天哪，”当时有个人抓住他的胳膊肘说道，“你是从哪儿进来的？”接着，那人朝另一个人喊道：“我发现了一个男孩！”她跪下来端详着他的面庞，奥古斯特知道她在努力遮挡他的视线，不让他看见眼前的景象。骇人的景象。“你叫什么名字，宝贝儿？”

奥古斯特抬起头来，茫然地看着她。

“准是吓坏了。”有个男人说道。

“带他离开这儿吧。”另一个人说道。

那女人握住他的双手：“宝贝儿，把眼睛闭上。”他就是在那时看见的，那些像条痕一样排列在地上的黑色裹尸布。

第一首交响乐结束了，片刻过后，第二首交响乐开始播放。奥古斯特能听出每一个和弦，每一个音符；倘若他的注意力足够集中，他还能听见父亲的低语和母亲的踱步声。因此，他毫不费力地听见亨利的手机嘟嘟嘟响了三声，毫不费力地听见他接了电话，压低嗓音，语气中透出关切。

“什么时候？你确定？她什么时候入学的？不，不，很高兴你告诉了我。好的。是，我知道。我会搞定的。”

通完电话，亨利沉默了片刻，然后再次开口，这次是和利奥对话。奥古斯特刚才什么都听见了，唯独没有听见他哥哥回来的声音。他们正在谈论他。

他坐起来，拔掉耳塞。

“满足他的心愿，”利奥用他那低沉而平稳的语调说道，“你对待他的方式不像是在对待儿子，倒更像是在对待一只宠物，但他两者都不是。我们是战士，弗林。我们是神圣之火……”奥古斯特翻了个白眼。他很感激哥哥对自己的支持，但如果他没用那种自以为是的口吻说就好了。“你在扼杀他。”

这句话他倒是很赞同。

艾米莉加入了对话：“我们想——”

“保护他？”利奥反驳道，“一旦停战协议破裂，这个大本营将无法保证他的安全。”

“我们不会把他派到敌后去。”

“你们得到了一个大好的机会，我只是建议你们利用它——”

“其中的风险——”

“没有你们想的那么大，只要他小心行事。而其中的好处——”

奥古斯特受够了被人谈论，仿佛他并不存在，仿佛他听不见似的。他猛然起身，走向房门的途中撞翻了一摞书。他晚了一步——他打开他的房门时，他们的谈话已经结束。利奥已经离开，他父亲则伸着一只手，似乎正要敲门。

“怎么了？”奥古斯特问道。

亨利没有试图隐瞒。“你说得对，”他说道，“你应该来帮忙。我想我找到了一个办法。”

奥古斯特顿时露出笑容。

“无论是什么，”他说道，“我都愿意。”

第一篇

恶魔，
我能不能……

This Savage Song

1

这和奥古斯特想的不一样。

书包松松垮垮地放在床上，拉链开着，里面的物品散落在外——他身上的校服则紧得要死。艾米莉说校服都是这种款式，但奥古斯特感觉这件衣服想把他勒死。弗林特战队的服装专为战斗而设计，因此韧性十足。科尔顿中学的校服却硬邦邦的，穿在身上令人透不过气。他的衬衫袖口缩到了腕骨上方，每当他弯曲胳膊肘时，就会露出小臂最下排的那些黑色条痕——现在总共有四百一十八条。奥古斯特愤怒地低吼一声，再次把袖子扯下去。他用梳子梳了梳头发，虽然这并没能阻止黑色的鬈发垂挡在他那对灰白色的眼眸前，但至少他试过了。

奥古斯特站起来，注视着镜中的自己，脸上的空洞表情令他不由得打了个寒战。面无表情的利奥看上去充满自信，面容平和的伊尔莎则显得十分安详。奥古斯特平时看上去却茫然若失。他仔细观察过亨利、艾米莉以及见过的每一个人，包括弗特队成员和那些罪人。他努力把他们兴奋时面露喜色、生气或内疚时面部扭曲的样子都记在了脑子里。他在镜子前花了许多时间，努力辨别各种表情之间的细微差别，试着模仿那些神态。利奥通常会站在旁边，用那双黑色的眼睛冷冷地看着他。

“你这是在浪费时间。”他哥哥通常会这么说。

但利奥错了；他花费的那些时间即将获得回报。奥古斯特眨了眨眼——又一个显得做作而不自然的自然动作——在眉间挤出一条细微的皱纹，然后开始背诵他准备好的说辞。

“我的名字叫——弗雷迪·加拉格尔。”说出“弗”字之前，奥古斯特稍微停顿了一下，仿佛那些字眼在剐蹭他的喉咙似的。他没有说谎，不完全是说谎——这名字是借来的，和“奥古斯特”一样。他没有自己的名字。亨利给他选了奥古斯特这个名字，现在奥古斯特选择弗雷迪作为自己的名字。这两个名字既属于他，又不属于他。他一遍又一遍地这样告诉自己，直到他信以为真，因为实话和事实是两码事。这完全取决于个人。他咽了咽口水，试着念出第二句话，只有他自己明白的一句话：“我不是……”

可他的喉咙堵住了，后面的话卡在了他的喉咙里。

我不是恶魔，他想说的是这句话，可他说不出口。他还没有找到令其成真的办法。

“你看起来真帅气。”一个声音从门口传来。

奥古斯特目光微微上移，通过镜子看见他姐姐伊尔莎斜倚在门边，脸上带着一抹微笑。虽然比奥古斯特年长，她看上去却像一个洋娃娃。她那头金褐色的长发凌乱如常，一对蓝色的大眼睛有些发红，仿佛晚上没睡觉似的（她确实很少睡觉）。

“帅气，”伊尔莎一边说，一边站直身子，“但不开心。”她迈着轻盈的步伐走进房间，光着的脚轻松地绕过了堆在地上的书本，而她根本没低头看。“你应该开心才对，弟弟。这不正是你想要的吗？”

是吗？奥古斯特时常在脑海里幻想自己身着弗特队作战服守卫“裂缝”、保卫南城的样子。就像利奥那样。他常常听见特战队队员像谈论天神一样谈论他的哥哥——他仅凭脑海中的那首乐曲就能阻止黑暗靠近。特战队队员们对他又敬又怕。奥古斯特理了理衣领，他的袖子立刻又缩了上去。他把袖子扯下来的同时，伊尔莎抱住了他的肩膀。他的身子顿时僵住了。利奥不许别人这样碰他，奥古斯特对此则无法理解——身体接触通常是吸收的一个步骤——但伊尔莎向来如此，说话的时候喜欢触碰别人。他抬起手，搭在她的手臂上。

他的皮肤上布满了黑色的短条痕，她的皮肤上则布满了星星。和天上的星星一样多，他觉得相差无几。奥古斯特见过的真正的星星不超过五个，因为一到晚上，窗户的钢条就会降下来。但他听人说，有些地方城市的灯光无法照及，你可以在那儿看到许多星星，即便是在无月之夜。

“你想得出神了。”伊尔莎用她那平缓的语调说道。她把下巴搁在他的肩膀上，然后眯起了眼睛。“你眼睛里那个是什么？”

“什么？”

“那个小点。就在那儿。你在担心吗？”

他与镜中的她对上了目光。“也许吧。”奥古斯特承认道。他从未进过校园，自从来到这个世界之后就再也没有进过。他体内的神经在他的肋部发出一阵阵钟鸣般的声响。不过一想到可以过普通人的生活，他还是产生了一种莫名的兴奋感。而每当他试图理清自己的感受，最后都会弄得一头乱麻。

“他们给了你自由。”伊尔莎说道。她将他的身子扭转向她，然后倾身靠近，直到他俩的脸庞相距不到一英寸。薄荷味。她身上总能闻到薄荷味。“开心点，弟弟。”但她声音里的喜悦随即便消失了，她的蓝色眼睛黯淡下来，眨都没眨，就从天蓝色变成了朦胧的暮色，“而且要小心。”

奥古斯特对她挤出一丝笑容：“我一直都很小心，伊尔莎。”

但她似乎没听见。她摇起了脑袋，缓慢地从一边摇向另一边，摇个不停。伊尔莎很容易变得神志不清，有时持续一小会儿，有时则持续好几天。

“没事的。”他柔声说道，试图将她拉回现实。

“这座城市那么大，”她说道，声音紧绷如弦，“到处都是洞窟。千万别掉下去。”

“我会注意脚下的。”他说道。

她紧紧抓住他的手臂。接着，她的眼睛明亮起来，她又回来了。“你当然会的。”她满面春风地说道。

她吻了吻他的头，他则俯身从她的臂弯中绕了出去，然后朝他的床走去。床上放着打开的琴盒，美丽的小提琴在里面等着他。奥古斯特很想演奏——这股渴望重重地压在他的胸口，犹如饥饿时的感觉——但他只是用手指沿着木质琴身抚摩了一遍，然后“啪”的一声关上了琴盒。

穿过一片漆黑的公寓时，奥古斯特看了眼手表。六点十五分。即便在这二十楼之上，身处弗林大本营最顶层，东边的建筑群依然遮住了黎明的第一道曙光。

他在厨房里发现了一个黑色的午餐袋，袋子的正面贴着一张便条：

祝你开学愉快。

我咬了一口，希望你别介意。

~艾姆

奥古斯特打开袋子，发现里面所有的食物，包括三明治和糖棒，都已经被吃了一半。这其实是个十分温馨的举动。艾米莉不只给他准备了一份午餐，还为他准备了一个借口。要是真有人问起来，他可以说自己已经吃过了。

只有袋底的一颗苹果没被咬过。

他刚把午餐袋塞进书包，厨房的灯便亮了，亨利啜饮着咖啡走进来。他看起来依然很疲惫。他看起来总是很疲惫。

“奥古斯特。”说着，他打了个哈欠。

“爸爸，你起得真早。”

亨利一向都在夜间活动。他有句名言——恶魔在夜间捕猎，我们也必须如此——但最近这段时间，他的夜晚变得越来越长。奥古斯特试着想象他以前的样子，想象他在“现象”之前的模样——在暴力催生出科煞、曼蚤和苏籁之前，在政府崩溃、边境关闭、内战爆发、社会陷入动荡之前；在亨利失去他的父母、失去他的兄弟、失去他的前妻之前；在他成为这座城市仅存的弗林之前；在他成为弗特队的创始人之前，在他成为唯一敢于同那位被美化的罪犯作斗争的人之前。

奥古斯特看过亨利以前的照片。照片里的他有一双明亮的眼睛，一张轻松的笑脸。他看上去就像属于另一个世界，属于另一种人生。

“今天是个重要的日子。”亨利又打了个哈欠，“我想目送你离开。”

他说的是实话，但不全是。“你在担心我。”奥古斯特说道。

“我当然担心了。”亨利握紧了手中的咖啡杯，“我们需要重温一遍规定吗？”

“不必了。”奥古斯特答道。但亨利还是开始说了。

“你直接去科尔顿中学。放学后直接回家。要是路线行不通，你就打电话。要是有危险，你就打电话。要是遇到了任何麻烦——出现了任何状况——哪怕你只是有不祥的预感，奥古斯特——”

“我就打电话。”

亨利眉头一皱，奥古斯特站起来。“不会有事的。”上周他们已经把计划检查了无数次，一切都已安排就绪。他看了眼手表。手腕上的条痕再次露了出来，他再次将其遮住。他不知道自己为何如此介意。“我得出发了。”

亨利点了点头：“我知道这和你想要的不一样，我希望事实能够证明，这些都是多余的，可是——”

奥古斯特皱起了眉头。“你真的觉得停战协议会破裂吗？”他试着想象真理城停战之前的景象，两个阵营在血流成河的市中心互相厮杀。北城以哈克为首，南城以弗林为首。一群想用钱财换来安全的人，对抗一群愿意为之战斗，为之献身的人。

亨利揉了揉眼睛。“我希望它能一直维持下去，”他说道，“这对我们都有好处。”他在转移话题，但奥古斯特没有纠缠不休。

“休息一下吧，爸爸。”

亨利露出一丝苦笑，摇了摇头。“邪恶势力可不会休息。”他说道。奥古斯特知道他指的不是自己。

奥古斯特朝电梯走去，但已经有人站在了电梯门前，电梯里的灯光勾勒出那人的身影。

“弟弟。”

此人的声音低沉而平静，富有磁性。一秒钟后，那个身影上前一步，一个肩宽体壮、肌肉结实、身材修长的男人出现在奥古斯特的眼前。弗特队作战服与他的身体完美地贴合在一起。他卷着袖子，小臂上有许多黑色的十字小条痕。他的下巴轮廓分明，金色的头发垂在一双黑如沥青的眼睛前。他脸上的唯一瑕疵是贯穿左边眉毛的一道小伤痕——这是他第一年作战时留下的——尽管有这道伤痕，他看上去依旧像个天神，而非恶魔。

奥古斯特不由自主地站直身体，试图模仿他哥哥的站姿。但他随即发觉，这对一个学生来说过于苛刻了。于是他又放松了身体，只不过这次太过放松，他一时想不起自己平常是怎么站的了。利奥一直用他那双黑色的眼睛注视着他。即便处于人类形态，奥古斯特看上去也不太像人类。

“有位年轻的苏籁要去上学了。”他的声调没有上升，他并非在提问。

“让我猜猜，”奥古斯特把嘴一歪，挤出一个笑容，“你也想目送我离开？祝我上学愉快？”

利奥把头一偏。他一直都不太会说俏皮话——其实他们都不太会，但奥古斯特从弗特队那些家伙那儿学了几句。

“我不在乎你过得愉不愉快，”利奥说道，“但我很在乎你是否专注。都还没出这道门，奥古斯特，你就已经忘带某样东西了。”

他朝空中扔过来一个东西，奥古斯特一把接住，不由得瑟缩了一下。是一块北城的圆形挂坠，一侧刻有一个字母V，另一侧则刻了一串数字。这块铁质挂坠刺痛了他的手掌。恶魔十分厌恶纯金属：科煞和曼蚕不敢触碰；苏籁只是不喜欢触碰（所有弗特队队员的制服上都绣有金属饰物，他和利奥的制服里则织入了合金）。

“我非得戴上这玩意儿吗？”他问道。与这块挂坠的长时间接触已经让他感到了恶心。

“要是你想混进他们中间，那就戴着，”利奥直白地说道，“要是你想被抓，然后被杀，那无论如何都要把它扔了。”奥古斯特咽了口唾沫，将挂坠从头上套了下去。“这件仿品非常逼真，”他哥哥继续说道，“任何人类粗看之下都无法识破，但天黑之后千万别在‘裂缝’以北被抓。我可不会拿它去哈克那些走狗面前做试验。”

当然，这种挂坠之所以能令恶魔无法近身，并非只因为它是用金属做的，还因为挂坠上面刻有哈克的符号，因为他制定的法律。

奥古斯特把挂坠放在衬衫前，然后拉上弗特队夹克的拉链。他正准备走进电梯，利奥却挡住了他的去路：“你最近有没有进食？”

奥古斯特吞了吞口水，但答案已经涌上了他的喉咙。虽然无法撒谎不同于必须说实话，但在他哥哥面前，用沉默来回避他的问题属于痴心妄想。当苏籁提问时，对方必须回答：“我不饿。”

“奥古斯特，”利奥厉声说道，“你一直都很饿。”

他瑟缩了一下：“我稍后会进食的。”

利奥未置一词，只是眯起黑色的眼睛看着他。在他再次开口前——或者说在他让奥古斯特再次开口前——奥古斯特从他身畔挤了过去。至少他试图挤过去。他还没完全走进电梯，利奥一把抓住了他的手，那只手提着琴盒。

“那你就不必带这个了。”

奥古斯特顿时僵住了。这四年来，他每次离开大本营都带着小提琴。他一时有些不知所措。

“要是出了什么事怎么办？”他问道，心里越来越慌。

利奥脸上浮现出一丝笑意。“那你就得亲自动手了。”说完之后，他从奥古斯特手中拿走了琴盒，然后将他推进电梯里。奥古斯特踉跄了一步，随即转过身来。手里忽然没了小提琴，他感觉自己的手刺痛不已。

“再见，弟弟。”说着，利奥按了前往大厅的电梯按钮。

“祝你上学愉快。”电梯门关上时，他补了一句。

奥古斯特把手揣进衣兜里，电梯从二十层开始下降。弗林大本营既是一栋摩天大楼，又是一个作战指挥部，两者合起来便成了一座要塞。它就像一头由钢铁、铁丝网和有机玻璃组成的巨兽。大本营的大部分区域都是弗特队的住所。弗特队总共有六万名成员，绝大部分都住在遍布真理城的其他营房里。大本营里则驻扎了大约一千人，这些人的主要职责是提供掩护。进出这栋大楼的人越少，个体就越显眼。假如你是哈克，若想找到弗林手下的三个苏籁，找到他的秘密武器，你就不得不留意这里的每一张面孔。对利奥来说，这并无大碍，因为他就是弗特队的代言人。对伊尔莎来说，这也无关紧要，因为她从未离开过大本营。但亨利决定让奥古斯特的秘密身份一直保持下去。

一楼已经有不少人在进出这栋大楼（由于晚上有宵禁，所以人们都起得很早），于是奥古斯特混进人群，跟着人流穿过大厅，走出把守严密的大门，来到了大街上。他沐浴在温暖而明媚的清晨之中，唯一美中不足的是，金属挂坠一直在他皮肤上刮来蹭去，他的小提琴不在身边。

高楼之间的缝隙透出一道道阳光，奥古斯特深吸一口气，抬头仰望耸立在上方的弗林大本营。这四年来他很少外出，即便出来，也大多是在晚上。而现在他就在外面，独自一人。据最新统计，这座特大城市有两千四百万人，他只是其中之一，只是众多早起的通勤族之一。有那么一瞬，有那么一个永恒的片刻，奥古斯特感觉自己正站在悬崖边上，一段人生即将结束，另一段人生即将开始，一阵低泣，一声巨响。

他的手表突然发出哔哔的叫声，将他拉回现实之中，于是他出发了。

2

黑色轿车如尖刀一般插入了这座城市。

凯特看着轿车穿过一条条街道，跨过一座座桥梁，一路驶入北城。前方的车流不断往两旁避开，犹如被切开的肉。车外的世界一片喧嚣，晨光灿烂明媚，但从车内看出去，窗外的景象就像一部老电影的画面，所有的颜色都被着色车窗吸收掉。收音机里播放着轻柔而平缓的古典音乐，营造出一种安宁的假象，而大多数人付钱就是为了这个。她叫司机（一个名叫马库斯的冷面男人）换一个电台，但他没有理会她的要求。于是她把耳机塞进左耳，按下了播放键。她的世界顿时被强劲的节奏和狂野的嘶吼淹没。她仰靠在后排的皮椅上，看着街景从车旁不断滑过。从车里看出去，一切几乎都是正常的。

凯特对真理城的印象只停留在几个串在一起的瞬间，而每一个瞬间都相隔数年之久。她第一次被送走是因为不安全，第二次是在深夜被偷偷带走，第三次则是因为她母亲的过错被放逐。但现在她终于回到了属于她的地方，回到了她父亲的城市，回到了她父亲身边。

而这一次，她再也不会离开。

凯特摆弄着打火机，眼睛则盯着放在大腿上的平板电脑，屏幕上是一幅真理城的地图。乍看之下，真理城和其他特大城市并无二致——城市中心非常密集，越往外走越稀疏——然而当她用涂有金属色指甲油的指甲点了点屏幕后，画面上出现了一层新的图像。

一条黑线从左至右横切过地图，将这座城市分割成两半。“裂缝”。在现实世界里，它并非一条直线，却是一条将真理城一分为二的坚固的分界线。站在“裂缝”以北，你便身处卡勒姆·哈克的领地；站在“裂缝”以南，你便身处亨利·弗林的领地。对那动荡而残酷的六年来说，对破坏事件频发、充满杀戮、恶魔横行的那六年来说，这种解决办法实在过于简单。就像在沙地上划了一条线，各自待在自己的那一边。难怪和平如此脆弱。

弗林是一个理想主义者。谈论正义、有一个“高尚的奋斗目标”固然很好，可他的人最后还是难逃一死。这是一场血肉之躯与尖牙利爪的较量。

真理城不需要道德模范。它需要的是一个敢于出面主持大局的人。它需要哈克。凯特并不是在吹捧她父亲——她知道她父亲是坏人——但这座城市不需要好人。

好和坏这两个字代表了软弱。恶魔才不在乎什么目标或理想。现实一目了然。南城混乱无序，北城则井然有序。虽然这是用金钱买来的秩序，是用鲜血和恐惧换来的秩序，但这仍然是秩序。

凯特的手指沿着“裂缝”滑行，途中经过了一片标记为“废土”的灰色正方形区域。

她父亲为何会接受只统治半座城市？他为何要让弗林躲在高墙之后，就因为他掌握着几个稀有的恶魔？

她咬住嘴唇，在地图上又点了一下，屏幕上随即出现第三层图像。

三个同心圆——就像公牛的眼睛一样——悬浮在地图的最上层。这是一张用来显示恶魔数量增长的风险网，提醒人们越往城市中心走，越要提高警惕。风险网的最外层是一个绿色圆环，接下来是一个黄环，最里面是一个红环。虽然白天大部分人对此不以为意，但人人都知道它们之间的界线，都知道红环里暴力丛生，在黄环里需要保持警惕，绿环则相对安全。当然，对那些受她父亲保护的人来说，风险几乎为零……只要你待在北城内。出了绿环，你便进入了“荒地”。那里没有南城、北城之分。因为在那里，人人都只顾得了自己。

只要走得足够远，你最终会再次进入安全的区域；边境附近的恶魔还很少，居民也一直不多。在那偏远之地，大城市的人并不受欢迎，因为黑暗势力可能会像瘟疫一样随他们而来。在那偏远之地，一个女孩或许会将教堂付之一炬，或是和她妈妈一起躺在草地上，数着夏日繁星……

某处传来汽车的喇叭声，凯特抬起头来，乡村风光恢复成了城市的街景。她的目光穿过隔板、司机和轿车前挡玻璃，停在了引擎盖的银色怪兽筧嘴上。这辆车本来安装了一个双臂张开、翅膀飞扬的天使装饰物，哈克将其拆掉，用一头怪兽取而代之。这头怪兽耸肩弓身，一对小爪子紧紧地抓着引擎盖前沿。

“这是一座恶魔之城。”说着，他当时就把天使装饰物扔进了垃圾堆。

她父亲说得没错。然而恶魔——真正的恶魔——可不像引擎盖上那个笨头笨脑的小装饰物。完全不像，真正的恶魔要可怕得多。

3

奥古斯特把脸向着太阳，沉浸在夏末清晨的气息之中，身心放松地行走在马路上。他惊讶地发现，自己竟然能在行动的时候如此轻松地进行直线思考，即便小提琴不在身边。他沿着残破的人行道前进，经过一栋栋窗户被木板封住的建筑。城里有半数建筑都被烧成了空架子，到处都是无人居住的断壁残垣，任何有用的材料都已被拆下，用来加固其他建筑。真理城南部现在仍像一具残缺不全的尸体，但人们正在对其进行重建。弗特队的身影随处可见，他们守在屋顶，在街上巡逻，制服上的便携装置不断发出无线电讯号声。到了晚上，他们会四处捕杀恶魔。但在白天，他们会全力防止新的恶魔出现。暴力犯罪是因，科煞、曼蛩、苏籁是果。

奥古斯特跟随人流一路向北走去，四周的声音犹如音乐一般围绕着他，有的动听，有的刺耳，有的充满节奏，有的混乱无比。这些声音一层一层地堆积在一起，直到动人的旋律变成嘈杂的噪声，惊喜变成痛苦。他只好不去理会沿途的一切，而是把注意力放在眼前的道路上。路线本身清晰明了，只需沿着中央大街走四个街区就到了。

这条路直通“裂缝”。

“裂缝”出现在奥古斯特的视野里，他随即放缓了脚步。

这道三层楼高的巨大屏障自东向西穿城而过，上面布满了纯金属条，装满了监控摄像头。这道高墙是长达六年的领地之战的产物。在那场战争里，每发生一起暴力事件，每死去一个人，都曾导致新的科煞和曼蚕来到这个世界。这一切皆因弗林家族统治着这座城市，而哈克想将其据为己有。

往西走两个街区便是“废土”——一片寸草不生的焦土，一个南北双方都难以忘记的地方。那里曾是一座广场，一片位于市中心的绿地，但现在已经寸草不生。有人说在那里仍然能看见死者游荡的身影。弗特队有许多人声称，亨利·弗林在领地之战的最后一天使用了一种武器，一种无比可怕、足以抹杀一切生命的武器。奥古斯特不相信他们的话——不愿意相信——但不管怎样，那天的确发生了某件事，迫使哈克接受了将真理城一分为二的协议。

这座首府在白天仍旧算得上是一座统一的城市。“裂缝”有三道大门供人们通行，但每道大门都有武装人员把守，还有移动式摄像头全程监控。过往的行人都必须出示身份证件，还得接受摄像头的扫描，以验证他们是不是人类。

这是一个麻烦。

奥古斯特拐进一条损毁严重、与“裂缝”平行的狭窄街道，一直走到一栋办公楼前。这栋楼的窗玻璃全被换成了钢板，两个弗特队队员守在入口两侧。进入大楼后，前台女子朝他微微点了下头。他通过安检，搭乘一部独立电梯来到了地下室。地下室的墙壁上用荧光颜料涂有小点，标出了前进路线。他沿着标记穿过一条错综复杂的走廊，来到一堵墙前。或者说看起来像一堵墙。他拉开金属隔板，面前出现了一条隧道。奥古斯特一路前进，抵达隧道的另一头，又遇到了一块充作墙壁的金属隔板。他拉开金属隔板，走出隧道，进入了一套公寓的地下室。

四周静悄悄的。他停住脚步，恼火地发现，自己居然因为这么快便再次独处而松了口气。他给了自己十秒钟时间，等待心跳放缓，心情平复，然后掸去身上的灰尘，从楼梯上了楼。

帕丽斯正一边抽着烟，一边准备早饭。

奥古斯特进入厨房来到她的身后时，她一点也不吃惊。

“早安，小伙子。”她打招呼道。她戴着的那块铁挂坠在她的煎蛋饼上方晃来晃去。他们在北城的盟友很少，而且都是花大价钱买通的。而即便付了钱，风险还是存在。但亨利和帕丽斯是老朋友，另外她也通过了利奥的检测。奥古斯特环顾四周。她的公寓温暖而舒适，和他在杂志上（“现象”之前发行的杂志）看到的照片一样：瓷砖、木质家具、玻璃窗。“地铁卡在桌子上。”

“谢谢，帕丽斯。”说着，奥古斯特脱下他的弗特队夹克，将其挂在门后的挂钩上。他衬衫的袖子又缩了上去，露出了两排黑色条痕。虽然帕丽斯看不见那些印记，他还是把袖子扯了下来。其实她什么都看不见。

帕丽斯双目失明，但她的其他感官相当敏锐，敏锐到足以察觉他没带小提琴，足以察觉琴盒里的琴弦发出的微弱振动声。她若有所思地吸了口烟。

“今天没有演奏会？”她问的同时，将烟灰抖在了煎蛋饼上。

奥古斯特像往常那样弯曲手指，想要握紧琴盒的提手，却发现手里空无一物。“没有。”他一边说，一边从书包里拿出科尔顿中学的轻便夹克，然后走到门厅，对着镜子穿上了它。他惊讶地发现，自己竟然下意识地皱了皱眉。

“弗林给我讲过你们的音乐。”帕丽斯自言自语地低声说道。从她的语气便能听出，她口中的你们是指他们三个。“我一直都很好奇，不知听起来是什么样……”

奥古斯特扣上夹克的扣子。“但愿你永远都不会知道，”说着，他朝门口走去，“我会在天黑之前回来。”

“祝你上学愉快。”他关上房门时，她喊了一句。和利奥不同，她这句话听上去是真心的。

奥古斯特来到街上，看见“裂缝”位于自己身后时，不禁宽心地舒了口气。他转身向北，随即瞪大了双眼。他本来已经做好了心理准备，但真理城南北两边的差异仍旧让他大吃一惊。北城并非一片残垣断壁。无论这里有过什么样的伤痕，现在都已被完全掩盖。这里的建筑光彩熠熠，全都由金属、石料和玻璃组成，街上随处可见豪华汽车和身着漂亮衣裳的行人——就算街上有哈克的手下，他们也肯定早混入了人群。有家商店的橱窗里摆满了五颜六色的水果，奥古斯特看见后也不禁想要尝上一口。虽然他很清楚，那些水果在他嘴里一定味同嚼蜡。

看着这座城市一派安全而干净的景象——假象，奥古斯特的胸中顿时燃起一股怒火。他皮肤上的条痕开始隐隐刺痛，向他发出警告，条痕散发的热量在不断被他胸前那块冷冰冰的挂坠吸收。专注，专注。

最近的地铁站位于一个街区之外。南城已经关闭了地铁——隧道里十分危险，因为科煞喜欢聚集在黑暗之中——地下隧道已经尽量用木板封死。但奥古斯特知道，万不得已之时，弗特队还是会使用那些隧道。

他两级并作一级地朝楼梯下走去。他看过一本书，上面说真理城曾进行过大幅扩建，现在的建筑其实都建在以前的高压输电网顶端，现在的地铁隧道就是原来的街道。他不知道这是否属实，但下面的地铁站和上方的街道一样干净，白色的石头擦得亮锃锃的。除了行人的脚步声，还能隐隐听见一支古典乐曲和一首钢琴协奏曲。这里没有痛苦或挣扎的迹象，没有出没于夜间的那些骇人之物留下的痕迹。这是哈克玩的把戏之一，意在引诱南城人到北城来。同时也在提醒北城人，提醒他们花钱究竟是为了什么。

奥古斯特来到站台时，列车刚好开走。于是他背靠在一根柱子上，等待下一趟列车的到来。他的目光开始游移，从远处一对接吻的情侣，飘向一名弹吉他的街头艺人，最后停在了他面前的一个小女孩身上。小女孩紧紧地抓着一个女人的手。她注视着奥古斯特，奥古斯特也回看着对方。看见小孩让他颇感新奇。大本营里没什么小孩，其实整个南城都没什么小孩。那小女孩对他露齿一笑，奥古斯特不由自主地朝她回以微笑。

接着她便唱了起来。

“恶魔呀，恶魔，有大有小，”她欢快地唱道，“它们会来把你们统统吃掉。”

他立刻身体一震。

“科煞呀，科煞，尖牙利爪，

暗影恶骨，把你活活吃掉。

曼蛋呀，曼蚉，阴险狡谲，

笑着咬着，饮尽你的鲜血。”

奥古斯特使劲咽了咽口水，他知道下一句是什么。

“苏籁呀，苏籁，双目似炭，

为你歌一曲，再盗走你的魂。”

那小女孩的笑容越发灿烂。

“恶魔呀，恶魔，有大有小，

它们会来把你们统统吃掉！”

她发出一声小声而愉快的尖叫，奥古斯特顿时感到一阵恶心，朝旁边移了一步。

列车进站后，他进了另一节车厢。

4

恶魔呀，恶魔，有大有小……

凯特低声哼唱，轿车一路疾驰。她点了下平板电脑的屏幕，关掉地图，打开一个新的窗口，然后一路点开她父亲的私人上行链路里的文件夹——回家的第一天晚上，她便盗刷了登录密码——直到找到她要找的文件夹。哈克的监控网遍布整个北城。他并非只对“裂缝”进行了监控，而是几乎对红环内的每个街区都进行了监控。每天都会有人查看这些监控视频，然后将其删除，除了一些“意外事件”——这类视频会被储存起来供他查阅。如有必要，他会采取应对措施。当然，这些“意外事件”绝不会出现在新闻里。他们心里十分清楚，这类新闻绝不能在电视上播出。因为那会破坏他们营造的一切正常、一切安全的假象——而人们花钱就是为了这个。

但哈克必须密切留意他手下的恶魔。他必须知道什么时候出现了新成员，什么时候有旧成员违反了规定。筛选出来的视频已经进行过分类：恶魔、人类、起源。

回家以后，凯特一直在研究这些视频，她想知道关于真理自治领内那些真正的恶魔的一切。她点击标题为“起源”的文件夹，屏幕上又出现了两个选项。科煞或曼蚕（他们从未捕捉到苏籁诞生的镜头）。她点开标题为“科煞”的文件夹后，屏幕立刻被无数小视频填满。她感觉自己正在探索一个无底洞。这些视频的缩略图都是一块模糊的阴影。手指在屏幕上悬停片刻后，她点开了其中一个视频。该视频随即放大，占据了整个屏幕。

这段视频已经被剪辑过，所有多余的片段都被剔除了，只保留了与该事件有关的血腥画面。虽然镜头的角度不好，但她还是看得出有两个人站在某个巷口的路灯下。片刻过后她才明白，自己正在观看一起斗殴事件。一开始并没有发生什么，接着双方便起了争执，一个人被推搡至墙边，另一人则笨拙地挥了一拳。其中一人倒在了地上，另一人开始不停地踢他——踢了一脚又一脚——直到地上那人变得不成人形，四肢不住抽搐，脸上血肉模糊。

行凶者立刻逃离了现场。过了好几秒钟，躺在地上的那人胸部突然开始剧烈地上下起伏。就在他挣扎着想要爬起来时，他周围的影子开始缓缓移动。他正忙着站起来，没有发现影子的变化。但凯特看见了。她目瞪口呆地看着那片黑影逐渐伸展，扭动，从墙上和地面剥离，然后自发地组合在了一起。它如烟雾一般缓缓站了起来，它的脸上只看得见一对骇人的、在镜头里有些失焦的白色眼睛和一排排闪闪发亮的利齿。它打了个大大的哈欠，油滑光亮的身子摇晃不定，四肢末端的爪子锋利无比。

这时，仍然趴在地上的那个男人做了一个错误的选择。他开始朝前方爬去，朝街灯照射的安全范围之外爬去。

他刚一爬出灯光，它便扑了上去，用尖牙和利爪疯狂地撕咬起来。

“暴力滋生暴力。”这是圣艾格尼丝中学的一位老师在妮科尔·蒂克绊倒凯特，而凯特出于报复打破她的鼻子之后说的。那位老师后来还说，她的行为不能解决问题，只会激化矛盾，但那时凯特已经没在听了。在她看来，妮科尔被打纯属活该。

但那位老师有一点说得没错：暴力的确会滋生暴力。

当一个人扣下扳机、引爆炸弹，或是驾驶大巴载着一车游客冲下大桥后，不只会留下一地弹壳、一片废墟，或者一堆尸体。这类行为还会引来某种东西，某种邪恶之物。这类行为会造成灾难，招致报应，引发愤怒、痛苦和死亡的回声。“现象”只不过是一个引爆点。真理自治领内向来暴力丛生——是十个领地中最严重的一个——当暴力滋生到一定规模，邪恶之物的出现只是时间问题。

凯特用大拇指抚摩着挂在胸前的那块护身挂坠。屏幕上，那个科煞仍在大快朵颐。虽然大部分血腥场面都被阴影遮住了，但尖牙利爪反射的寒光依然在屏幕上到处闪现。看着鲜血不断溅洒在灯光之下，凯特厌恶地低声咕哝了一句，暗自庆幸这段视频没有声音。

马库斯在隔板另一头挥了挥手。凯特拔掉耳机，再次回到由黑白两色、晨光和钢琴键的轻柔颤音组成的世界。

“什么事？”她恼火地问道。

“很抱歉，哈克小姐，”马库斯说道，“我们到了。”

科尔顿中学位于黄环与绿环相交、城区与郊区相接之处，这里是这座城市最安全的区域。大富豪们纷纷在此修建了自己的小保护壳，假装正在被吞噬的真理自治领安然无恙。这里看起来就像一幅照片，灰白的石建筑坐落在一大片嫩绿的草地上，一切都沐浴在明媚的晨光中。从北城最危险的中心区域驱车到此只需十五分钟，但在这里看到的景象并不能让你真正了解这座城市。凯特觉得这正是问题所在。她宁愿去市区内的学校上学，去红环的中心上学。但那里的大部分学校都已关闭。即便有地方可选，父亲也断然不会听她的。就算不得不让她待在真理城，他也一定会全力保证她的“安全”。这也就意味着她必须远离市区，因为这座城市根本没有安全可言，无论在南城还是北城。

马库斯为她打开了车门。她一边下车，一边将科煞的事从脑海中驱散，脸上恢复成平时的表情。她整理了一下科尔顿中学 Polo 衫的衣领，用手捋了捋她的浅金色头发。她留着中分发型，以便遮住头部撞上玻璃后留下的伤痕。后果本可能会更糟糕——她有一只耳朵失去了听力——但凯特十分清楚，绝不能把伤痕露出来。不管怎样，这终究是她的一个弱点，而弱点绝不能暴露在外——这是她十二岁那年刚刚留下这些伤痕的时候，哈克亲口告诉她的。

“为什么？”凯特问道。当时的她尚年幼无知。

“每一个弱点都会暴露肌肤，”他说道，“而肌肤会招来利刃。”

“你的弱点是什么呢？”她问他。哈克露出了一种似笑非笑的表情。

直到今天，他都没有回答过这个问题。凯特不知道是因为父亲不信任她，还是因为他根本就没有弱点，或者不再有弱点。她很想知道，在某个平行世界里是否有另一个卡勒姆·哈克。她很想知道那位哈克是否有秘密，是否有弱点，是否会被利刃划伤。

“哈克小姐，”那司机说道，“你父亲让我给你带个话。”

她把银色打火机放入 Polo 衫的口袋里。“什么话，马库斯？”她平静地问道。

“要是你惹事被开除了，他会把你从真理自治领送走。一去不返。”

凯特冷冷一笑。“我为什么要惹事被开除？”说着，她抬起头来，看着前方的学校，“我好不容易才来到我想来的地方。”

5

“帕克车站。”一个平静而生硬的声音念道。

奥古斯特在地铁的座椅上坐下后，从背包里掏出了一本读了很多遍的《理想国》[1]，然后将其对半翻开。书上的大部分内容他都已经了然于胸，所以翻到哪一页并不重要。重要的是他可以趁此机会低下头去。他听着报站员播报站名，不想冒险抬头去看上方的站点图，以免引起摄像头的注意。用来搜索恶魔的摄像头在日益增多，虽然人人都知道恶魔只在夜间出没。

好吧，奥古斯特心想，大部分恶魔只在夜间出没。

“马丁中心。”

离科尔顿中学还有三站。车厢里逐渐挤满了人，奥古斯特站起来，把他的座位让给了一位老妇人。他虽然始终低头对着那本书，眼睛却一直在扫视周围的乘客，扫视他们身上穿的漂亮的连衣裙和长裤、高跟鞋和西服。没有发现武器。

有个男人从他身旁挤过，撞了一下他的肩膀。奥古斯特心中顿

[1] 古希腊哲学家柏拉图的著作。

时一凛。

这人本身并没有什么异常——一身西装，打着领带，有点小肚腩——是他的影子引起了奥古斯特的注意。那不像一个影子该有的样子——在灯光如此明亮的地方，他根本就不该有影子——那人停下脚步后，他的影子还在动，犹如一个躁动不安的乘客在他身旁抽搐扭动。其他人都看不见，但奥古斯特看得真真切切。就一个影子来说，它的五官未免太多；就一个人来说，它的五官又未免太少。奥古斯特知道它是什么。它是暴力行为发出的回声，是罪恶行径留下的痕迹。这座城市的某个地方，有个恶魔正在四处杀戮，就因为这个男人，就因为他的所作所为。

奥古斯特握紧了手中的栏杆。

倘若在南城，他将得知此人的名字。他——或者利奥——将收到一张写有此人名字和地址的字条。然后他会在晚上找到他，消除回声，结束他的生命。

但这里是北城。

这里的坏人可以全身而退，只要他们有钱。

奥古斯特竭力移开视线。与此同时，坐在座椅上的那位老妇人的身子开始往前倾斜。

“我一直都想登上舞台，”她用一种吐露心声的语气说道，“我不明白我为何从未登上过舞台。恐怕现在已经太晚了……”

奥古斯特闭上了眼睛。

“联合广场。”

还有两站。

“我敢肯定，现在已经太晚了……”那老妇人继续絮叨道，

“……但我还是会梦见……”

其实她并不是在对他说话。所有恶魔都无法撒谎，但是当人类身边有苏籁时，他们会变得很……诚实。奥古斯特不必强迫他们开口——他倒是希望自己能强迫他们闭嘴——他们自己就会滔滔不绝地讲个不停。大多数时候，他们根本不会察觉自己正在吐露心声。

亨利称之为感染力，但利奥有个更好的词：坦白。

“莱尔十字路口。”

还有一站。

“……我还是会梦见……”

使别人坦白无疑是奥古斯特最不喜欢的一种能力。利奥倒是乐在其中。他希望身边所有人都能向他吐露他们的疑虑、恐惧和弱点。奥古斯特对此颇为反感。

“你有没有梦见……？”

“科尔顿中学。”上方那个声音念道。

列车轰隆隆地缓缓停下。奥古斯特走出地铁车厢时，默默地说了句祷词。他刚一离开，老妇人便停止了坦白。

如果说北城给人一种超现实的感觉，科尔顿中学则有过之而无不及。奥古斯特从未来过离红环这么远的地方。学校四周有一圈围墙，但和“裂缝”不同，这里的围墙主要是为了美观而非实用；从铁大门望去，科尔顿中学坐落在绵延起伏的草地上，学校后方有一片树木。奥古斯特曾在大本营以南三个街区之外一个破败的公园里见过一次树，但这里的树大为不同。这里的树多得像一道墙。不对，应该是多得像一片树林。用这个词形容这么多树才恰当。

但是和树木相比，这里的人更让他感到惊奇。

无论朝哪个方向看，他都能看见他们，不是弗特队队员或者北城市民，而是一个个身着科尔顿中学蓝色校服的青少年。他们有的正走进校门，有的三五成群地坐在草地上。他惊讶地看着他们轻松地相互交谈，手牵着手，肘挨着肘，挨肩搭背，偎脸相依。他惊讶地看着他们开怀大笑，或是眉头紧蹙，或是笑逐颜开。他们让一切看起来如此……自然。

他到这里来干什么?

或许利奥是对的；他应该进点食。但现在为时已晚。奥古斯特强忍住想要逃离此地的冲动，拼命提醒自己是他想要离开大本营的，提醒自己是利奥替他做的担保，提醒自己有任务在身，这个任务和弗特队其他队员的任务一样重要。他强迫自己迈步向前，觉得自己每走一步，都会有人透过他身上的校服和那僵硬的笑容看出他不是人类。仿佛真相就写在他的脸上，和他手臂上的条痕一样清晰可见。他在镜子前花费的那些时间忽然变得无比可笑。他怎么可能学得像?他怎么会认为自己能够混入他们中间，就因为他们年纪相仿?这个念头让他心中一紧。他们的年纪并不相仿。他们只是看上去和他年纪相仿。不，不能这么说：应该是他看上去和他们年纪相仿，因为他们全都是正常出生的，而他只是一个十二岁男孩的影子，因为他们当时就是这个年龄，黑色口袋里的尸体，一切始于一声巨响，不是宇宙诞生时发出的巨响，只是断断续续的刺耳枪声——

他猛然止步，大口地喘着粗气。

有人撞了一下他的肩膀，并非礼貌地挤过去，而是带着敌意用力一撞。奥古斯特往前趔趄了几步。他站稳之后，看见撞自己的那个家伙——一个宽肩金发的男孩——回头狠狠地瞪了他一眼。

“你是怎么走路的？”奥古斯特厉声道。他还没来得及忍住，这个问题已经脱口而出。

那男孩立刻转过身来。“是你挡了我的道，”他咆哮道，并一把抓住奥古斯特的衣领，“你以为我会怕你这狗屁新生吗？今年我说了算，蠢货，这学校我说了算。”奥古斯特不安地发现，这家伙一直在讲话。“你以为用那种诡异的眼神就能唬住我吗？我可不怕你。我谁都不怕。我……”他颤抖着将奥古斯特拉到面前，“我睡不着；我一闭上眼睛就会看见它们。”

“嘿，”奥古斯特身后有个学生说道，“怎么啦，杰克？”

那个叫杰克的金发男孩眨了几下眼睛，眼神变得凌厉起来，随即抓着奥古斯特往后推去。另一名学生立刻抓住了他的肩膀。“好啦，没必要这样。我朋友想给你道个歉。他不是故意惹你生气的。”他的语气友善而随性。

“让他离我远点，科林。”杰克吼道，他的声音又恢复了正常，“不然我打烂他那张臭脸。”

“一定转告。”科林摇了摇头。“蠢货。”等杰克气冲冲地走远后，他低声说道。接着他转过身来，面向奥古斯特；他又矮又瘦，额前有一个V字形发尖，一张坦率的面孔上有一双热情洋溢的眼睛。“第一天来就开始交朋友了呀？”

奥古斯特挺直身子，整理了一下夹克：“谁说我是第一天来的？”

科林笑了起来，一种随性的笑声，就像呼吸一般自然。“这学校小得很，哥们儿，”他咧嘴笑道，“而且我以前从没见过你。你叫啥名字？”

奥古斯特吞了吞口水。“弗雷德里克。”他说道。

“弗雷德里克？”科林重复道，同时扬起一只眉毛。奥古斯特怀疑自己选错了名字。

“没错，”他缓缓说道，随即又补充道，“但你也可以叫我弗雷迪。”

从未有人叫过他弗雷德里克或弗雷迪，但他这么说准没错。科林的神色立刻从怀疑变成了开心。“噢，感谢上帝，”他说道，“弗雷德里克真是个做作的名字。别见怪，这不是你的错。”

他们一同朝学校主楼走去，这时有两个学生喊了声科林的名字。

“嘿，我们待会儿去里面再聊。”说完，他便朝那两人小跑过去。跑到中途，他扭过身来咧嘴一笑。“开学之前别再招惹其他人啦。”

奥古斯特朝他挤出一个相似的笑容：“我尽力而为吧。”

“名字？”教务处的女老师问道。

“弗雷德里克·加拉格尔，”奥古斯特努力露出一个显得很紧张的笑容，同时拨开垂在眼前的头发，“但大家都叫我弗雷迪。”

“啊，”说着，那女老师抽出了一个顶端贴有黄色字条的文件夹，“你一定是我们的新同学。”

他点了点头，微微调整了一下笑容。这次她对他回以微笑。“瞧瞧你，”她说道，“深色的头发，漂亮的眼睛，迷人的酒窝。他们一定会喜欢上你的[1]。”

---

[1] 原文的字面意思是“他们一定会把你吃个精光”。

奥古斯特不确定她指的是什么。“但愿不会。”他说道。

她立刻笑了起来。这里的人动不动就笑。“你还是得去领你的学生卡，”她说道，“去隔壁那屋，把第一页资料交给他们。他们会帮你搞定。”她迟疑了一下，仿佛还想说点什么，说点关于自己的事。奥古斯特在她开口之前离开了办公室。

隔壁门口排着一支不长的队伍，门上写着“身份信息注册”几个字。奥古斯特看见排在队首的学生把他的文件交给柜台后的男子，然后走到一块浅绿色的幕布前。他露出笑脸，一道闪光随即闪过。奥古斯特不禁瑟缩了一下。下一位学生重复了这个步骤。下一位也是如此。他立刻转身走开。

其他学生似乎正朝大厅对面一道巨大的双开门走去，于是他跟着他们来到了一个礼堂的入口。大家似乎都默契地遵守着某种秩序。他们排成纵队，依次走向自己的座位，奥古斯特则犹豫不前，尽力不去挡住别人的去路。

“几年级？”一个女人问道。他转过身来，看见一位穿着裙子、手持一沓文件夹的老师。

“三年级。”奥古斯特说道。

她点了点头：“你应该坐在前排的左手边。”

等他找到座位时，礼堂内已经座无虚席，人声鼎沸，他不禁感到头晕脑涨。周围数百人的说话声互相覆盖穿插，犹如音乐一般层层相叠，节拍却都是错的，听上去更像爵士乐而非古典乐。他试着将各个部分拆开来听，听到的不是和弦，而只是一些毫无意义的音节、笑声和喧嚣声。就在这时，礼堂忽然安静了下来。他抬头一看，一位身穿天蓝色西服的男子大步流星地走上了讲台。

“大家好，”他说道，同时轻轻地敲了敲讲台上的话筒，“我是科尔顿中学的校长迪安。我想欢迎我们的一年级新生来到本校，也欢迎我们的返校生开始新一年的学习。你们可能没注意到，我们学校转来几位新同学。科尔顿中学一直都是个大家庭，所以我待会儿念到他们的名字时会让他们起立，你们要热情地欢迎他们。”奥古斯特感觉自己的胃部一沉。

“我校转来了两位二年级生。玛乔丽·坦……”他身后十几排处有个女孩站了起来。众人齐刷刷地朝她看去，她的脸颊顿时变得通红。她正要坐下，校长却挥了挥手。“请先站着。”他坚持道，“然后是，埃利斯·卡斯特费尔德？”

一位瘦高个儿男孩站起来，向众人挥手打招呼。

“我校转来了一位三年级生。”奥古斯特的心脏开始怦怦乱跳。“弗雷德里克·加拉格尔先生。”奥古斯特舒了口气，庆幸没有听到自己的名字。但他恍然想起，弗雷德里克正是他的名字。他咽了口唾沫，然后站起来。四面八方的三年级生纷纷转动身子，想要看清他的模样。他没有脸红。他有生以来第一次希望自己能变得虚幻一点，能消失更好。

接着，校长念出了她的名字，而从某方面来说，他确实消失了。

“最后是一位新转来的四年级生，凯瑟琳·哈克小姐。”

礼堂刹那间变得鸦雀无声，前排有位女孩站起来，其他人立刻便被忽略了。整个礼堂的人都把头转向了她。

凯瑟琳·哈克。

卡勒姆·哈克（北城“总督”，以收集恶魔犹如收集武器著称的男人）唯一的孩子。奥古斯特被派到科尔顿中学来正是因为她。

他回想起之前和亨利以及利奥的对话。

“我不明白。你们让我……去上学？和她一起？”想到这个，他不禁皱起了鼻子。哈克是他们的敌人，是杀人犯。凯瑟琳虽然还是个谜，但假如她和她父亲相似……“我到底要去做什么？”

“跟踪她。”利奥说道。

“科尔顿中学太小了，她会注意到我的。”

“你不必用你的本名，”利奥说道，“我们就是想让她注意到你。我们想让你接近她。”

“别和她走得太近，”亨利插嘴道，“我们只是想让你监视她。万一我们需要人质——”

“她那方的人也是因为同样的原因在找你，”利奥解释道，“当停战协议破裂——”

“假如停战协议破裂——”亨利说道。

“她或许能派上用场。”

“我们对她一无所知。”奥古斯特说道。

“她是哈克的女儿。要是他在乎谁的话，那一定是她。”

奥古斯特注视着站在前排的凯瑟琳。她长得很像她父亲：身材苗条，五官轮廓清晰，棱角分明。她的头发和他在照片里看到的不一样。虽然也是金色，但长发及肩，而且很顺滑。她留着中分发型，因而遮住了她的侧脸。科尔顿中学大部分女生都选择裙子搭配Polo衫，而她却穿了一条修身长裤，双手随意地揣在衣兜里。奥古斯特周围的人纷纷低声议论起来。就在这时，一直冷眼看着前方的凯瑟琳忽然转过头来，看向她的肩膀后方。

她看向了他。

她不知道——不可能知道——他是谁，但她那对深色眼眸却用一种赞许的目光缓缓打量了他一番。她嘴角微扬，露出一丝笑意。接着，迪安校长示意他们坐下。奥古斯特重重地坐到了椅子上，有种刚刚和死神擦肩而过的感觉。

“另外，”校长继续说道，“要是有人还没领取学生卡，一定要在今天去领。你们不仅可以用这张卡买午餐和文具用品，还可以用它进入和使用学校的部分场地，包括剧场、体育馆和隔音音乐室。

奥古斯特猛然抬起头来。他不在乎能不能去餐厅，对戏剧和体育也没什么兴趣，但如果能让他有一个可以静心演奏的地方，那倒是值得去领一张学生卡。

“午饭期间以及放学后半小时内，身份信息注册室会有一位老师负责……”校长东拉西扯地又说了几分钟，但奥古斯特已经没去注意听了。

集会结束后，他随着人流走出礼堂，来到了大厅。过了大约三十秒，他才意识到自己不知道接下来该去哪儿。大厅里乱哄哄的，到处都是身穿校服的身影；他一边往外挤，一边从包里掏出他的课程表。

“嘿，弗雷德里克。”

他抬头一看，发现科林正从人群中挤过来。他抓住奥古斯特的袖子，将他拉出了人流。“总算找到你了。”他目光下移，看见奥古斯特缩上去的袖子下露出的小臂，顿时睁大了他那双表情丰富的眼睛。“噢，这文身真好看，哥们儿。不过千万别让迪安看见了，他这人相当严厉。有一次我在脸上弄了个一次性文身——好像是个蜜蜂吧，原因我不记得了——然后他逼着我把它擦得一干二净。这是学校的规定。”

奥古斯特扯下袖子，科林则朝他手中的课程表偷偷瞄了一眼。“噢，太好了。我们上的是同一堂英语课。我想我在花名册上见过你的名字。我提前把所有的花名册都看了一遍，想看看我会和哪些人打交道，你明白吗？”奥古斯特不明白，而且他也说不清楚，科林到底是在自己的影响下才变得如此健谈，还是说他本来就这样。他觉得应该是后者。“唔，来吧，”科林拉着他朝一扇通往楼梯间的门走去，“我知道一条近路。”

“去哪儿？”

“当然是去上英语课呀。我们可以从走廊过去，但那里的一年级生太他妈多了！”他大声吼道。几个低年级学生目瞪口呆地望着他，那位穿裙子的老师则狠狠地瞪了科林一眼：“快去上课，史蒂文森先生。”

科林向她眨了眨眼，随即走进了楼梯间，并为奥古斯特扶着门。他不确定科林是在帮助他还是在诱拐他。但他不想人生中的第一堂课就迟到，因此还是跟着走了过去。就在门“砰”的一声关上之前，他似乎看见凯瑟琳·哈克从门外走了过去，而她周围的学生则像海水一般，纷纷朝两旁散开。

6

人们谈到开学第一天时，常常会用一些诸如“崭新的开始”和“新的起点”之类的词语，而且总会郑重其事地表示这是一次定义——或者说重新定义——你自己的机会。

在凯特看来，开学第一天是一次机会，她在之前的学校都曾利用过这种机会。以前的那些开学第一天仿佛都是在为今天做铺垫。她在科尔顿中学的第一天是一次定下基调的机会，一次给他人留下深刻印象的机会。她有一个额外的优势，即这里是她的地盘；这里的人或许不认识她，但一定都听说过她，而这样更好。任何事都有赖于此。到本周末，科尔顿中学将由她说了算。毕竟，要是连一所学校都无法统治，她就不配统治一座城市。

统治一所学校还是一座城市，凯特其实并不在乎。她只是不想让哈克觉得她是个软弱无能之辈，不想让他觉得她只是和他的长相和头发颜色相似。她想让他觉得她配得上待在他身边。因为这一次她绝不会再让他把自己送走。

她已经一路争取来到了这里。她会为了留下而拼尽全力。

我是我父亲的女儿，凯特一边想，一边昂首阔步地沿着走廊前行，挂坠和涂有金属色指甲油的指甲在灯光下闪闪发亮（她想起了视频里的恶魔那亮闪闪的牙齿，顿时勇气倍增）。众人的目光一路跟随她穿过走廊。大家都捂着嘴窃窃私语。她周围的学生群聚成堆，然后纷纷散开，向前拥来，接着又朝后退去，犹如一阵波浪，犹如一群椋鸟，一同聚拢，一同散开。

“你必须尽早征服他们。”她父亲曾这样对她说道。当然，他指的是恶魔，而非青少年，但他们之间有许多共同点。他们都具有蜂群式思维；他们思想一致，行动一致。城市和学校都是社会的一个缩影，而小型学校自有一套精致的生态系统。

圣艾格尼丝中学是其中最小的一所学校，只有一百个女生。而她读的第一所私立学校费希尔中学，据统计有六百五十人之多。科尔顿中学有四百名学生，人数不算太多，气氛应该会比较融洽，但也不算太少，因此肯定会有一小部分人不肯安生。

这很正常——总有些人想挑战统治者，想夺取权力，想获得众人的拥戴，或者追求其他类似的东西。凯特通常在开学头几天就能把他们认出来。这种人虽然不多，却是瓦解蜂群式思维的关键。她知道自己得尽快搞定他们。

她只需要一个机会来树立自己的威信。

让她颇感意外的是，有个机会立刻便自己找上了门。

凯特早就知道人们会低声议论她，议论关于她的传闻。这并非坏事。实际上，其中有些传闻还能起到宣传的作用。下课之后，沿着走廊朝下一间教室走去时，她偏着脑袋，听见了那些议论得最大声的传闻。

“我听说她把她就读的上一所学校烧了。”

“我听说她坐过牢。”

“我听说她要喝血，就像曼蛋那样。”

“你知道吗，她曾用斧头砍过一个学生？”

“疯子。”

“杀人犯。”

就在走进下一堂课的教室时，她听见了一句话。

“我听说她母亲疯了。”

凯特放慢脚步。

“没错，”那女孩继续说道，声音之大，足以让凯特听见，“她当时疯了，试图开车载着她们冲下大桥。”凯特把背包放在一张桌子上，然后漫不经心地在包里翻找，同时将她健全的那只耳朵对着那个女孩。“我听说哈克后来把她送走了，因为他不敢看她。她会让他想起自己那死去的妻子。”

“夏洛特，”另一个女孩低声说道，“快住口。”

没错，夏洛特，凯特心想，快住口。

但夏洛特并未住口：“或许他把她送走是因为她也疯了。”

她没疯，凯特想说。不，他以为她还年幼，以为她和她母亲一样软弱。但是他错了。

凯特将指甲用力地戳进自己的手掌，然后坐在座位上，双眼盯着黑板。整堂课她都这样坐着，抬头看着前方。但她并没有听课，也没有做笔记。老师说的字她一个都没听见，她也不在乎。她一动不动地坐在位子上，等待下课铃声敲响。铃声响起后，她跟随夏洛特走出了教室，然后沿着走廊前行。无论下一堂是什么课，都没有这件事重要。

那女孩绕道走进了最近的一个洗手间，凯特则尾随其入内，并且拉上了门闩。

夏洛特站在洗手池前，正在整理妆容。她的模样还算漂亮，但没有什么特别之处。凯特走到她身旁，开始冲洗手掌上的新月形血迹。她将头发拨到耳后，露出了从太阳穴至下巴的那道伤痕。旁边那女孩抬起头来，与镜中的凯特对上了目光，随即歪嘴一笑："需要帮忙吗？"

"你叫什么名字？"凯特问道。

那女孩扬起一只染成白色的眉毛，然后擦干了她的手。

"夏洛特。"说完，她转身欲走。

"不，"凯特慢悠悠地说道，"你的全名。"

夏洛特停下脚步，疑惑不解："夏洛特·查普尔。"

凯特默然一笑。

"有什么好笑的？"那女孩厉声道。

凯特耸了耸肩："我曾经烧了一座教堂[1]。"

夏洛特皱起面孔，露出厌恶的神情。"变态。"她咕哝着往外走去。

但她没能走出多远。

顷刻之间，凯特便把她抵在了墙上，同时用五根指尖涂成金属色的手指扼住了她的喉咙。凯特用空闲的那只手从衣兜里掏出打火机。她按下侧面的凹槽，银色的弹簧刀片咔嗒一声弹了出来。

夏洛特瞠目结舌地看着凯特。"你比我想象中的还要疯狂。"

[1] "查普尔"（Chapel）在英文中亦有"教堂"之意。

她喘着粗气说道。

有那么一瞬，凯特产生了弄痛她的念头，让她痛得死去活来。并非因为这样做能达到某种目的，仅仅是因为这种感觉会非常非常爽。可是倘若因此被学校开除，她之前为了回来所做的努力都将付诸东流。

他会把你从真理自治领送走。一去不返。

“等校长听说了这件事——”

“他不会听说的，”说着，凯特把小刀抵在了夏洛特的脸颊上，“因为你不会告诉他。”她的声音一如平时那样，低沉而冷静。

她曾经看过一部纪录片，讲的是受人膜拜的领袖，以及那些让他们富有感染力的特质。其中最重要的一项特质就是威严。很多人以为大声讲话就会有威严，实则不然。有的人无须提高嗓门儿就能让他的听众服从。凯特的父亲就是这种人。在他们一同度过的短暂岁月里，她曾仔细观察过他。卡勒姆·哈克从不大呼小叫。

所以，凯特也是如此。

她放松扼住夏洛特喉咙的手指，只松了一点点，然后把小刀挪到挂在那女孩衬衫上的金属挂坠前，漫不经心地敲了敲刻在上面的字母V。“我想让你记住一点，夏洛特·查普尔。”凯特倾身向她靠近，“这块挂坠或许能保护你不受恶魔的伤害，但它可阻止不了我来伤害你。”

这时，铃声响了，凯特撤回身子，脸上闪过一抹她最灿烂的笑容。刀片消失在打火机里，她放下了扼住那女孩喉咙的手。“快滚吧，”她冷冷地说道，“不快点的话你会后悔的。”

夏洛特捂着瘀青的喉咙，慌忙跑出了洗手间。

凯特没有跟着出去。她走到洗手池前，又洗了次手，然后理了理她的头发。她和镜中的自己对视了片刻，在这身深蓝色的校服下看到了另一个凯特。那个凯特属于另一种人生，属于一个更加平静的世界。但那个凯特在这个世界没有立足之地。

她深吸一口气，扭了扭脖子，然后朝教室走去。她十分确定，自己已经给别人留下了深刻的第一印象。

7

奥古斯特本该去上体育课。

或者说，所有的三年级生都该去上体育课（他们大概都去了）。但由于他患有哮喘病——他的档案上是这么写的——老师已经准许他去上自习。

奥古斯特其实并没有哮喘病。他身上倒是有四百一十八条一模一样的条痕。这些条痕已经布满了他的一只手臂，如今正在逐渐覆盖他的背部和胸部。亨利担心这些条痕会引起别人的注意。

所以奥古斯特没去上体育课，而是在上自习。或者说，他刚才在上自习。他以为可以利用自习课的时间学习一下，但今天是开学第一天，他没什么可学的。于是在征得监管老师的同意后，他去了洗手间，然后再也没回去。

此刻，他正站在身份信息注册室的门口。

来这儿的路上，他想出了一个不愿照相的借口——他曾经读过一本书，上面说有个原始部落相信，被别人拍过照后，自己的灵魂便会被盗走——但最后他发现，根本不需要借口。

办公室里空无一人。里面的灯是开着的，他拧了拧门把手，发现门没有锁。奥古斯特紧张地看了看四周，然后走进办公室，关上身后的房门。电脑屏幕上仍然显示着身份信息表，于是他在上面输入自己的个人信息：弗雷德里克·加拉格尔，十六岁，三年级，五尺十寸，黑色头发，灰色眼睛。

表格右上方有一块长方形空白。奥古斯特知道那里为什么空着。他咽了咽口水，点了下延时拍照的按钮，然后走到浅绿色的幕布前站定，就像之前他见其他学生做的那样。他直视相机的镜头，闪光灯随即闪了一下。他眨了眨眼，以消除残留在眼睛上的白光，然后屏住呼吸绕到了柜台后。当他看见屏幕上的照片后，却不由得心下一沉。表情虽然有点过于空洞，但他的五官基本是正常的——下巴、嘴巴、鼻子、颧骨、头发。看上去就是一个普通的男孩……除了他的眼睛。奥古斯特的眼部只有一片黑色的污迹。就像有人用炭笔勾画出他的面孔后，再将其涂黑了一样。

苏籁呀，苏籁，双目似炭，有个声音在他脑海中唱道。他的胃里一阵翻腾。

重拍？电脑上出现一条提示。

他点击了“是”。这次他没有直视相机，而是看着相机上方。还是不行。他的眼部仍然是一片黑色污迹。奥古斯特试了一次又一次，每次都将眼睛稍微转动了一点，或左或右，或高或低。黑色污迹的位置发生了变化，有时面积还变小了，但始终没有消失。他的视野里布满了光点，每次眨眼都会出现十几道光条。最后一次拍的那张照片上的他从屏幕里回看着自己，眼部还是一片黑色污迹，但眉间多了一道细微的皱纹，看上去神情沮丧。他不该如此大费周折，他应该明白这不可能成功，但他希望……希望怎样？

希望获得一次假扮人类的机会？他哥哥的声音诘问道。

为你歌一曲，再盗走你的魂。

他摇了摇头。

一声巨响。

好多声音。

重拍？电脑上出现一条提示。

奥古斯特的手指悬停在“否”上，但片刻过后，他还是点击了“是”。再试一次。他走到幕布前站定，深吸一口气，准备迎接那不可避免的一闪，迎接最后的尝试失败后带来的遗憾。可是闪光灯并没有闪。他确实听见相机发出了咔嗒一声。一定是闪光灯出故障了。他忐忑不安地走到电脑前，朝屏幕看去。

他顿时屏住了呼吸。

屏幕上的男孩站在原地，双手揣在衣兜里。他没有看镜头。他半睁着眼睛，头转向一边，面部轮廓很模糊。这张照片拍摄的那一刻，他一定正在移动。但照片上那个人确实是他。没有黑色污迹。没有空洞的眼睛。

奥古斯特颤抖着吐了口气，然后点击了“打印”。一分钟后，机器吐出了他的学生卡。他盯着照片怔怔地看了好几秒，然后将其揣进衣兜，在午饭铃声刚好响起时溜出了办公室。他朝自己的锁柜走去时，有人叫了声他的名字。好吧，是叫了声弗雷迪的名字。

他转身一看，发现是科林。他的两旁站着一男一女。“亚历克斯，萨姆，这位是弗雷迪。”科林介绍道，“弗雷迪，这是亚历克斯和萨姆。”

奥古斯特不确定谁是亚历克斯，谁是萨姆。

“嘿。”其中一人说道。

“嘿。”另一人重复道。

“你们好。”奥古斯特说道。

科林用手臂搂住奥古斯特的肩膀。这对他来说可不容易，因为他比奥古斯特矮了整整六英寸。突如其来的身体接触让奥古斯特心中一紧，但他没有抽身躲开。“你看上去好失落。”

奥古斯特刚一摇头，科林便打断了他的话头。

“你饿不饿？”他兴高采烈地问道，“我可要饿死了，咱们去吃午饭吧。”

“……令我毛骨悚然。”

“……这周末的派对……”

“……真是个混蛋。”

“……杰克和夏洛特是一对儿？”

奥古斯特低头盯着他那堆被吃了一半的食物。

餐厅里很吵——比他预想的要吵得多——盘子碰撞的哐啷声持续不断，人们的欢笑喧阗声此起彼伏，听上去就像枪声一样。但他努力不朝那方面想，而是把注意力放在手中转动的青苹果上。他最喜欢的食物就是苹果，不是因为味道，而是因为其口感。他喜欢苹果那冰凉嫩滑的表皮，喜欢将其握在手里那种实在的感觉。他发觉萨姆——原来萨姆是那个女孩——正注视着自己，于是把苹果放到嘴边咬了一口，竭力不露出苦涩的表情。

奥古斯特虽然可以吃东西，但他就是不喜欢吃。令他反感的并非吃这个举动，而是……人们喜欢谈论食物。他们会谈论无粉巧克力蛋糕的口感，谈论桃子的甜味，谈论一块上好牛排那引人垂涎的美味。对他们来说，每一种食物都各有风味。

对奥古斯特来说，所有的食物吃上去都一样，都没有味道。

“因为那些是人类的食物。”利奥会说。

“我是人类。”他会紧张地说。

“不。”他的哥哥会摇摇头，“你不是。”

奥古斯特知道他的意思，你超越了人类。但这并没有让他感觉到超越，这让他感觉自己像个冒牌货。

奥古斯特对音乐的感受，和其他人对食物的感受是一样的。他能品尝出每一个音符的味道，品味出每一段旋律的滋味。想到这个，他身上的条痕不禁刺痛起来，他的手指开始渴望触碰小提琴。桌子对面，科林正在讲故事。奥古斯特虽然没听，但一直在观察他。科林讲话的时候，他的面部表情一个接一个，就像一连串杂技动作。

奥古斯特又咬了一口苹果，咀嚼，吞咽，然后放下苹果。

萨姆倾身向前：“不饿？”

奥古斯特还没来得及把他包里吃了一半的食物给她看，科林便插了嘴。

“我一直都很饿，”他说道，嘴里塞满了食物，“我是说，一直很饿。”

萨姆翻了个白眼：“早就注意到了。”

那个叫亚历克斯的男孩叉起一片水果。“那么，弗雷德里克，”他着重念出了这个名字里的每一个音节，“科尔顿中学一般不会接收那么多新生。你被某所学校开除了？”

“我听说她是被开除的。”科林小声说道。他不必点明是谁。

“人们转学又不只是因为这个原因，”说着，萨姆转向了亚历克斯，“虽然你是被开——”

“我是主动转的学！”亚历克斯说道，然后把注意力转回到奥古斯特身上。

“嗯？是被开除的吗？还是主动转学？还是打了老师？”

“都不是，”他下意识地答道，然后用更慢的语调说道，“我一直在家里自学。”

“啊，难怪你那么安静。”

“亚历克斯，”说着，萨姆从桌下斜踢了他一脚，“你真没礼貌。”

“啥？我本来想说‘怪’的。”

又是一脚。

“没关系，”奥古斯特挤出了一个笑容，“我只是不习惯看到那么多人。”

“你家住哪儿呀？”满嘴面条的科林问道。

奥古斯特又咬了一口苹果，以此来压住即将出口的话。在争取的这几秒钟里，他整理了一遍思路，努力寻找合适的真话。“‘裂缝’附近。”他答道。

“我靠，”亚历克斯吹了声口哨，“在红环里？”

“对，”奥古斯特缓缓地说道，“但这里是北城，所以……”

“除非你没有挂坠，否则没什么好怕的。”科林接嘴道，同时敲了敲挂在他脖子上的那块刻了字的挂坠。

萨姆摇了摇头：“这可不一定。我听说在红环发生过一些可怕的事，即便是受哈克保护的人也未能幸免。”

亚历克斯朝餐厅扫了一眼：“别让她听见了。她会告诉她爸的。”

科林耸了耸肩，然后聊起了一场演唱会——这男孩的思维似乎比他还要跳跃——奥古斯特却顺着亚历克斯的目光瞧了过去。凯瑟琳独自坐在一张桌子前，但她看上去并不孤单。实际上，她嘴角微扬，面带一丝桀骜不驯的笑意。仿佛她就是想一人独处，仿佛人们躲着她是她的一种荣誉。奥古斯特实在想不明白。

“你来不，弗雷迪？”

他看着她漫不经心地挑拣饭菜，看着她用一根手指沿着她的挂坠边缘绕了一圈，看着她站起来。

“弗雷迪？”

餐厅里的气流随着她的起身发生了变化，众人的目光一路跟随着她。但她似乎不以为意。她倒掉餐盘里的剩菜，然后走出了餐厅，期间始终抬头看着前方。

“他压根儿没在听。”

奥古斯特将注意力转回眼前：“抱歉，你说什么？”

“周六有场演唱会，你来不？”

“我们谁都不能去，”萨姆插嘴道，奥古斯特正好不必回答这个问题了，“因为晚上有宵禁，科林。而且举办地可是在‘荒野’里面！”

“而且我们不想死。”亚历克斯用相当夸张的语气模仿萨姆说道。他说的同时，手臂还在胡乱挥舞。

“我妈会剥了我的皮的。”萨姆说道，无视亚历克斯对她的模仿。

“要是科煞先下手，你妈就不必剥了。”亚历克斯调侃道。萨姆惊恐地看着他，朝他肩膀上打了一拳。

“哎哟！”

“我只是觉得，”说着，科林倾身靠在了桌子上，“人生苦短，你们懂吗？”他说话时声调低沉，语气神秘。他总会让奥古斯特产生一种感觉，感觉自己好像并不是新来的，感觉自己好像一直都在这所学校。“你不能在惶恐中度日。”

奥古斯特不由自主地点了点头，虽然他人生的大部分时间都处于惶恐之中。他害怕自己是什么，害怕自己不是什么，害怕被揭穿，害怕变成其他东西，害怕消失不见。

“对，”亚历克斯插嘴道，“人生确实苦短，要是你大晚上在外面游荡，人生肯定会变得更短……”

科林撇了撇嘴：“弗雷迪可不怕恶魔，对吗？”

奥古斯特不知该如何回答。他不必回答。

“我曾经看见过一个恶魔。”科林继续道。

“你真会胡扯……”

“然后呢？”

“我当然是撒腿就跑啦。”

奥古斯特笑了。笑的感觉真好。

他咬了一口苹果。就在他准备再咬一口的时候，饥饿开始向他袭来。

不知不觉就开始了。

几乎是不知不觉就开始了，就像感冒开始前的那一瞬，就像你发烧之前感觉头晕眼花的那一刹那。倘若你老是在想——我的鼻子在发痒吗？我的喉咙越来越痛了？我的鼻塞持续多久了？——只会让病情恶化得更快。因此当饥饿向他袭来时，他竭力克制情绪，不让自己惊慌失措。

无视它，奥古斯特告诉自己。以灵驭体——饿意从肉体扩散至灵魂前，这方法都管用。之后他便有麻烦了。他全神贯注地调整呼吸，努力把空气吸入喉咙，吸进肺里。

“嘿，弗雷迪，你没事吧？”科林问道。奥古斯特发现自己正紧紧地抓着桌子。“你看上去有点不舒服。”

“对。”他一边说，一边撑着桌子站起来。他的腿被椅子勾了一下，差点儿绊倒。“我只是……我得去呼吸点新鲜空气。”

奥古斯特背上他的背包，倒掉剩下的午餐，然后从餐厅推门而出。他不在乎这道门通往何处，只要能让他出去就行。

他来到了学校后方，远处有一条树木形成的绿线。他大口地吸入清凉的空气，同时自言自语道：“你没事，你没事，你没事。”他随即发现，这里并非只有他一人。

有人清了清嗓子，奥古斯特立刻转过身去。凯瑟琳·哈克斜倚在一栋建筑上，指间夹着一支烟。

“糟糕的一天？”

8

凯特只想要片刻的清静。她只想要片刻时间来呼吸、思考，同时不被人围观。夏洛特的话仍然让她耿耿于怀。

我听说她母亲当时疯了，试图开车载着她们冲下大桥。

这番话勾起的回忆不止一个，而是两个。两个不同的世界，两个不同的凯特。一个躺在草地上，另一个则躺在路边。一个被乡村的窸窣草鸣环绕，另一个则被嗡嗡作响的死寂笼罩。

她不知不觉地摸向被头发遮住的伤痕，指甲沿着耳朵轮廓绕了一圈。她能感觉到指甲在剐蹭自己的肌肤，却听不见任何声音，这令她十分不安。

就在这时，有人"砰"的一声推开了门，一个男孩踉踉跄跄地走了出来。凯特立刻把手从耳边放下。那男孩看起来有些不知所措，有些不舒服。她其实没必要怪他。他是从餐厅出来的，任何人在那里面都会透不过气的。

"糟糕的一天？"

他抬起头来，一脸惊讶之情。她认出了他。弗雷德里克·加拉格尔，那个新转来的三年级生。近看之下，他更像一条丧家之犬，而非一个学生。他有一头蓬乱的黑发，头发后面是一双灰色的大眼睛。他看上去一脸饿相，骨头紧紧地绷着他的皮肤。

她看着他张开嘴巴，闭拢，然后又张开，最后却只说了一个字：“对。”

凯特抖掉烟灰，身体完全站直：“你是新来的，对吧？”

他微微扬起一只黑色的眉毛。“你也是。”他反击道。

他的回答让凯特颇感意外。她以为他是那种说话含混不清的人，或是那种卑躬屈膝之辈。与此相反，他说话的时候直视着她的眼睛。他的声音虽然柔和，却很沉稳。或许不是丧家之犬。

“你叫凯瑟琳，对吗？”

“凯特。”她说道，“弗雷德里克？”

“弗雷迪。”他纠正道。

她吸了口烟，眉头一蹙：“你看上去不像名叫弗雷迪的人。”

他耸了耸肩。他们就这么站在原地，互相审视着对方。时间逐渐流逝，他的目光变得越来越不自在。终于，他的灰色眼眸躲开她的目光，看向地面。凯特露出了胜利的笑容。她朝人行道和绿化带比画了一下。“你来我办公室有何贵干？”他环顾四周，大惑不解，就像他真的擅闯了此地似的。他抬起头来，然后说道：“看风景。”

凯特歪嘴一笑：“噢，是吗？”

他的脸唰一下红了。“我不是指你，”他连忙说道，“我是说这里的树。”

“哇哦，”她冷冷地说道，“多谢。我要怎样才能与松树和橡树比呢？”

“我不知道，”说着，弗雷迪把头一偏，又成了丧家之犬，“它们真的很好看。”

她把头发拨到耳后，这立即引起了弗雷迪的注意。但他的目光没有停留。他的脸上泛着红晕，但不全是因为窘迫。他看上去确实不舒服。

“我该给你找把椅子。”说着，她将烟灰抖落在人行道上。

“没事，”他重重地靠在了身旁的一堵墙上，“我只想呼吸点新鲜空气。”

她看着他的胸口一起一伏，看着他的灰色双眸凝望着天空中的一片垂云。他的眼里有某种东西，某种远在天边又近在眼前的东西。

你在哪儿？她很想这样问他。“给，”她把烟递到他的面前，“你看上去该来一支。”

弗雷迪却摆了摆手。“不用了，谢谢，”他说道，“那种东西会要你命的。”

她无声地浅浅一笑：“这世上很多东西都会。”

他露出一丝苦笑：“的确如此。”

铃声在这时响了起来，她随即离开墙壁：“回头见，弗雷迪。”

“我需要预约吗？”他问道。

她摆了摆手：“我办公室的门一直都开着。”

说罢，她捻灭烟头，走进了室内。

到这天结束时，都没人来招惹凯特。

消息显然已经传开——至少在四年级传开了——关于她在女卫生间对夏洛特所做的惊人之举。大部分人都与她保持着距离。当她从他们旁边经过时，他们会立刻安静下来。不过有少数人采取了另一种策略。

“我好喜欢你的发型。”

“你的皮肤真好。”

“你的指甲好漂亮啊，是铁做的吗？”

比起夏洛特那种人，凯特更反感那些一脸奴相的人。她见过有人匍匐在她父亲脚下，苦苦哀求，花言巧语，努力讨他的欢心。哈克有一次曾告诉她，这就是为什么他更喜欢恶魔而非人类。恶魔的确卑鄙又恶心，但它们对阿谀奉承或者撒谎没什么兴趣，而且也不擅长。它们确实很饥渴，但那种饥渴与野心无关。

“我不必琢磨它们想要什么，”他曾说，“因为我已经知道了。”

凯特一直都很讨厌恶魔。不过当学校里一半的人都躲着她，另一半人又千方百计地跟她套近乎时，她终于看到了恶魔的优点。她感到精疲力竭。放学的铃声终于响起时，她不由得舒了口气。

“瞧，”走向黑色轿车时，她对马库斯说道，“没被开除。”

“奇迹。”面无表情的司机为她打开车门。

在着色车窗的遮挡下，她终于卸下了脸上那冷若冰霜的笑容。轿车离开科尔顿中学，朝家里驶去。

家，这个字需要花些时间来适应。

哈克一家住在一栋大楼的顶层。这栋大楼以前叫“奥尔斯威大厦”，现在则被冠上了“哈克城堡”这个招摇的名字，因为整栋大楼上至尖顶、下至大楼前的人行道都属于她父亲。马库斯留在了车里，两名身着黑色西装的男子为凯特打开玻璃大门，恭请她入内。古典音乐如香气一般弥漫在空气中，乍听之下还不错，但很快就会令人生厌。这地方本身就充斥着腐朽、堕落的气息：大厅上方盖有拱顶；地上铺着深色的大理石地砖；四周的墙壁以白石砌成，镶有金边；

天花板上挂了许多水晶吊灯。

凯特曾看过一本科幻小说，讲的是一座光彩熠熠的未来之城，那里的一切表面上美丽迷人，内部却已经腐朽不堪。就像一颗烂苹果。有时候她很想知道她父亲有没有看过这本书（就算看过，他显然也没有看完）。

一名黑色西装男跟在凯特身后，护送她穿过大厅。大厅里到处都是身着盛装的男女，其中许多人显然期待着能够受到哈克的接见。其中一人——一位身穿奶油色外套的美女走上前来，试图把一个装满现金的信封塞进凯特手里，却被西装男给拦住了。（真可惜，凯特说不定会接受这人的贿赂。倘若她真的收了，也不会交给她父亲。）她没有理会那人，而是始终目视前方，径直走到了一部金色电梯前。这时她才转过身去，扫了一眼大厅，然后微微一笑。

“人都在互相利用，这是一条放之四海皆准的真理。利用他们，否则他们就会来利用你。”

这是卡勒姆·哈克关于如何始终身居高位的又一句名言。

卡勒姆·哈克一直都身居高位。至少有很长一段时间，他一直在往高处走。他这人擅长三件事：交友、树敌和挣钱（大部分都是靠非法手段）。早在“现象”和社会动荡之前，早在领地之战爆发和停战之前，他就已经在某种意义上成了一位国王。不是空有头衔的那种，不，那种头衔属于弗林家族。所有的城市都像一座冰山，真正的权力暗藏在冰山之下。早在那个时候，哈克就已经坐拥半座真理城。因此，当阴影开始长出尖牙，当周边的领地纷纷封锁边境，当恐慌驱使人们逃离这座城市、又被城外的人赶回城内，当人人都惶恐不安的时候，哈克立刻站了出来。

他这人很有眼光——一直都很有眼光——忽然之间，他将恶魔也收入了麾下。一切立即变得简单明了：要么跟随弗林，活在恐惧之中；要么跟随哈克，用钱财换来安全。

事实证明，为了安全，人们愿意花大价钱。

哈克家的顶层寓所装修简约，线条明快：这里的大理石和玻璃比大厅里还要多，其中搭配有深色的木质品和钢质品。这上面没有用人，没有西装男。这里的一切都是冷冰冰的，到处都是尖利的棱角，不适合家庭居住。但有一家人曾经住在这里。停战之后、那场事故之前，他们一家三口曾在这里住过几个月。可是当她在记忆里搜寻家的模样时，过往的画面却全部混在了一起。开阔的草地，远方的树木；破碎的玻璃，扭曲的金属。

没关系。

她现在已经回来了。她会把这里变成她的家。

“有人吗？”凯特喊道。

没人应答。她知道父亲不会为她举办欢迎派对，她知道不会听见“亲爱的，你今天过得怎么样”之类的话。他们家从来不搞这一套。她父亲的私人办公室紧邻这套顶层寓所，同时也是一个独立的房间，一个独立的世界。办公室那巨大的房门已经上了锁。她把健全的那只耳朵贴在木门上，只听见一阵阵低沉的嗡嗡声。隔音门。凯特离开房门，转身走回顶层寓所。

落地窗外，夕阳正逐渐沉入高楼之后。她点了下墙上的控制面板，灯光随即亮起，整个屋子顿时充满了人造白光。她又点了一下，音乐立刻从遍布寓所的扬声器里喷涌而出，打破了屋里的死寂。她一直盯着她父亲的办公室，手指则按住面板不放；音量不断升高，音乐声开始在她的胸腔里振动，同时也填满了这套空旷的寓所。她朝厨房走去，脚步声淹没在强劲的音乐节奏中。她坐到柜台旁的一张凳子上，然后打开她的背包。科尔顿中学的作业多得吓人，但她已经在寄宿学校待了多年，知道这些学校除了布置作业也没什么可干的。她的资料中夹着一张大学预科宣传册，标题为“从科尔顿中学毕业后的人生”。宣传册上给出了许多选择，大部分都在真理自治领内，有少数在领地之外。真理自治领四周的边境两年前已经重新开放，条件极其严苛——根据《隔离法第53条：其他》，本领地仍然是一片封闭的区域——但凯特猜测，有少数科尔顿中学的学生收到大学邀请后，会凭借过硬的关系拿到出境证件。

毕竟，其他领地想要的是真理自治领的顶尖人才。

他们不想要他们的恶魔。

她将宣传册扔在一旁。

大理石柜台上放着一堆崭新的挂坠，这些沉重的铁质圆牌的正面均刻有一个华美的字母V。凯特心不在焉地在柜台上转起了一块挂坠。铁。恶魔虽然很讨厌铁，但带来安全的并非这种金属，而是哈克。任何人都可以在自己的脖子上挂一块金属，然后祈祷它能保佑自己平安，但这些挂坠有其特殊的价值。

每一块挂坠的背面都刻有一个数字，每一个数字都分配给了——或者即将分配给某个人；她父亲的办公室里有一本账簿，上面记录了每一个付钱给他、以免遭受恶魔伤害的人的名字。恶魔们害怕的并非这种金属。恶魔们害怕的是他。

她打了个响指，再次转动那块挂坠，看着挂坠的两面翻来覆去。

没有挂坠，就得不到保护。这便是哈克的法律。

挂坠转动的同时，她察觉到身后有什么东西在移动。虽然立体音响放出的强劲节奏让她听不见动静，但她颈后的汗毛却竖了起来。她立刻明白，厨房里来了不速之客。

她将手滑到柜台边沿下，握住一把绑在花岗石上的手枪。就在挂坠倒下的那一刹那，她猛然站起来，解除保险，举起手枪。她顺着视线看去，发现一对血红的眼睛正注视着自己。

斯隆。

六年前她回到真理城，回到她父亲身边时，就注意到了站在他身旁的斯隆。他是她父亲最宠爱的曼蚕。穿上一套量身定做的黑色西装后，他看上去和人类几乎别无二致。他和卡勒姆·哈克身高相同，但体格不同；他和哈克一样，有一双深陷的眼睛，但斯隆的眼睛是火红色，哈克的眼睛则是亮蓝色。如果说哈克壮如公牛，斯隆则瘦如幽灵。他那身黑色的骨骼在他那层薄如纸张的皮肤下清晰可见。他脸色苍白，看上去病恹恹的。不，凯特心想，他看上去就像死了，就像一个阴冷天里的一具尸体。

这恶魔的脸上烙了一个字母 H，就在他的左眼下方，大小和形状与一枚大学毕业纪念戒相同。（她父亲的左手上戴了一枚，就在他的婚戒上方。）

斯隆的薄唇向后拉动，露出如鲨鱼牙齿般锋利的牙齿，每一颗都锉得尖锐无比。

曼蚕呀，曼蚕，阴险狡诈，

笑着咬着，饮尽你的血。

斯隆在对她说话，但在震耳欲聋的音乐声中，凯特听不见他在说什么。她也不想听。斯隆的声音听上去让人很不舒服，虽然既不嘈杂，也不吵闹，却过于轻柔，过于甜腻。她没见过曼蚉进食，但她能想象出他进食时满身血污、声音却依旧甜腻得令人作呕的样子。

我听不见你的声音，她用口形说道，希望他能就此离开。但斯隆耐心十足。他伸出一只手，用尖利的指甲碰了碰墙上的控制面板。强劲的音乐顿时烟消云散，他们再次回到寂静无声的世界。

凯特没有放下枪。她很想知道枪里装的是哪种子弹。银弹？铁弹？铅弹？某种能对他造成伤害的子弹。

“回家还不到一个星期，”与刚才的音乐相比，他的声音显得非常小，她不得不仔细去听，“你就已经找到了武器。”

凯特冷峻地笑了笑：“我能说什么呢？”

“你打算开枪打我吗？”说着，斯隆往前走了一步。他那双红色的眼睛里泛着兴致勃勃的亮光，仿佛这是一场游戏。

“我考虑过。”凯特说道，但没有开枪。忽然，她感觉枪变重了，往下一看，发现斯隆的手正随意地搭在枪管上。她根本没看见他移动。在曼蚉面前就是这样，人类的动作慢得只能任其宰割。

斯隆用舌头在他的尖牙上弹了一下，发出咔嗒一声。“我亲爱的凯特，”他说道，“我不是你的敌人。”

他的手指向前滑来，抚过她的手指。他的皮肤又冷又滑，很像爬行动物的皮肤。她不禁把手一缩，放弃了那把枪。他把枪放到他们之间的柜台上：“看来今天没遇到什么麻烦。”

凯特朝自己比画了一下：“安全到家。”

“那学校呢？”就像他真的在乎似的。

“还在那儿。”厨房里的温度在逐渐下降，仿佛斯隆正在吸走所有的热量。凯特将双臂抱在了身前。“你起得真早。”

“好新鲜的吸血鬼笑话。”斯隆虽然从来不笑，但他和她父亲一样有种冷幽默。只有科煞才在夜间出没，因为它们害怕白昼的光芒。虽然曼蛋以血为食，从黑夜中汲取力量，但他们并非吸血鬼，他们不怕十字架，不会在太阳下着火。但如果用一块纯金属插入其心脏，还是能将他们干掉。

凯特看见斯隆朝柜台上的那堆挂坠瞟了一眼，他的身子微微一缩，随即转身走到落地窗前，置身于微弱的暮光之中。

她一直觉得斯隆不仅是哈克的仆从，而且是他的曼蛋。是某种可怕罪行的产物，是某种罪恶行径的余波，就像她在视频里看到的那些科煞一样。他是被哈克的所作所为唤醒的。为了得到斯隆这样的生物，他究竟杀了谁呢？这曼蛋在凯特不在的时候，在她父亲身边待了多长时间了？这个问题让凯特恨不得朝这恶魔的眼睛里射入一颗银弹。

她的目光移向了这曼蛋脸上的那块烙印：“给我讲一讲吧，斯隆。”

“嗯？”

“你是如何成为我父亲的宠物的？”这曼蛋的表情顿时凝固，就像冻僵了一样。“我走之后，你学会了什么绝技？你会坐下吗？还是会躺下？还是会接飞盘？”

“我只有一个绝技，”说着，他将瘦骨嶙峋的手伸到了她的脑袋旁，“我知道如何聆听。”

他在她失聪的那只耳朵旁打了个响指。凯特立刻伸手去拿手枪，却被斯隆抢先了一步。“啊哈，”他警告道，摇了摇手中的枪，“身手不错嘛。”

凯特举起双手，往后退了一步。“谁知道呢，”斯隆一边说，一边转着那把手枪，“要是你守规矩，说不定哈克最后也会认可你呢。”

9

奥古斯特感觉糟透了。

他在地铁的座椅上一坐下，就闭上了眼睛，他身上的那四百一十八道条痕立刻嗡嗡嗡地响了起来。持续不断的枪声在他脑海中远远地回荡，太阳穴随之突突地跳动。他虽然努力不去多想，但这就如同身上某个部位在发痒不去挠一样。

“你怎么能这样对我？”过道对面有个女人厉声问道，她站在一个正低头盯着平板电脑的男人面前。见他没抬头，她用手使劲拍了下屏幕。“看着我。”

“该死，莱斯莉。”

“我和她可是同事！”

“你真的想现在说这个吗？”他咆哮道，“好吧，那我们来好好数数。”

“你真是个大混蛋。”

“埃里克、哈里，还有乔，这些不都是把你甩了的——”

她重重地扇了他一巴掌——这声音在车厢里的众人听来是“啪”的一声，但在奥古斯特的脑袋里则是“砰”的一声。人们纷纷把头转向了争吵的那两人。他使劲咽了口唾沫。他的感染力正如热量一样从他身上散发，向四周扩散。两个座位之外，有个男人突然抽噎起来：“都是我的错，都是我的错，我不是有意要那么做的……”

“你真是个贱人。”

“这不值当。”

“我应该早点离开的。”

“都是我的错。”

车厢里越来越嘈杂。奥古斯特紧紧抓着座椅，指关节已经开始发白。他在心里默数着距离“裂缝”的站数。

“你没事吧？”当他来到帕丽斯的公寓时，她问道。她有特殊的感知能力，能感知一切不对劲的事。

“我还活着。”说着，奥古斯特脱下校服，换上了他的弗特队夹克。

她伸出一只手来，摸着他的脸颊：“你的脸好烫。”

他的骨头正在逐渐升温，肌肤则被骨头紧紧地撑着：“我知道。”

地下室里不仅凉快，光线也暗，令他感觉轻松而自在。他很想闭上眼睛，躺在潮湿的地上。但他还是继续前进，穿过隧道，进入另一头的建筑，上楼，出门。在破败不堪的街道上往南走了四个街区后，他回到了家。他在电梯里看着自己的映像，尽力整理了一下头发，平复自己的面容。他看起来虽然十分憔悴，但病痛暂时还未显现出来。

亨利正在“塔楼”里等着他。“奥古斯特？”他厉声说道，“你离开学校时应该给我发条短信。”

“对不起。”他咕哝道。

“你没事吧？”

天哪，他恨死这个问题了。

“我会好起来的。”他勉强说道。这并非谎话。他会好起来的，终将好起来。

“你看上去可不好。”亨利表示怀疑。

“漫长的一天。”他紧咬牙关，低声说道。

亨利叹了口气：“那好吧，振作一点。为了庆祝你第一天上学，艾米莉做了一顿丰盛的晚餐。”

“真荒唐，”他说道，“我们三个又不会吃。”

“迁就她一下吧。”

奥古斯特揉了揉眼睛：“那我先去冲个澡。”

他任浴室里的灯关着，然后在黑暗中脱下了制服。喷头流出来的是冷水，但他没有把水调热。他走进水流之中，不禁倒抽一口凉气。他在冰冷的水流中瑟瑟发抖。他一直站在那儿，直到他的骨头不再疼痛，直到冷水的寒意将他胸中的火焰减弱，直到他不再感觉每一次呼吸都像吸入一口浓烟。他将额头靠在淋浴墙上。你没事，你没事，你没事。

他从浴室出来时，太阳已经沉入了西边。

大家都在厨房里等着他。

“他来啦。”说着，艾米莉给了奥古斯特一个拥抱。

“我们正要担心呢。”由于刚冲了澡，他的皮肤还是凉的，所以她没发现他在发烧。但他还是轻轻推开了她，朝餐桌走去。

奥古斯特突然瑟缩了一下；头顶的灯光太过明亮，椅子拖动的声音太过刺耳。一切都显得无比突出，就像他人生的音量忽然以一种别扭的方式被调高了似的。噪声太大，气味太浓，痛楚——他确实感觉到了痛楚——太过强烈。但是和感官受到的刺激比起来，他的情绪要糟糕得多。焦虑和愤怒在他的皮肤下和脑袋里熊熊燃烧。每说一句话，每一次思考，都像是干柴上迸出了一串火花。

桌子已经摆好。两个盘子里盛着食物；另外三个盘子只是象征性地摆着餐巾。太荒唐了。简直是在浪费时间。他们究竟为何要努力装作——

“坐在我旁边吧。”伊尔莎拍了拍她左边的座位。

奥古斯特坐到了椅子上，紧紧地攥着拳头。他感觉利奥正盯着自己，目光如石头般沉重，但开口的是亨利。

“那么，你看见她了吗？”

“我当然看见她了。”奥古斯特说道。

“还有呢？”艾米莉追问道。

“还有她看起来像个女孩，看上去一点也不残忍。”当然，她想展现出残忍的气质，但她的表现就像是刻意装出来的，仿佛那是一块遮布。他自己的遮布则裹得太紧。奥古斯特闭上双眼，一滴汗珠顺着他的后背往下滑去。他感觉自己就像一堆余烬，正微弱地燃烧在——

“还有什么吗？”

所有人都一脸期待地看着他。奥古斯特努力集中精神：“唔，我想我似乎……在不经意间……交了个朋友。”

伊尔莎露出了微笑，利奥扬起一只眉毛，亨利和艾米莉则交换了一个眼神。“奥古斯特，”亨利缓缓说道，“非常好。不过要千万小心。”

“我很小心。”奥古斯特厉声说道。他能听出自己声音里的烦躁，但他无法冷静下来，正如他无法降低自己的体温一样。“是你想让我混进去的。要是我不交朋友，不是会更引人注意吗？”

“我完全赞成你交朋友，奥古斯特，”亨利平静地说道，“但是别走得太近。”

“你以为我连这个都不明白吗？”他顿时火冒三丈，“你真以为我是傻子吗？就因为把我关在这里四年，你就觉得我一点常识都没有吗？我该怎么做，爸爸？邀请他们来这儿吃个饭？”他撑着桌子站起来。

“奥古斯特。”伊尔莎恳求道。

他走出房间时，听见他的父母撑着椅子站了起来，但跟着他来到走廊的是利奥。

“你上次进食是什么时候？”他严厉地问道。

见奥古斯特犹豫不答，利奥渐渐向他逼近。他往后缩去，想要抽身离开。但他哥哥身体太壮，速度太快，他只走出半步，就被利奥按在了墙上。他托住奥古斯特的下巴，将他的脸用力扳了过来，然后用那双黑色的眼睛直盯盯地看着他：“什么时候？”

利奥的影响力从他的声音和身体同时流出，强行将答案从奥古斯特口中逼了出来：“几天前。”

“该死，奥古斯特。”说着，利奥往后退了一步。

“什么？”他厉声回应道，揉着自己的下巴，“你可以一周不进食，有时更久。伊尔莎似乎根本不需要进食。为什么我要？”

“因为你需要。你的行为真是愚蠢，而且毫无意义。你的体内燃烧着一团火焰，弟弟。你应该接受它的热量，而不是压制它。”

“我不想——”

“这不是你想不想的问题，”利奥打断他道，“你不可能通过挨饿来增强抵抗力。你知道不进食会有什么后果。所有那些宝贵的小条痕都将消失，而你将不得不从头再来。”但奥古斯特担心的不是这个，利奥也心知肚明。失去那些条痕并不重要，重要的是他会随着它们的消失而失去某种东西，某种利奥已经失去的东西：“你目前有多少条痕，弟弟？”

奥古斯特吞了吞口水：“四百一十八条。”

“四百一十八天，”利奥重复道，“很了不起。但是你不可能两者兼顾。你要么进食，要么沉沦。你上次沉沦时死了多少人？八个？”

那个数字爬上了奥古斯特的喉咙。

“九个。”他低声道。

“九个，”他哥哥重复道，“九条无辜的生命，全因你拒绝进食而死。”奥古斯特将手臂抱在身前。“你到底想怎么样？”利奥厉声诘问道，“过普通的生活？变成人类？”他说这个词的语气，就像它玷污了他的舌头一样。

“做人类总比做恶魔好。”他咕哝道。

利奥绷紧了下巴。“听好了，弟弟，”他说道，“别把我们和那些卑贱的生物混为一谈。我们不是科煞，不像昆虫那样群聚在一起。我们不是曼蚕，不像禽兽那样进食。苏籁代表了正义，苏籁代表了均衡，苏籁——”

“自以为是，而且喜欢用第三人称说话？”奥古斯特不由自主地插嘴道。

利奥眯起了他那双黑色的眼睛，但依然镇定如常。他永远那么镇定。他掏出手机，拨了个号码。电话接通了。“告诉哈里斯和菲利普准备出去走走。”说罢，他便挂断了电话。他从衣兜里摸出一张折好的字条，塞到奥古斯特手里。“在你的情绪完全失控前去吃点。”利奥伸手勾住奥古斯特的脖子根，将他拉至面前。“假装你吃的是鸡肉，”他轻声说道，“假装你是普通人。你想怎样假装都无所谓，弟弟。这并不会改变你的本质。”

说完之后，利奥放开手，回到他在餐桌旁的座位上。

奥古斯特没有跟过去。他一直站在走廊里，直到心情完全平复，然后便去拿他的小提琴了。

10

哈克办公室的房门终于打开时，太阳已经沉入西天，余晖遍布于苍穹之中。凯特一直坐在厨房的柜台旁，并非因为她勤奋好学——她的作业早就做完了——而是她执意要在这儿等她父亲出现。自从那辆黑色运输车在那天黎明之前将她送来以后，他已经躲了她整整一个星期了。

第一次分别时——当时她年仅五岁，这座城市正在分崩离析，哈克将她们塞进了一辆汽车，她不住地抽泣，因为她不想走——他用手捧着她的下巴说道："我的女儿不能哭。"

她立刻停止了哭泣。可当她在停战后回来时，他对她说的第一句话却是："让我以你为荣。"后来她辜负了他的期望。现在凯特又回来了，而这一次她绝不会失败。

夏洛特的话在她耳边响起。

他不敢看她。

这不是真的。他只是还不知道而已——她已经不再是他十二年前送走的那个小女孩，不再是那个把虫子放生而不是弄死的小女孩，不再是那个害怕黑暗的小女孩。她不再是六年后回来的那个小女孩，不再是那个一做噩梦就哭泣、一看到血就头晕的小女孩。她不像她母亲那样软弱，她不会精神崩溃，不会在午夜时分偷偷离去。

她是她父亲的女儿。

凯特一动不动地坐在柜台旁，偏着头，以便听见哈克走过镶木地板时的沉重脚步声。她等着，听见脚步声渐渐远去，而非向她靠近。她听见哈克按下电梯按钮，听见电梯上升时的剐蹭声，听见电梯降了下去。四下里都安静了，凯特站起来，正要朝电梯走去，却发现斯隆挡在门口。

窗外天色已暗，斯隆看上去却益发真实，真实得令她惴惴不安。他皮肤下的骨骼清晰可见，犹如一道道瘀伤。他的牙齿看上去比平时更长、更锋利，好似一排排银色的刀尖。

“饿了？”

凯特摇了摇头：“他去哪儿了？”

“谁？”那曼蚤问的同时，眯起了他的红色眼睛。他显然不想浪费时间来照看她。他的表情充分说明了这一点。

“哈克就是让你这么打发时间的吗？”她刺激他道。

“我们来做个游戏吧，”他和颜悦色地说道，“你先让我别挡你的道，说我是个恶魔，然后我说你是个娇生惯养的臭丫头，接着我们便大吵一架。这一定非常有趣。或许等我们吵完，你会气冲冲地跑回房间，然后‘砰’的一声摔上房门，就像普通的青少年那样。”

凯特朝他冷冷一笑：“我可不是普通的青少年。”

斯隆叹了口气：“我倒希望你是。”

“告诉我他去哪儿——”

斯隆猛地冲上前来，将她牢牢地抵在了柜台上。这股突如其来的冲击力，就像在她的肋骨上打了一拳，将她肺部的空气全挤了出来。

“蹲下，狗。”凯特怒吼道，竭力不让她的声音流露出恐惧。

那曼蛋并没有动。他用血红的眼睛打量了她一番。“你没看出来吗？”他低声说道，“哈克不想让你待在这儿。”

“你又不知道——”

“我当然知道。”一根冰凉的手指按在了她的脸颊上，指甲锉得很尖。

她咽了咽口水，毫不让步：“我已经不再是小孩了。”

“你永远都是我们的小凯瑟琳。”他轻声说道，“哭哭啼啼进入梦乡，求母亲带她离开。”

“想走的是我妈，不是我。”

“你可以欺骗你自己，我却不能。”

一滴鲜血滴在斯隆的指甲上，但凯特没有退缩。“我是哈克家族的一员，”她缓缓地说道，“我属于这里。现在告诉我他在哪儿？”

那曼蛋叹了口气，然后移开目光，凝视着窗外愈发黑沉的夜色。“地下室。”凯特吞了吞口水，立刻朝电梯走去。“你真的不该去那儿。”

电梯门打开了。凯特走进电梯，转过身来，面向那曼蛋：“为什么不该？”

他的脸上闪现出一抹狞笑。“因为那个地方，”他说道，“有真正的恶魔。”

哈里斯和菲利普在奥古斯特下楼途中来到他身边。

电梯在十五楼停下后，这两个肌肉发达、身着黑色作战服的家伙走进了电梯。哈里斯今年十八岁，帽子下面有一头长长的黑发。

菲利普二十岁，留着寸头。和南城大部分年轻小伙子一样，他们当初也是毫不犹豫便加入了弗特队。他俩都是那种乐观开朗的家伙，一看见麻烦便会劲头十足地迎上前去，而非逃之夭夭；用高紫光束射中科煞的头部，将其击杀之后，或是用铁锥捅穿曼蛩的心脏后，他们一定会来个击掌庆祝。

“这样我们就到了三楼，你知道那条走廊吧？就是摄像头不能全拍到的那条，然后——噢，嘿，奥古斯特！”

“救命的电梯呀，”菲利普说道，对奥古斯特露出一个亲切的笑容，“你能撑住吗？”

奥古斯特僵硬地点了点头。他的怒气正在向外散发，而这不是个好兆头。随之而来的后果会更糟糕。

“你看上去需要来针兴奋剂。”说着，哈里斯摘下了他的弗特队队帽，将其扣在奥古斯特的黑色鬈发上。只有几个经过精心挑选的弗特队队员知道奥古斯特到底是谁——更重要的是——到底是什么。“我正在给菲尔[1]讲那位热辣的——”

“你配不上她，哥们儿。”

“闭嘴。”

“不，”菲利普说道，这时他们来到了大厅，“我指的是字面意思。人家可是二队的队长，而你是啥——你不是刚被降职，又变成一个无名小卒了吗？”

哈里斯翻了个白眼。“你呢，奥古斯特？像你这么帅的恶——”

[1] 菲利普的昵称。

菲利普朝他瞪了一眼。“——小伙子，有意中人没有？”

“信不信由你们，”奥古斯特说话的时候，他们来到了夜幕笼罩的室外，“我的选择很有限。”

“不，你得把视线放宽一点。看看除了你们之外的——”

菲利普清了清嗓子。“今晚我们要拜访谁？”他一边问，一边扫视街道。奥古斯特将琴盒的背带挂在自己的肩膀上——他给小提琴换了一个琴盒，看上去像是装武器而不是装乐器的那种盒子——然后打开了利奥给他的字条，一张人物简介，一个受害者。奥古斯特不想用这个词——受害者是无辜的，而这人并不无辜——但这个词在他脑海里始终挥之不去。

“艾伯特·奥辛格，”他大声念道，“费林巷259号，3B。”

“不是很远，”菲利普说道，“我们可以走过去。”

奥古斯特跟在他们后面，研究着那张字条。文字下面印了一张模糊的照片，是从视频上截的图。

有时候人们会向亨利·弗林报案，请他主持正义，但他们的大部分目标都是根据视频选取的。南城有自己的一套监控系统。伊尔莎大部分日子都在浏览这些视频，搜寻其他人看不见的影子，不该出现的影子。搜寻某人的暴行引发的恶果，搜寻罪人。

科煞吃肉，曼蛋饮血，而吃的是谁的肉，饮的是谁的血，对它们来说则无关紧要。但苏籁只以罪人为食。这正是他们与前两者的不同之处。这是他们最重要的秘密。这是利奥自以为正义的根源，也是所有弗特队成员都不许有影子的原因。这也是为什么在“现象”和社会动荡的初期，利奥选择了支持亨利·弗林，而不是那位影子多得不计其数的卡勒姆·哈克。

“我们是邪恶至极的暴行造就的光明。”利奥常常这样说。

奥古斯特觉得他们就像一支超级清扫队，被创造出来铲除各种罪恶之源。

而艾伯特·奥辛格已经被正式打上了源头之一的标记。

他前面的脚步忽然停了下来。奥古斯特折好字条，抬头看去。他们来到了一条满目疮痍的街道的拐角处，大部分路灯要么不亮，要么闪个不停。菲利普和哈里斯掏出他们的高紫手电筒，在街上来回照射。他们正一脸期待地看着他。

“什么？”

菲利普把头一偏，哈里斯则用手指了指一栋建筑：“我说我们到了。”

这是一栋五层楼高的公寓，看上去破败不堪，墙上的油漆已经剥落，砖块上尽是裂缝。路边散落着窗玻璃的碎片，窗户上的玻璃残渣已被敲下，并用铁钉钉上了木板。他们把这种地方称为巢穴。人们躲藏其中，就像在等暴风雨结束。

谁也不知道里面究竟藏了多少人。

“你想让我们进去吗？”哈里斯问道。

他们总会提出这个问题，而奥古斯特总会告诉他们最好和他保持距离。他的音乐虽然无法伤害他们，但依然会对他们造成影响。

奥古斯特摇了摇头。“在前门守着。”他转向菲利普，“还有太平梯。”

他俩点了点头，便分头行动去了，奥古斯特则登上了正门的台阶。门上挂着一块X状的金属，但并非纯金属。即便是纯金属，也阻挡不了他。他从外套口袋里掏出一张门禁卡。这张卡是弗特队配发的装备，内置有安全码。他刷了下卡，门内的锁应声而开。当他拧转门把手后，门却几乎没有移动。他不知道这门是不好开，还是被抵住了。他用肩膀顶住那块金属，用力往里推。门的底部刮过地面，发出一阵尖厉刺耳的声音后，终于——忽然——门被打开了。

公寓内，楼梯上堆满了盒子、板条箱，以及所有可以用来阻挡黑夜溜入的东西。天花板上的强紫灯给走廊蒙上了一层诡异的光芒，角落里有个红色小点正在不停地闪烁。南城的监控探头都连入了同一条封闭网络，但是当奥古斯特朝三楼走去时，他还是拉下弗特队队帽遮住了自己的眼睛。他的肩上背着小提琴。

苏籁呀，苏籁，双目似炭。

为你唱首歌，再盗走你的魂。

他能听见墙壁之后的声音，有的低沉，有的喧闹，有的有些失真——电视机或收音机发出的杂音——有的则简单而真实。

他来到 3B 房间门口，将耳朵贴在门上倾听。越饥饿，他的感官就越敏锐。他听见电视机发出低沉的声音，听见沉重的脚步踩在地板上发出的嘎吱声响，听见炉子上煮的东西已经沸腾，听见有个人在呼吸。只有奥辛格一个人在家。奥古斯特撤回身子；门上没有猫眼。他做了个深呼吸，挺直身子，然后敲了敲门。

3B 房间里的声音倏然消失。脚步声消失了。电视机也关了。接着门闩滑开，房门打开，一个穿着半扣衬衫、身材瘦削的男人站在门口向外张望。他的影子蜷缩在他身后，影子之后是一个杂乱无比的房间，到处都是堆得很高的书本、凹陷的盒子、垃圾袋、衣服和食物——有的已经腐烂。

“奥辛格先生，”奥古斯特说道，“我可以进来吗？”

艾伯特·奥辛格一看见奥古斯特的眼睛，立刻便明白了。不知怎么回事，他们总是会明白的。那人大惊失色，当着奥古斯特的面用力关上房门，或者说试图关上房门。奥古斯特一把抓住木门，使劲往里推。惊慌失措的奥辛格转身就跑。他在奔逃途中撞翻了一摞书，拉倒了一个摆满食品罐头的架子。就像他真有路可逃似的。

奥古斯特叹了口气，走进屋内，关上了身后的房门。

11

电梯门滑开之后，富丽奢华的氛围随之消失。楼上的“哈克城堡”到处铺设着大理石，到处镶着金边，但在楼下这间地下室里，看不到擦得发亮的地板，看不到光彩夺目的枝形吊灯，听不到巴赫那舒缓的音乐。那些都只是表层，是苹果光滑的表皮。这里才是腐朽、溃烂的核心。

“奥尔斯威大厦”的地下室里设有一块“活动场地”。十年前，一颗炸弹曾在这间地下室里爆炸，炸掉了墙上的油漆，夺走了十七条人命，但四周的钢筋混凝土骨架完好无损。恐怖的回音如今依然在墙壁之间回响，并逐渐渗入了光秃秃的地板。这里是卡勒姆·哈克听政议事的地方，但不是同他的市民——他的臣民——议事，而是和他手下的恶魔议事。

凯特站在电梯里向外观望，犹豫不前。地下室的灯光全被调整了方向，不再照射墙壁，而是照向了这间巨室的中心，照亮了位于中央的一座高台。光线昏暗的角落里聚集了大量科煞。这些恶魔在地下室的四面八方不断弄出树叶或碎片一般的窸窣响动，在阴影中发出死者临终前的那种咳痰声，发出整齐划一的沙哑低语。它们的声音汇聚在一起，形成了一种声音。

打断毁肉血骨打断

它们是噩梦里出现的妖魔，是惊悚的床边故事里提及的鬼怪，是藏在床垫下、躲在衣柜里的那种东西，它们被赋予了生命、尖牙和利爪。要小心，父母们通常这样告诉他们的孩子，要听话，否则科煞会来找你。但事实是，科煞根本不在乎你是否小心，是否听话。它们聚集在黑暗之中，以恐惧为食。它们的外貌无比丑陋，那肿胀的体形只有你用余光瞥见时才像人类。而到了那个时候，逃跑通常已经来不及了。

凯特一直注视着离她最近的那个科煞，直到眼睛适应昏暗的光线后，她才终于看见它那乳白色的瞳孔，看见它那影影绰绰的轮廓和锋利尖锐的牙齿。几乎不可能杀得死。用一道强烈的阳光照射其头部能够杀死它们——其他较弱的光线只能将它们赶跑——但首先你得找到它们的头部才行。这看起来容易做起来难，因为它们的轮廓全都聚作一团，在黑暗中模糊不清。

科煞的思维模式是蜂群式思维——你要么将其全部控制，要么一个也控制不了——哈克采用某种方法收服了它们。他肯定是先把它们引至地下，然后关掉灯光，但接下来发生的事已经成了传说。有人说是他的勇敢无畏震慑了它们，有人说他在喷洒装置里注入了液态金属。过了数天——数周，当科煞们终于痊愈以后，它们全都臣服在他的脚下。

哈克手下的曼蚕站在高台附近。他们身着黑色服装，瘦骨嶙峋的手臂抱在胸前，眼睛在枯瘦的面孔上如余烬一般燃烧着。大部分看上去是男性，有少数大概是女性，但没有一个看起来像人类。他们的身体似乎在散发寒气，吸走了空气中所有的热量（凯特想起斯隆那冰冷的肌肤，不禁打了个寒战），他们左脸的颧骨上都有一块相同的烙印——一个字母 H。附近有个科煞与一个曼蛋靠得太近，那曼蛋立刻发出一阵嘶声，亮出了一排排锯齿状的尖牙。恶魔群中还有许多男人和女人，都是身强体壮、满脸伤疤的恶棍。他们到这里来是为了展示自己的力量——但他们身旁的曼蛋看上去要比人类凶恶得多。

哈克的藏品中唯独缺少苏籁。那些稀有的生物——从“现象”中诞生的最可怕的东西——已经与南城的弗林结盟。有人说苏籁不愿被控制；也有人说他们只是不愿被哈克控制。不管怎样，哈克方人多势众，弗林方则势孤力薄，所以没有他们也无关大局。无论凯特朝地下室的哪个方向看去，都能看到恶魔。每一双眼睛——白的、红的、普通的——都盯着那座高台，盯着那片灯光，盯着站在中央的那个男人。

卡勒姆·哈克有一张能够投射阴影的面孔。

他有一双深陷在眼窝里的蓝色眼睛——不是浅蓝、天蓝或者灰蓝，而是深蓝、钴蓝，是夜晚看上去像黑色的那种蓝——还有一只鹰钩鼻和一个尖下巴。他的衣领和袖子下盘绕着醒目的家族图案文身。这些黑色文身从他的手背一路蜿蜒而上，经过脖子，一直到他的发际线之下才截止。哈克的头发是他身上唯一与他气质不符的部分。他的头发呈金色（和凯特一样，是那种阳光普照下的金色），斜搭在他的额头前，贴着他的脸颊。这让他看起来像个名叫“卡尔”的人。但只有凯特的母亲艾丽斯曾这样称呼他。对其他人来说，他是“总督大人”，是“头儿”。连凯特也把他视为哈克，不过她一直在努力地叫他爸爸。每当凯特这样叫他，他的面部都会扭曲变形，露出一种又像尴尬、又像鄙夷、又像失望的表情。对凯特来说，这也算是某种意义上的胜利。

平台上不止哈克一人；有个男人手膝着地趴在他的面前，正在央求哈克饶他一命。

“求您了，求您了，”他用颤抖的声音说道，“我会找到钱的。我发誓。”

有两个曼蛋正在他身后徘徊。哈克示意之后，他们立马将那人拽了起来。他们将指甲戳进他的皮肤，他立刻闷叫了一声。哈克走上前去，抓住挂在那人脖子上的金属挂坠。

“您不能这么做，”他哀求道，“我会找到钱的。”

“太迟了。”哈克一把扯下挂坠。

“不！”那人哭叫道。抓着他的那个曼蛋张开大口，亮出一排排锯齿状尖牙。他正要用那些牙齿咬破那人的喉咙，哈克却摇了摇头。

“等等。”

那人如释重负地抽噎了一声，凯特却屏住了呼吸。她了解她的父亲。她看见他盯着那挂坠看了一会儿，然后将目光转向那人。

“让他先跑，”说着，他将挂坠扔到了一旁，“五分钟。”

恶魔松开双手，那人立刻跌坐在地，随即紧紧地抱住了哈克的双腿。“求您了，”他哀求道，“求您了。您不能这么做！”

哈克低下头去，冷漠地看着他：“你最好现在就跑，彼得。”

那人的脸色霎时变得一片苍白。他慌忙起身，跌跌撞撞地跳下高台，然后朝出口跑去。在哈克的命令下一直保持安静的人类和恶魔们立刻沸腾起来，有的哈哈大笑，有的发出阵阵嘶声，有的则放声嘲笑。他们让出一条通道，好让那个人通过。其中有几个脱离了观众群，跟着他跑向通往大街的台阶，跑进黑夜之中。

焦点再次回到舞台上——这么说非常恰当：那座高台就像一座舞台，整个过程就像一场表演——哈克举起一根铁手杖。这根手杖的把手做成了一个怪兽笕嘴，和他那辆车的引擎盖上的怪兽一模一样（凯特曾在同一本书中读到过，说是受人顶礼膜拜的领袖都善于吸引大众的眼球，善于做浮华的动作，善于作秀）。此时此刻，哈克没有通过提高嗓门儿来让观众安静，而是将手杖的尖锐底端砸向混凝土平台。碰撞声回荡在地下室里，观众的喧哗声渐渐变成了窃窃私语，犹如汹涌的波涛逐渐沉为一股暗流。

“下一个。”他说道。

凯特目瞪口呆地看着一个曼蛋被拽上高台。那恶魔不住地扭动、挣扎，由于手腕和喉咙上拴着铁链，他的力量被削弱不少。他皮肤上的那块烙印已经烂掉，就像是被他用爪子挖掉了似的。

“奥利维尔，”哈克说道，声音传遍了整个地下室，“你太让我失望了。”

“我有吗？”那恶魔尖声咆哮道，“失望的应该是我们。”地下室里一阵骚动。我们。科煞发出嘎嘎的声音，曼蛋开始窃窃低语。“我们为什么要因为你签的协议而挨饿，人类？我们又没有签署那种协议。科煞或许众口一心，但曼蛋并不属于你。”

“你错了，”哈克一面说，一面抬起铁手杖托住那曼蛋的下巴。见那恶魔被金属触碰后瑟缩了一下，他露出笑容。“我给了你们选择的机会。要么留在北城，接受我的指挥；要么去南城，然后被弗林屠杀。你选择了留在我的城市，选择了烙上我的印记，然后你选择了血洗某个家庭，某个受我保护的家庭。”那曼蛋的眼睛里燃烧着愤怒的火焰，哈克的冷静笑容却丝毫未变。他抬起头来，看向这片巨大的场地，“我制定了一套制度。你们都知道扰乱这套制度会有什么下场。顺我者得到奖励，而逆我者——”哈克低头看着那个曼蚕，“都得死。”

观众再次沸腾起来，空气中充满了紧张和兴奋的气息，那曼蚕则用力扯着身上的铁链。恶魔也怕死。但至少那曼蚕没有求饶，没有哀求。他抬起头来看着哈克，亮出那锋利的牙齿，说道：“走近点，我要撕烂你的喉咙。”

哈克漫不经心地后退一步，然后转身走开了。高台边缘放着一张桌子，上面摆满了各式各样的武器。哈克用手指一一抚过这些武器，考量着自己的选择。

“听我说！”那曼蚕在他身后吼道，他的吼声在地下室里发出阵阵回响，仿佛他的喉咙正在铁链下燃烧。“我们不是仆人，我们不是奴隶。我们是羊群中的恶狼，是人群中的恶魔。我们将发起暴动。你的时代即将结束，哈克！”那曼蚕咆哮道，“我们的时代即将来临。”

“好吧，”说着，哈克挑了一把匕首，“你的时代已经结束了。”

他从刀鞘里抽出匕首，凯特发现她的机会来了。

“让我来。”她高声喊道，声音大得足以让她父亲听见。观众顿时安静下来，纷纷搜寻声音的来源。电梯和地下室中央的平台之间连接着一条升高的狭窄通道，就像一座T型台。凯特走出阴影，来到了灯光下。

她始终抬头看着她的父亲，对周围的观众毫不在意。她看见他的脸上闪过一丝惊讶之情——她一直期待在他脸上看到自豪的表情，但这个表情她也能接受。

他注视着她，显然正在分析她的举动——招摇浮夸、爱出风头、自以为是、胆大包天——他们心里都很清楚，他要么欢迎她的加入，要么惩罚她的无礼之举。这是一次冒险的赌博，她稍后可能就会为此付出代价。但她很快便放心了，因为他露出了笑容，并朝那张摆满工具的桌子比了个手势，仿佛这是一场宴会。

“请便。”

凯特自信地缓步向前走去，她很清楚控制情绪、保持冷静有多么重要。她模仿父亲的样子，面带冷淡的笑容朝他走去，一路上小心谨慎，没有低头去看她的观众。她来到高台后，哈克伸出一只手搭在她的肩膀上，然后轻轻地捏了一下。这个无言的小举动并不是在表示热情，而是在发出警告。接着他便走到了一旁。

“这是什么意思？”被铁链拴住的曼蛋嘶声说道，“你派个小孩来处决我？”

“我派我的女儿来处决你，”哈克冷冷地回应道，“假如你觉得自己很幸运，那你可真不了解她。”

凯特对这句称赞报以微笑，虽然她父亲只是在作秀。她要向他证明。她有强大的一面，她有狡猾的一面，她有冷酷的一面。

“派个女孩来对付我，”那曼蛋说道，“那我就还你一具尸体。”

凯特虽然一直将那只健全的耳朵对着那个恶魔，但她假装没有听到他的话。她背对观众，审视着桌子上的东西。她用手指轻快地抚过一件件武器，脑海里浮现出横贯曼蛋胸部、取代了胸骨和肋骨的那块光滑的接骨板。她事先已经做好了功课。不知情的人如果试图用子弹将那块骨板射穿，或者用刀将其捅穿，下场将十分悲惨。

“随时都可以放马过来，小凯瑟琳。”那曼蛋说道。斯隆的话立时在她耳边响起。

你永远都是我们的小凯瑟琳。

凯特握住一根撬棍。撬棍虽然比匕首重，但长度正合她意。她拿起撬棍的一头，漫不经心地在桌上拖行，刮出金属的摩擦声，以哈克惯用的方式把整个过程拖长。

她又拿起了一把匕首，然后朝恶魔走去。

她就读的第四所学校——彭宁顿中学，对打斗采取的是零容忍政策，但她在其他学校收获颇丰。她在费希尔中学学会了空手道；在莱顿中学学会了剑道；在达洛威中学学会了击剑；在怀尔德·普赖尔中学学会了踢拳。圣艾格尼丝中学虽然没有这些课程，但她们善于静心宁神，时刻想着上帝。凯特借此机会学会了如何保持专注。

凯特转起了手中的撬棍。地下室立刻安静下来。

“靠近点，小可爱，”那曼蛋说道，“把你的喉咙亮出——”

凯特将刀柄猛地塞进那恶魔的牙齿之间，同时挺起撬棍插入了他的肋骨。那曼蛋随即剧烈地颤抖起来，将一口黑血吐在了她的衬衫上，身子逐渐瘫软下去。凯特将他放到地上，他那双红色的眼睛则向上注视着她，眼神呆滞，毫无生气。她猛地一下拔出撬棍，然后阔步走到桌旁，将武器小心翼翼地放回原位。她走过之处留下了一道血迹。

她迎上父亲的目光，露出了微笑。

“谢谢你给我这个机会。”凯特说道。

她父亲扬起一只眉毛。她觉得他的脸上似乎浮现出了一丝敬意。接着，他朝地下室做了个手势：“想要我再给你找一个吗？”

凯特朝这间地下室审视了一番。四周依然静无声息，到处都是震惊的面孔、燃烧的眼睛、盘绕的阴影。“谢了，”她一边说，一边擦拭自己的双手，“但我还有作业要做。”她转过身去，大步走出了地下室。

电梯的钢门关上后，她看见了自己的映像。她仍然穿着校服，脸上全是黑血，衬衫正面和手上也沾满了血迹。电梯一层一层地往上升去，她一直凝视着自己那双目光冰冷的蓝色眼睛，直到电梯抵达“哈克城堡”的顶层。

没有斯隆的踪影。凯特默默地走过空荡荡的寓所，来到她的卧室，然后关上身后的房门。她用颤抖的手点开收音机，将音量调大调大调大，直到音乐声开始震颤房间的墙壁，将一切淹没。

这时，直到这时，在音乐的掩护下，凯特才终于坐到地板上，大口地喘息起来。

12

奥古斯特第一次杀人完全是个意外。

他在那所学校醒来——出世，出现——时，四周全是黑色的运尸袋。有个忧心忡忡的女人将她的外套披在他瘦削的肩膀上，然后把他抱上了一辆汽车。她一直在努力地遮挡他的视线。汽车载着他来到了一栋大楼。其他孩子的家人正在那里认领他们。但他没有家人，而且他有一种奇怪而强烈的感觉，确定自己不属于那里。于是他从一道后门溜出大楼，来到了一条小巷。

他就是在那时听见音乐的——用伊尔莎的话说，音乐是这个丑陋的世界里最美丽的东西。音乐声很小，而且时断时续，但还是足以听出其来自何方。奥古斯特很快便找到了声源：一个满脸倦容、身上裹着一条烂毛毯的男人坐在一个板条箱上，正胡乱地摆弄一件乐器。奥古斯特向他走去，疑惑不解地看着他的影子。那影子正在他身后的墙上伸展，他本人没动的时候也仍在移动。

那影子有好多只手，好多颗牙齿。

影子下方那人将乐器举到光线下。

“谁把小提琴都扔了？”他喃喃地说道，摇了摇头。

在那栋大楼里的时候，他们给了奥古斯特一包饼干和一盒果汁。

那些食物尝上去就像附在他舌头上的白噪声[1]，于是他把剩下的食物都塞进了那个女人的外套衣兜里。这时他拿出食物，全给了这位陌生人。他一定觉得很好吃，因为他狼吞虎咽地把食物吃了个精光。吃完之后，他抬起头来望着天空。奥古斯特也抬头向上望去。天色越来越暗。

“你该回家去，”那人说道，“南城晚上不安全。”

“我回不了家。”他回答道。

“我也回不了。”说着，那人扔掉了小提琴。小提琴跌落在地上，发出一阵可怕的响声，但是并没有摔断。

“我干了件坏事，”他低声说道，他的影子在墙上不住扭动，“我干了件大坏事。”

奥古斯特跪到地上，捡起那件乐器。“一切都会没事的。”他握住了小提琴的木质琴颈。

他不记得接下来发生了什么。确切地说，他记得，但那些记忆只是一组照片，只是一组不连贯的剧照，而非一段连续的影片。他抱着那把小提琴，用一根手指在琴弦上拨动。光线忽明忽暗。音乐响起。回归平静。接着，出现了一具尸体。又过了一会儿，利奥出现了。利奥发现他时，他盘腿坐在板条箱上，正拨弄着琴弦。那具尸体躺在他的脚边，大张着嘴巴，眼睛烧得焦黑。奥古斯特花了很长时间才弄明白，在那些记忆的空白期里到底发生了什么样的大事。

“奥辛格先生？”喊的同时，他走进了乱七八糟的公寓房间。

---

[1] 许多频率不同但强度相等的混合杂音，类似调电台时听到的静电噪声。

他的琴盒碰倒了一摞摇摇欲坠的纸，纸在他身后散落一地。房间对面，艾伯特·奥辛格正拼命沿一段狭窄的楼梯往上跑。楼梯上堆满了垃圾，他一时很难从中挤过去。奥古斯特没有过去追他，而是从肩上取下琴盒，将其打开。他从容不迫地拿出小提琴，然后搁在下巴下，手指各就各位。

他吐了口气，把琴弓放到琴弦上，随即拉出了第一个音符。

从奥古斯特演奏的那一刻起，一切都缓和了下来。曲声飘扬而出，在房间里盘旋萦绕。他的头痛逐渐缓解，身体渐渐变凉，紧绷的四肢也在慢慢放松，脑海中的枪声——此时已经变成了持续不断的静电声——终于停息。音乐声虽然不大，但奥古斯特知道它一定会抵达它的目标。透过曲声，他听见楼梯上的奥辛格骤然止步，然后转过身来。他的脚步不再慌乱，而是变得平缓又稳定。奥古斯特继续演奏着，奥辛格则缓缓走下楼梯，被音乐声引了过来。

曲声抑扬顿挫，回转盘旋，他的脑海中浮现出这样一幅画面：整栋公寓里的人一听见这首曲子，身体便立刻静止不动。他们的灵魂浮至身体表面，大部分都在发光，但是无法触碰。奥古斯特虽然一直闭着眼睛，但他能感觉到屋里的奥辛格已经处于他的控制之下；他还不想停止演奏，他想拉完这首曲子——他从来都没有机会完整地拉一遍——但那股病痛仍然在他体内肆虐，于是他逐渐收手，曲声随之渐渐变小。他抬起头来，曲声消失在了琴弓上。艾伯特·奥辛格就站在他的面前。他的影子已经不再移动，他的灵魂在皮肤下散发着光芒，犹如一盏明灯。

他的灵魂被染成了红色。

奥古斯特把小提琴放到一把椅子上，奥辛格则双眼大睁、眼神空洞地看着他。接着，他开口了。

“第一次干的时候，我身无分文，”他小声地坦白道，“我当时非常兴奋。我之前从来没拿过枪。”话从他的嘴里一涌而出，毫无阻拦，奥古斯特则听之任之。“我只想要钱。我甚至都不记得朝他们开过枪。而第二次……”他露出一个阴森可怖的笑容，“呃，我当时知道自己在做什么。我不停地开枪，打完了所有子弹。扣下扳机时，我一直睁着眼睛，但事后还是像个婴儿一样抖个不停。”他的笑容愈发灿烂，在红光中令人毛骨悚然。“第三次——就得心应手了。你知道他们怎么说的：熟能生巧。活着很难，杀人却易如反掌。如果有机会，我会再干一次。或许我会的。”

说完之后，他便陷入了沉默。等待着。

利奥在这个时候可能会发表一番言论，但奥古斯特从来不说任何话。他跨过并绕过散落在地上的杂物，走到奥辛格的面前，用手按住他的衣领。他的半扣衬衫的扣子已经崩开，露出了饱经风霜的肌肤。奥古斯特的手指刚一碰到他那发光的皮肤，那些红光便立刻涌上前来。奥辛格张着嘴巴，奥古斯特则喘起气来，吸入了他的气息。能量开始涌入奥古斯特的身体，降低他的体温，喂饱他体内的每一条饥饿的血管。他吸入的是鲜血和空气，是水和生命。奥古斯特不断地吸收着这股能量，有那么一瞬，他只有一种如释重负的感觉。

平静。

一种令人惬意、笼罩全身的安宁。平衡。

就在这时，光芒忽然消失了。

奥古斯特的手臂垂至身体两侧，艾伯特·奥辛格则毫无生气地瘫倒在地上。他成了一具空壳。一具没有光芒、没有影子、眼睛烧得焦黑的空壳。那人的能量涌入他的体内时，奥古斯特一动不动地站在原地。没有触电的感觉，没有充满活力的兴奋感。如果一定要说有什么感觉，他只感觉到了……真实。所有的怒火、痛楚和压力都烟消云散。奥古斯特只有一种完整的感觉。

这就是做人类的感觉吗?

他低头看着那人的尸体，一股淡淡的忧伤如风寒一般袭遍他的全身。他忽然发觉，普通的生活离自己如此遥远。这是宇宙对他开的一个残忍的玩笑，奥古斯特心想，他竟然只有在行恶魔之事后，才能体会到做人类的感觉。他不禁很想知道，在那短暂的一刻，他体会到的那种做人类的感觉，是否只是一种幻觉，是否只是他夺走的那条生命发出的回音。一种冒名顶替者的体验。

利奥的声音在他耳边响起，清晰而稳定。

这就是你的使命。这就是你的本质。

伊尔莎的声音也随之响起。

往好的方面看。

奥古斯特深吸一口气，将小提琴放回了琴盒。他或许不是人类，但他至少活着。饥饿感消失了。高烧已经退去，他的皮肤凉了下来，头脑也恢复了清醒。他又为自己争取了几天时间。他身上将再添几道条痕。他伸张了正义，让这个世界又变好了一点。或者说，他至少没有让它变得更糟糕。这就是他的使命，这就是他存在的意义。

有人会来处理这具尸体。

他正要离开，却听见房间的角落里传来一阵轻微的响动。一个盒子翻倒在地，一块罐头从地上滚过。奥古斯特回头看去，但什么也没看见。这时，在一把旧椅子下方的阴影中，出现了一对闪闪发光的眼睛。

奥古斯特心中一凛。但是当那东西爬出来后，他立刻意识到那并非恶魔。

那是一只猫。全身都是黑色，除了明亮的绿眼睛上有一撮白毛。它轻巧地穿过杂乱的房间，在距离奥古斯特还有几英尺时停住了脚步。奥古斯特注视着它，它也注视着奥古斯特。他看了眼猫主人的遗骸，那猫也看了一眼。

“对不起。”他大声说道。

他以前见过动物对恶魔发狂的情景（这些动物通常都没有好下场），但这只猫既没有嘶叫，也没有向他发起攻击。它绕着那具尸体走了一圈，然后来到奥古斯特脚边，在他的腿上蹭了起来。他把琴盒背在肩上，小心翼翼地蹲下去抚弄它。令他意外的是，这只猫竟然靠在他的手上，发出了咕噜咕噜的声音。他一时有些不知所措。他站起来，打开远端那扇通往太平梯的窗户。

“去吧。”奥古斯特说道，那只猫却只是看着他。它并不傻。这座城市看不到太多闲逛的动物。科煞确保了这一点。

奥古斯特不大情愿地朝门口走去。这一次，猫却跟了过来。

“待在这儿。”他轻声说道。

他从门缝中挤了出去，并在那只猫跟出来之前关上了房门。他刚一走开，就听见猫在门后哀叫起来，同时用爪子不住地挠门，想要出来。奥古斯特停住脚步，希望那声音会停止，但那哀伤的喵喵声持续不断。过了良久，他叹了口气，转身往回走去。

哈里斯站在马路牙子上，斜倚着一根未完工的路灯杆，轻声哼着歌。

恶魔呀，恶魔，有大有小。

看见奥古斯特走来，他停止了哼唱：“嘿。”

“嘿。”奥古斯特回应道。

“那只猫是怎么回事？”哈里斯问道。

奥古斯特把猫藏在了他的弗特队夹克里；此时它将头从领口探了出来。“我不能就这么扔下它，”他说道，“不能在那事之后……”他回头望向那栋公寓。

哈里斯耸了耸肩：“随你便。但你要知道，我说的把视线放宽一点可不是指这个。”

奥古斯特发出一声疲惫的笑声。

“回家吗？”

奥古斯特点了点头。“回家。”他抬头望去，希望能看见天上的星星，接着便听见菲利普跑了过来。

“完事了？”

“都搞定了。”哈里斯说道。

“那我们得赶快走，”菲利普说道，“我刚从通信器里听说，‘裂缝’附近爆发了一场冲突。”

“需要我们去帮忙吗？”奥古斯特挺直身子问道。

“不用。”菲利普说道，他看了眼奥古斯特夹克里的猫。但他什么也没有问。“我们得把你送回去。”

奥古斯特刚要反对，立刻明白反对也没有用。菲利普和哈里斯只是在奉命行事——如果有必要，他们会把他强行带回大本营——于是奥古斯特拉上夹克的拉链，遮住猫的脑袋，跟在他们后面往回走。

奥古斯特回到家时，亨利正在厨房里，柜台上铺着一张蓝图，他的手里拿着一部响个不停的通信器。利奥的声音从另一头噼噼啪啪地传来。

“处于掌控之中……”

亨利把通信器放到嘴边：“伤亡情况？”

“两个……不能忽视……标志……”

“马上回家。”

“亨利——”

“现在不谈这个。”亨利关掉开关，将通信器扔到一旁。他用手捋了捋头发，他的两鬓已经变得灰白。

奥古斯特趿拉着鞋走进厨房，亨利迅速抬起头来。瞬间，他的脸上混杂着惊讶、愤怒、沮丧和恐惧的表情。但他的面容立刻便恢复了平静，脸上的阴霾消失在表层之下。

“嘿，”他说道，“感觉好些了？”

“好多了。”说着，奥古斯特朝自己的房间走去。

“那你的肚子为什么在动？”

奥古斯特停下脚步，低头看向自己的夹克。他的夹克确实在东扭西动。

“噢，”他说道，“对了。”

奥古斯特将夹克的拉链拉开一点，一张毛茸茸的小脸蛋立刻从领口冒了出来。

亨利顿时瞪大了双眼：“那是什么？”

“是一只猫。”奥古斯特说道。

“我知道，”亨利一边说，一边揉着他的脖子，“我以前见过猫。

但它为什么在你的夹克里？”

“他是奥辛格的猫，”奥古斯特解释道，将猫从他的夹克里抱了出来，“我觉得我有责任——我确实有责任——我无法……我试过一走了之，可是……”

“奥古斯特。”

他换了个策略。“你自己也收留过流浪者，”他说道，“让我收留这只猫吧。”

听见这番话，亨利露出了温和的笑容。“那谁来照顾它呢？”他问道。

就在这时，有人发出了一个声音——一种介于倒吸一口气和开心的尖叫之间的声音——伊尔莎走到他们中间，将小猫抱入怀中。奥古斯特朝亨利点了点头，仿佛在说，我想有人愿意照顾它。亨利叹了口气，摇了摇头，然后走出了厨房。

伊尔莎把猫举到她的面前，凝视着它的眼睛。它将一只黑色的爪子搭在她的鼻梁上作为回应。那只猫似乎被她迷住了。大部分生物都会被她迷住。“它叫什么名字？”伊尔莎轻声问道。

“我不知道。”奥古斯特说道。

“人人都需要一个名字，”她温声细语道，然后盘腿坐在了厨房的地板上，“人人都该有个名字。“

“那就给它取一个名字吧。”奥古斯特说道。

伊尔莎注视着黑色小猫，将其举到她的耳边。“阿莱格罗。”她宣布道。

奥古斯特露出了笑容。“这名字我喜欢。”他在她对面坐了下来。他伸出手，抓挠那只猫的耳朵。它在他的手下发出咕噜咕噜的声音。

“它喜欢你，”她说道，“它们能区分好人和坏人。就像我们一样。”阿莱格罗试图钻进伊尔莎的头发，她则温柔地将它拖回到她的大腿上。

“我上学的时候，你可以帮我照顾一下它吗？”

伊尔莎俯身将猫抱住。“当然可以，”她轻声道，“我们会互相照顾对方的。”

利奥回来时，他们仍然抱着阿莱格罗坐在地板上。利奥背着一把钢质吉他，脸颊上有一道长长的血迹——不是他的。他看了眼阿莱格罗，皱了皱眉头。阿莱格罗看了他一眼，立即竖起了耳朵。伊尔莎顿时大笑起来，笑声如风铃般悦耳。此时此刻，奥古斯特十分确定，这只猫已经被他收养了。

13

音乐停止前，凯特一直坐在卧室的地板上。

她用有些颤抖的双手点了一支烟；她深吸一口，头往后靠在门上，然后环视四周。她的房间和这套顶层寓所的其他地方一样，线条明快，装修简约，到处都是锐利的棱角和硬朗的线条。这里没有她童年时的痕迹，没有量身高的标尺或刻痕，没有毛绒玩具或旧衣服，没有时装广告画或海报。窗外也没有草地。

十二岁时，她觉得这里乏味又阴冷，但现在她正试着接受这间屋子的朴素风格，试着赋予其寓意。空白的墙壁，代表沉着冷静。

一个嵌有两张照片的折叠相框是房间里仅有的几件装饰物之一。她从床头柜上拿起那个相框。第一张照片里，五岁的凯特一只手搂着父亲，另一只手搂着母亲。在她头的上方，卡勒姆正在吻他妻子的鬓角。艾丽斯·哈克很美，不是所有孩子都认为自己的父母好看的那种美，而是实实在在、无可否认的美。她有一头阳光普照下的金色秀发，一双一笑就会散发光芒的淡褐色大眼睛。这张照片拍于“现象”之前两个月。

第二张照片是第一张的翻版，拍于停战后她们回到真理城的那天。他们团聚的那天。一个家庭重归于完整的那天。她用拇指抚摩着照片上的脸庞。十一岁的凯特搂着她的父母。分别六年后，一家人再度团聚。六年的动荡和战斗，六年的平静和安宁。

他们身上都发生了变化。凯特不再是那个脸蛋圆圆的小女孩，而是成长为一个满脸雀斑的少女。她母亲的脸上出现了少许皱纹，是经常笑才会长的那种皱纹。她父亲依然注视着艾丽斯，但他的眼神很紧张，仿佛担心自己一转头，她就会再次消失似的。

她后来确实消失了。

“快起来，凯特。我们得走了。”

斯隆错了。凯特想回到真理城，她想留下。

“我想回家。”她低声道。

“我想回家。”她哀求道。

是她母亲无法适应这里的生活。是她那双眼通红、脸颊被口红抹花的母亲在午夜时分将她拽出了被窝。

“嘘，嘘，我们得保持安静。”

是她母亲将她塞进了车里。

“我们去哪儿？”

是她母亲将车驶向了迎面而来的汽车。

是她母亲将车撞上了混凝土护栏。

是她母亲因为头部撞在方向盘上而丧命。

事故发生后，她父亲不再看她。她时常昏昏沉沉地睡去，恍恍惚惚地醒来。她醒来后时常看见他站在门口，最后却发现那根本不是他，而只是一个长着黑色的骨头和红色的眼睛、面带阴险笑容的恶魔。

伤势终于有所好转后，她父亲送走了她。她父亲埋葬了她母亲，然后埋葬了她。不是将她埋葬在地下，而是埋葬在费希尔中学，埋葬在达洛威中学，埋葬在莱顿、彭宁顿、怀尔德·普赖尔和圣艾格尼丝中学。

起初，她会恳求父亲让她回家，哀求父亲让她留在家里。但过了一段时间，她便不再求她的父亲。不是她不想回家，而是她发现求卡勒姆·哈克根本没用。求别人是软弱的表现。于是她学会了掩藏那些令自己显得软弱的行为，掩藏那些让她看起来像她母亲的行为。

凯特把相框放回床头柜，低头看着自己的双手。吸过烟后，她感觉肺部有些刺痛，但她的手已经不再颤抖。她注视着沾满手指的黑血，心中毫无惧意，而是充满了坚定的信念。

她是她父亲的女儿。她是哈克家族的一员。

为了证明这一点，她愿意做任何事。

第二篇

有样学样

This Savage Song

1

“勇气，繁荣，坚毅，真理。”老师（一个名叫布罗迪的中年男人）一边念道，一边指点地图上的四大领地。这四大领地加起来的面积，占了整个地图的一半还要多，其余六个领地则占据了地图的剩余部分。“这些是‘十领地’中最大的四个，它们的人口从两千三百万到两千六百万不等。谁能告诉我最少的是哪一个？”

优雅自治领，奥古斯特一面想，一面在他的笔记本上勾勒一幅粗略的地图。他将地图分成了十个部分，和黑板上划分的一样。

“财富自治领？”一个女孩指着地图西北角问道。

“我说的是人口，不是陆地面积，所以回答错误。财富自治领的人口接近一千七百万。”

那儿还有高山。奥古斯特朝窗外望去，试着想象远方的群山之上笼罩的蓝色薄雾。他想象不出来。

“慈善自治领？”后方有个男孩指着地图的东南角猜道。海洋将那块领地分成了两半：高山和大海。真理自治领只有平原，其中分布着一些小山。从地形图来看，那些小山不过是连绵起伏的丘陵而已。

“九百三十万人。接近了。”

“优雅自治领？”前方有个女孩指着东北海岸的一片地区试探着猜道。

“回答正确。有谁能告诉我有多少——”

“六百三十一万五千人，据最新统计。”凯特没举手便直接说道。她坐在奥古斯特隔壁那张桌子前。

总共有那么多课程，他俩却偏偏在历史课上相遇了。奥古斯特明白其中的讽刺意味。

“非常好，哈克小姐。”布罗迪先生强作笑颜道（这词是奥古斯特从哈里斯那儿学来的）。

“你们其他人真是走运，这门课主要讲的是我们自己的伟大领地……”

要不是奥古斯特必须打起十二分精神保持沉默，他或许已经发现自己目前的处境十分有趣——与敌人的女儿共处一室，听人讲解真理自治领的权力与政治。那位老师继续介绍着他们的伟大首府，对于白天穿梭其中、夜间在街上四处徘徊的恶魔却只字不提。虽然他并不指望能在这门课上听到客观的言论，但是听到那些歪曲事实的讲述后，他还是觉得很别扭。每当老师把这座城市称作真理城而不是北城——仿佛南城根本不值一提，仿佛“裂缝”另一边的南城不存在似的——奥古斯特就觉得胸口发紧。人们真有这么容易被骗吗？

让他神经紧绷的不只是这堂课；这天早晨，他无意间听到了亨利和利奥之间的谈话。他们当时正在讨论——热烈地讨论——最近发生在“裂缝”的那场冲突。有少量科煞在“裂缝”上找到了缺口，并进入了南城。没人知道到底是哈克派它们来的，还是他手下的恶魔正在蠢蠢欲动。奥古斯特一直在办公室外徘徊，偷听他们的对话。

“它们为何而来并不重要，”利奥说道，“谁派它们来的也不重要。这要么是哈克的指示，那就说明他是在主动破坏停战协议；要么是它们叛变了，那就说明哈克正在失去对它们的控制，说明停战协议正在失效。”

“我们好不容易走到了这一步，”亨利说道，“我绝不会让这座城市再次遭受战火的摧残。”

“我们做出过承诺。”利奥说道。

“是发出过威胁。”

“——要是哈克背约，我们就要摧毁他的帝国。”

“那是你说的，利奥。我可没这么说过。”

“我们必须提醒他，我们手握什么样的武器。”

“这样会死人的。”亨利反驳道。

“一直在死人。”

他哥哥的冷漠语气令奥古斯特不寒而栗。

教室前方，布罗迪先生仍在喋喋不休：“……标志联邦政府垮台已经过去了四十年——你们应该都知道——联邦政府是在某场战争结束后垮台的，而这场战争发生在……”他的声音逐渐变小，等待某人说出答案。

“越南。”有个男孩答道。

“回答正确，”老师说道，“全国动荡，经济萧条，民心尽失，联邦政府因此垮台，曾经的美国随后开始重建。”他点了点地图中央。“现在谁能告诉我，如今的真理自治领由多少个以前的州组成？有谁知道吗？”

奥古斯特继续涂画着他自己的地图，那些名字同时也浮现在他的脑海中：肯塔基、密苏里、伊利诺伊、爱荷华。这些字眼听上去莫名其妙。

“这一系列动乱导致了什么样的后果？”

奥古斯特在给他的地图标注名称，同时发觉有双眼睛正看着他这边。他转头一看，发现凯特正盯着他的笔记本。他没有在领地上直接标注其名，而是在角落里用其他更恰当的名字列了一个名单。

贪婪，恶毒，饕餮，暴力。

凯特眉头微微一蹙。奥古斯特屏住了呼吸。他们周围，这堂课仍在继续。但在他眼里，教室变得越来越模糊，只有他俩清晰可见。

“……各州互相组合成独立的领地。”前排有个女孩说道。

“很好。”布罗迪先生转过身去，在黑板上写下答案，凯特随即从过道对面探过身来。奥古斯特心中一凛，不知她想干什么。她拿起她的笔，在“真理”这两个字的开头又写了个V字[1]。他疑惑不解地皱起眉头。

等老师回过头来时，她已经把手叠放在桌子上。

“还有呢？”

“各州开始自治。”有个男孩补充道。

“接着便缩减成了‘十领地’。”

“权力集中到了各个首府。”

“人口也是。”

每当有人说出一个答案，老师便会转身在黑板上将其写下。而

[1] “真理”的英文首字母是V。

每当他转过身去，凯特都会探过身来，在奥古斯特的笔记本上添上一笔——添一条参差不齐的线，添一条波浪线，添几个小点。他花了半节课的时间琢磨她在干什么。接着，她又画了一两笔之后，整幅图便完成了。

身体，嘴巴，爪子。

凯特把真理自治领画成了一个恶魔。

他盯着她看了一会儿，最后终于忍不住了。

他露出了笑容。

2

科尔顿中学给学生提供五分钟的课间时间，让他们从教室 A 前往教室 B。凯特喜欢这段短暂的时间。她在课堂上感到身心俱疲：学校里有一半的老师见到她就像如临大敌，仿佛她拿着一把上了膛的枪；另一半老师则对她唯唯诺诺，仿佛她戴着一顶王冠。只有课间步行的时候，她才能好好地呼吸。因此当她在去上体育课的途中，被某个一同上历史课的女孩搂住胳膊时，不由得火冒三丈。

“嘿，”那女孩打招呼道，她的声音在上午十点显得过于嘹亮，“我是瑞秋。”

凯特既没有停下脚步，也没有说话。

“我听说了你对夏洛特 · 查普尔做的事。”

“我没有对夏洛特做过任何事。”目前还没有。

“嘿，我觉得你干得漂亮，”她开心地说道，“那个贱人活该被教训一顿。”

凯特叹了口气：“你到底想怎样？”

那女孩的脸上笑开了花。“我只是想帮忙而已，”她说道，“我知道你是新来的。我觉得你需要交个朋友。”

凯特扬起一只浅金色的眉毛。受欢迎固然很好，但也并非必不可少。她当然可以采取另一种策略，尽量循规守矩，去争做返校节女王[1]，用一种更传统的方式赢得大家的欢迎。但她觉得这一切实在是太……幼稚了。她现在依然能闻到自己指甲下的血腥气。当曼蚕还在红环里肆意杀戮的时候，为何还会有人如此关心选边站队的问题呢？但话又说回来，他们正是因此才生活在北城的。他们的父母正是为此付的钱。愚昧。“跟我交朋友你会后悔的，瑞秋。”

那女孩的热情冷却了一点，多了些精明算计：“听着，凯蒂。”

“凯特。”

“每个人都需要盟友。你可以摆出一副高冷的姿态，但我敢打赌，你会更喜欢受欢迎的感觉。”

“是吗？”凯特冷冷地问道。

瑞秋郑重地点了点头。“我们都知道你父亲是谁，但你不必非得像他那样。”她抓住凯特的肩膀，注视着她的眼睛，就像要说什么重要的大事一样，“你和你父亲不一样。”

听见这句话，凯特的身子微微一紧，随即露出一个冷酷的微笑：“我可以告诉你一个秘密吗？”

“当然可以。”瑞秋说道。

凯特倾身靠过去，把嘴凑到女孩的耳边：“我比他坏得多。”

她撤回身来，欣赏了一下瑞秋的表情，然后便离开了。

第一周的体育课教的是自卫术——凯特对科尔顿中学的解释颇

[1] 指在返校节活动上由众学生选出的最受欢迎的女生。原文一语双关，亦有“返乡”之意。

有异议。首先——也是最重要的一点——这堂课竟然不教学生如何使用武器。凯特无法想象会有人蠢到连把匕首都不带，就跑到真理城的街上闲逛。但科尔顿中学执意维持一个“安全的”教学环境（她已经开始讨厌这个词了）。

她本来打算逃课，但是观看其他学生与假想敌搏斗（笨手笨脚地搏斗）应该更加有趣。于是她和班上的同学一起坐在体育馆的看台上，假装在听讲。

“谁能告诉我 S-I-N-G 代表什么？”其中一名老师问道。

“唱歌？”有个女孩嚼着口香糖答道。有几个人偷偷地笑出了声。凯特希望她在开玩笑，但又怕她不是。

“呃，对，”那老师慢吞吞地说道，“但我指的是，这些字母代表什么意思？”

腹部、脚背、鼻子、腹股沟[1]。

有个强壮的男孩举起手来：“腹部、脚背、鼻子、腹股沟？”

“非常好！”

凯特很想指出，科煞并没有腹部、脚背、鼻子或腹股沟。要是你去攻击曼蛋时靠得太近，他很可能会撕烂你的喉咙。但她没有发表自己的看法，而是把注意力转回到了课堂上。这堂所谓的自卫课还有一点令人很恼火，即老师们的示范动作全是错的。

他们的招式可能连人类都阻挡不了，更别说恶魔了。他们的姿势全是错的，仿佛他们并不是真的想教科尔顿中学的学生如何搏斗。

---

[1] 原文分别为“Stomach, Instep, Nose, Groin”，首字母组合在一起即为“SING”。

他们纯粹是在表演，完全是在作秀，这堂课只是为了让孩子们——或者说让他们的父母——更有安全感。

凯特读过的六所学校里，有五所——圣艾格尼丝中学除外——都教过自卫术。因为许多就读这些学校的学生都是那些有权有势之人的子女——其中包括领地大使、大企业老板、大家族继承人、暴发户——这些人的子女很容易成为绑匪的目标。虽然没人敢绑架凯特，但她还是学会了许多防身术——同时也学会了几招进攻的技巧——因此，眼前这些老师的拙劣示范让凯特越看越心烦。

当其中一位老师示范如何卸掉敌人的武器，动作却又慢又笨拙时，凯特忍不住笑出了声。她的笑声虽然不大，但由于体育馆内有回音，所以被那老师听见了。

“什么事那么好笑？”他一边问，一边扫视众学生。要不是凯特周围的人纷纷往旁边靠去，他肯定不会知道是她。

凯特叹了口气。“没什么，”她大声说道，“不过你的姿势全是错的。”

“好吧，小丫头，”说着，他把手指向了她，“要不你下来给我们做个正确的示范？”

班上的人开始窃窃私语。那老师显然不知道她是谁。另一位老师朝他使了个眼色，但凯特已经面带笑容地站了起来。

十分钟后，凯特坐在了辅导员的办公室里。不是因为她嘲笑了那位老师，而是因为她打断了他的锁骨。她不是有意弄伤他的。他的错误站姿和不自量力又不是她的错。

“哈克小姐。”辅导员兰德里医生说道。他身材圆胖，戴着一副眼镜，头上有一大块秃斑。“我们科尔顿中学一直致力于提供一个安全的学习环境。”又是那个词。“我们绝不允许学校里出现暴力行为。”

凯特差点儿又笑出声来。兰德里噘起了嘴。她咳了一声，吞了吞口水。

“这堂课教的是自卫术，”她说道，“而且是他叫我下去参与的。”

“老师让你示范防御招式，而你在此过程中不小心打断了他的锁骨？”

“没错。”

兰德里叹了口气。“我看过你的档案，哈克小姐。这不是一起孤立事件。”凯特往后靠在椅背上，以为他马上便会罗列出她以前的一系列罪状，就像电影里演的那样。可他并没有这么做。相反，他摘下眼镜，擦起了镜片。“你有没有想过，你这暴脾气是怎么来的？”他问道。

凯特迎上他的目光。“你在开玩笑吗？”但兰德里看起来不像那种会开玩笑的人。他看上去非常认真。他打开抽屉，拿出一个装有白色小药片的小瓶子，然后将其从桌子对面滑了过来。她没有伸手去拿。

“什么东西？”

“治焦虑症用的。”

凯特坐直身子，努力稳住自己的肩膀，面带沉着的表情。“我没有焦虑症。”她斩钉截铁地说道。

兰德里用一种怪异的目光审视着她。“哈克小姐，自从你坐下以后，你的手指就一直在敲你的膝盖。”凯特立刻将手在大腿上放平。“你的神经一直紧绷着。你性子急躁，时刻小心谨慎，而且刻意与别人保持距离。”

凯特冷冷一笑：“我生活的世界里，影子都长着尖牙。这样的环境可不太容易让人放松。”

“我知道你的父亲是谁——”

“大家都知道。”

“——我看过你母亲的档案。关于那场事故的档案。”

母亲的脸庞顿时浮现在凯特的脑海中，被迎面驶来的汽车照亮，那双睁得大大的淡褐色眼睛，轮胎与地面的刺耳摩擦声，金属撞击的嘎吱声——凯特的指甲抠进了她的裤子里，她忍住了将失聪的那只耳朵面向他的冲动：“所以呢？”

“所以我知道那一定很艰难。遭受了丧母之痛后，马上又被父亲疏远。如今又要面对这一切：一个新的学校，一个崭新的开始，我想你一定承受着巨大的压力。”他朝那些药片点点头，“你不一定非得吃，但可以带在身上。它们的危害程度还不如香烟。世事难料，说不定哪天它们真能帮上你的忙。”

凯特盯着那个小药瓶。有多少学生在吃这种药片？有多少北城的人在吃？这种安神定魄的药能防止他们的心中燃起暴力之火吗？这种药能帮助他们假装这个世界是安全的吗？这种药能使他们万众一心吗？这种药有助于他们的睡眠吗？

凯特眉头一蹙，但还是伸手拿起了药瓶。她不相信这玩意儿有用，但要是她的这一举动能让好心的兰德里医生不再烦她，并且能让这次意外不必载入学校记录（同时不让她父亲知道），那还是值得的。

“我可以走了吗？”她问道。兰德里点了点头。于是她在他的注视下走出办公室，来到了空旷的走廊里。

凯特倒出一粒药片，放在手掌上。她低头看着这粒药片，犹豫不决。

你在哪儿？她问自己道。

远在他方。完整无缺。心智正常。开心快乐。各种不同的自己过着各种不同的人生，她却不属于其中的任何一个世界。她属于这个世界。她必须变强。要是连兰德里医生都看到了她的弱点，那她父亲一定也会看到。

凯特将药片干吞了下去。

她左右顾视了一眼空旷的走廊。回去上课已经来不及了，去其他地方又太早。离她最近的一对门外有一座露天看台，沐浴在明媚的阳光下。她将药瓶揣进衣兜里，准备过去呼吸点新鲜空气。

3

奥古斯特听见她来了。

每个人都由各种特征组成——容貌和气味是肯定有的，除此之外，还有声音。艾米莉平时发出的动静都是断断续续的，亨利发出的动静则十分流畅。利奥的脚步声如脉搏般稳定，伊尔莎的头发则常常发出如毯子摩擦一般的沙沙声。

凯特呢？她发出的声音听上去就像在用指甲不停地敲击。

她在奥古斯特身后那排座位上坐下时，他正背靠暖和的金属露天看台，面朝着太阳。钢质长凳由于突然受力，发出了一声闷响。奥古斯特觉得就算她没有弄出动静，他也能猜到是她。她确实很善于占地方。虽然一直闭着眼睛，但他能感觉到她正注视着自己。一阵和风拂过他的头发，他让自己露出微笑，一种细微而自然的举动。一块阴影挡住了阳光，他随即睁开双眼，发现她站在身后，正低头看着他。从这个角度看，她的面容很柔和，她的眼神很邈远，就像蔚蓝的天空中混入了几朵白云。

“你好。”他说道。

“你好。”接着，她心不在焉地问道，“你在哪儿？”

他眯起眼睛：“什么？”

但凯特已经摇了摇头，她的棱角变得犀利起来："没什么。"

奥古斯特坐直身子，缓缓地转过身去看着她。"告诉我吧。"他刚一说出口便后悔起来。他看见她的眼神越来越空洞，答案涌上了她的嘴唇。"也可以不告诉我，"他连忙补了一句，"要是你不想说就算了。"

凯特眨了眨眼睛，眼神中恢复了光泽。可她还是说出了答案："这只是我常玩的一种游戏。当我希望自己身处其他地方时就会玩这种游戏。"

"比如哪儿？"

她的眉头微微一皱："不知道。不过你好像是在告诉我，即便现在能去任何地方，你还是会选择来科尔顿中学的露天看台？"

奥古斯特露出了笑容。"这里棒极了。"他朝草地和远处的树林比画了一下，"当然，这里的风景也很棒。"

她翻了个白眼。近距离看，她的眼睛呈蓝色。不是天蓝，而是深蓝，和她穿的科尔顿中学深蓝色的 Polo 衫是同一种色调。她的头发斜披在肩膀上，他又看见了位于她眼角的那块泪珠状伤痕，以及从头皮顺着脸颊直到下巴的那道银色伤痕。他很想知道有多少人在如此近的距离看见过这些伤痕。他还没来得及问出口，她已经往后靠去，同时伸出双腿，搁在了前排的座位上。

"你不上课吗？"她问道。

"我在上自习，"他说道，虽然他明显不在自习室，"你呢？"

"体育课，"她说道，"不过我因为表现不好被赶出来了。"奥古斯特两只眉毛都扬了起来，就像他看见科林假装惊讶时做的那种表情。"你知道他们这儿要教自卫术吗？"她继续说道，"真是个笑话。我是说，他们教的是 S-I-N-G 防身术，有没有搞错？据我所知，踢科煞的腹股沟可不能阻止它把你撕成碎片。”

“没错，”说着，他把手肘撑在他身后的长凳上，“但这世界上也有许多坏人。”比如你父亲。“那么，你是因为批评老师被赶出来的？”

“不止如此，”她一面说，一面用手捋了捋她的浅金色头发，“我被赶出来是因为我打断了他的锁骨。”

奥古斯特的喉咙里发出一声闷笑，这声音让他吃了一惊。

“辅导员说，”凯特继续道，“我有暴力倾向。”

“不是每个人都有吗？”

他俩都没有提及他画的那幅地图，也没提及她在真理自治领上画的那个恶魔。露天看台很快便沉浸在一种轻松安静的氛围之中，只听得见凯特的指甲在金属长凳不断轻击的声音，以及远处正在操场上跑步的学生传来的声音。他不应该有这种感觉，奥古斯特心想。他坐的地方与一位嗜血暴君的女儿、北城未来的统治者近在咫尺。他应该感到厌恶，应该心生反感。至少应该忐忑不安。可他并没有这种感觉。

他不确定自己的感觉是什么。他俩心有灵犀。他俩频率相同。他俩就像相辅相成的两个和弦。

别离她太远，一个声音说道，另一个声音则警告道，别走得太近。他该怎么做才能两者兼顾？

“弗雷迪，”说着，她坐直了身子，“你为什么来科尔顿中学？”

“我以前一直在家自学，”他说道，然后开始搜肠刮肚，寻找不是谎言但又能应付过去的说法，“我想我的父母觉得……我是时候融入社会了。”

“哈，但我每次见到你时，你都是独自一人。”

奥古斯特耸了耸肩：“我想我这人不太合群。你呢？”

她瞪大双眼，假装惊讶不已：“你没听别人说吗？有人说我烧了一所学校；有人说我嗑过药；有人说我和一个老师上过床；有人说我杀了一个小孩。这取决于你问的是谁。”

“这其中有真事吗？”

“我确实烧了一所学校，”她说道，“呃，应该说是学校的一部分，一座教堂。但那与私人恩怨无关。我只是想回家。”

奥古斯特皱了皱眉头。“你已经离开了真理城。”这可是个不小的壮举，因为周边的城市已经封锁了真理城，而且路上还会穿过“荒野”。“为什么还想回来？”

凯特没有立刻回答。这很奇怪——大多数时候奥古斯特都无法阻止人们在他面前讲个不停——她却头朝后仰，望向了天空。今天是个万里无云的日子。有那么片刻，她看上去有些失落，仿佛她期待在天空中看到什么东西，最后却没看到似的。“我只剩下家了。”她说这句话时声音很轻，就像在坦白一样，但她似乎并未有所察觉。她的目光回到了地面。“那些是真的吗？”

奥古斯特低头一看，发现他的袖子缩了上去，露出了最下排的条痕。四百一十九道条痕。

“是的。”他说道。他还没来得及考虑住口，真话便已说出了口。

“它们代表什么？”

这一次奥古斯特咬住了嘴唇，没有立刻说出答案，而是用拇指抚摩着手腕上最早出现的那些条痕。“每一条……”他缓缓地说道，

“代表一天没有酒瘾复发。”

凯特瞪大了她的深色眼睛。这一次她是真的吃惊：“你给我的印象不像是个有酒瘾的人。”

“嗯，”他若有所思地说道，“我给你的印象也不像名叫弗雷迪的人。”

她顿时露出了笑容：“你喜欢喝什么？”

他刻意叹了口气，然后任真话脱口而出：“生命。”

“啊，”她苦笑道，“那会要你命的。”

“没有抽烟快。”

“说得没错。”她说道，“不过——”

一声尖叫打断了她的话。奥古斯特心中一凛，凯特则立刻把手伸向了她的背包。但他们随即发现，只不过是草坪上有个学生在假装用擒抱[1]动作扑向他的女友。这时她又尖叫了一声，随即笑逐颜开地跑开了。

奥古斯特轻舒了一口气。他一直搞不明白，人们在玩耍的时候为何要尖叫。

“你没事吧？”凯特问道。这时他才发现自己正紧紧地抓着长凳，指关节已经开始发白。枪声像静电一样在他的脑海中噼啪作响。他松开手指。

“没事。我只是不喜欢吵闹声。”

她噘起嘴巴看了他一眼，那眼神仿佛在说“真可爱”。然后她

[1] 指橄榄球运动里的一种常见的防守动作。

指了指他脚下的琴盒："小提琴？"

奥古斯特低头看去，点了点头。他今早偷偷将其带出了大本营，在利奥阻止他之前溜了出去。他的手指又渴望演奏了。他之前去过音乐室，到那儿之后却发现光有学生卡还不能使用练习室。他当时正要进门，有个女孩在他身后清了清嗓子。

"不好意思，"她说道，"这房间是我的。"

奥古斯特没听懂："你的？"

她指着挂在墙上的一块写字板，是一张报名表。"现在归我用。"她解释道。奥古斯特的心登时一沉。他扶住房门，让她进入室内，然后浏览了一下表格上的时间表和名单。今天是周三，这间练习室一直被预定到了周五下午。放学之后奥古斯特不能待在学校——"裂缝"的大门会在黄昏时关闭，亨利要求他必须在这之前回家，虽然他回家途中并不需要穿过这些大门——这一次奥古斯特罕见地违背了命令，在报名表上写下了自己的名字。

"我一直都很喜欢音乐。"凯特一边说，一边抠着她指甲上的金属色指甲油。奥古斯特等着她继续说下去，但下课铃响了起来。她摇了摇头，将头发拨回来遮住一只眼睛。"你拉得好吗？"

"好。"他毫不犹豫地说道。

"你能为我演奏吗？"

奥古斯特摇了摇头。从凯特的表情可以看出——她不习惯被人拒绝。

"怯场？"她柔声说道，"拉一曲嘛。"

她透过那缕金发看着他，等着他演奏。他不能向她明说，说他只为罪人演奏。他吞了吞口水，搜肠刮肚地想要找到一个能够回避事实的谎话。

“来吧，”她坚持道，“我保证不会——”

“弗雷迪！”有人突然喊道。奥古斯特转头一看，发现科林正在朝他挥手，示意他到餐厅去。他感激地站起来。

“我得走了。”他说的同时，尽可能随意地拿起琴盒。

“我会让你为我演奏的，”凯特在他走下看台时喊道，“不管用什么方法。”

他什么都没说，也不敢回头看她。他朝科林小跑过去，而科林正直盯盯地看着他们。奥古斯特来到人行道后，那男孩在他身上拍了一下。“他竟然还活着！”科林佯作震惊地说道。

奥古斯特挥手摆脱他，科林与他并肩而行。“不过说真的，弗雷迪，”说着，他回头看了眼露天看台，看了眼凯特，“你想找死吗？我十分确定，有些死法更快捷，痛苦更少……”

4

这天余下的时间，凯特都没有伤害过任何人。这实在是了不起。她不知道是因为运气，是因为概率，还是因为弗雷迪的缘故。虽然她之前取笑过他，但在露天看台上曾有那么片刻，如果有人问她你在哪儿，她一定会回答在这儿。她不确定这是为什么，只不过当她坐在那种怪异又惬意的安静氛围中时，很久以来第一次感觉自己恢复正常了。她不再是听见流言蜚语咧嘴一笑的那个凯特，不再是把匕首架在其他女孩脖子上的那个凯特，不再是用撬棍捅穿恶魔心脏的那个凯特。

她变成了曾经的那个凯特。那个喜欢开玩笑而非威胁别人的凯特，那个露出笑容时是发自内心的凯特。

可是那个凯特在这个世界没有立足之地。

她将背包扔到床上，兰德里医生给她的药瓶从包里滚了出来。

也许是那粒药片缓解了她的焦虑。

也许……不过这多少还是和弗雷迪有点关系。他能……让人放下戒心，他有一种感染力，一种亲和感。在礼堂里被众多目光注视时，她却唯独感觉到了他的目光。在一间所有学生都在聆听谎言的教室里，他却在笔记本的空白处涂写真相。在一所执意营造安全假象的学校里，他却敢于谈论暴力。他不属于那里，和她一样不属于那里。他们共有的这种特质让凯特感觉自己了解他。

可是她并不了解他。

目前还不了解。

她在书桌前坐下，打开她的电脑，登入科尔顿中学的网站。

“你到底是谁呢，加拉格尔先生？”她大声问道，同时打开学生名录，一路翻寻，最后找到了要找的那个人。她点开弗雷德里克·加拉格尔的主页。他的个人信息在左边列着——身高、年龄、地址等——右边的那张照片却很奇怪。她已经拍过六次照，在每所学校都拍过一次。他们全都坚持从正前方拍，要求学生眼睛看着前面，露出灿烂的笑容。但屏幕上的男孩根本没看着她。

他侧脸对着镜头，眼睛看着下方，轮廓模糊不清，嘴巴半张着，似乎拍照的那一刻他正在呼吸，正在移动。要不是他的袖口缩了上去，露出了一道黑色条痕的边缘，凯特肯定不敢确定那人就是他。

办公室的老师为什么不给他重拍一张呢？

这张模糊的照片勾起了凯特的好奇心，她情不自禁地渴望看见一张更清晰的照片，渴望体会一把盯着别人、同时不被别人盯着的难得的感觉。她在本市的上行链路中打开一个新的浏览器，点开一个似乎所有学生都在用的社交网站，然后输入了他的名字。

在真理城范围内出现了两条匹配结果，但都不是她认识的那个弗雷迪。这很奇怪，不过弗雷迪说过，他以前一直在家自学。或许他没有在这家网站注册过。她打开第三个浏览器，在搜索引擎里输入他的名字。出现了几条搜索结果——其中有一个机修工，一个银行职员，一个已经自杀的人，一个药剂师，都不是她要找的那个弗雷迪。

凯特靠在椅背上，用指甲轻轻地敲打自己的牙齿。

这年头，人人都会在网上留下痕迹。在科尔顿中学，学生们每天每刻都在拍照，每一个无关紧要的瞬间都要记录下来，好像那些时刻值得保存、值得记住似的。他在哪儿留下过痕迹呢？

她的脑海中忽然涌现出一个念头。也许是她多疑了。她在寻找一个复杂的解释，殊不知那个简单的解释——即他就是那种少见的不喜欢上网的青少年——可能就是事实。

可能。不过这谜团就像身上某个部位在发痒，而现在她已经开始挠了……

该上行链路并非唯一录入了那些信息的地方，在北城并非如此。她登入她父亲的私人上行链路，点开标注为人类的档案。屏幕上立刻出现了成千上万张缩略图，每一张都附有名字和日期。弗雷迪与科尔顿中学的其他学生有所不同。也许并非只有她注意到了这一点。她在搜索栏中输入他的名字，以为屏幕上会出现他的面孔，旁边贴着一个标签，说他患有某种心理疾病，或者只是说他是一个异类，可是——屏幕上什么都没有显示。

她恼火地再次点开学校的学生名录，盯着那张照片又看了好几分钟，仿佛这样一来照片里的人就会动起来，就会做完动作，就会迎上她的目光似的。见屏幕上没有任何反应，凯特随即翻阅了一遍他的简介，潦草地抄下他的地址，然后站起来。

还有一个地方她没查过。

“有人吗？”她从顶层寓所中走过时喊了一声。没人回答。她快速地扫了一眼空旷的寓所，没有斯隆或哈克的踪影。她父亲的办公室的房门已经上了锁，不过当她把健全的那只耳朵贴在木门上时，却没有听见隔音系统发出的嗡嗡声。哈克只要在里面，就会将其激活。于是她输入密码——她回来的第二天便在附近安装了一个摄像头，从而录下了他输密码的顺序——一秒钟后，房门在她的触碰下打开了。

灯光自动亮起。

卡勒姆·哈克的办公室非常大，而且有一种奇怪的古典风。房间里有一张宽大的深色书桌、一整面书架墙，以及一排俯瞰这座城市的窗户。她走到书架前，用手抚过一本本摆满了整面书架墙的黑色大书。全是账簿。

哈克为人十分谨慎；他保存了所有受他统治的市民的个人信息，其中既有实体版，也有数字版。他的电脑已被锁住——凯特一直未能破解其登录密码——但是书本的美妙之处就在于，任何人都能将其打开。账簿是按首字母顺序排放的，每年都会重新打印一份。若是有人在那一年之中失去了哈克的保护，他们的名字就会被涂掉；要是有人得到了哈克的保护，他们的名字则会被添加在账簿的末尾。

凯特从书架上抽出标有字母 G 的账簿，然后将其放在桌上打开，最后翻到了她要找的那个姓氏：加拉格尔。

北城有十一个姓加拉格尔的人受哈克保护。其中有一位叫帕丽斯·加拉格尔，她的住址和弗雷迪资料上的住址一模一样，但是账簿上并没有提及弗雷迪本人。可是她曾见他脖子上戴着一块挂坠。她翻到账簿末尾，希望能在增补名单中找到他的名字。

也没有。

“你在哪儿？”她低声说道，就在这时，有人清了清嗓子。

她猛然抬起头来。她父亲站在门口，正用一块黑色方巾擦着手："你在干什么，凯瑟琳？"

凯特肺里的空气顿时堵住了。她竭力将其挤出，希望吐出的这口气听上去像是因为不悦而叹的一声气。"我在找一个名字，"说着，她斜靠在了书桌上，仿佛她身在此地是理所当然的，"学校里有个女的快把我逼疯了。她戴着一块挂坠，我本来希望那是她偷来的，或者已经失效，不过，唉，"她合上了账簿，"她仍然受你的保护。"

哈克那双深色的眼睛一直盯着她。她尽力不去留意他袖口上凝固的血迹。"对不起，"她补充道，"我应该等你回家再说，但我不知道你什么时候才会回来。"

"我走的时候应该是锁了门的。"

"你没锁。"凯特冷冷地说道，然后从桌子上撑起身来，走出了办公室。见他没有跟出来，她不由得松了口气。

回到她的房间后，她一屁股坐到了椅子上。电脑屏幕上仍然显示着弗雷迪的个人资料。现在这更说不通了，一张模糊的照片，旁边是一个——从她父亲的记录来看——并不存在的名字。他会不会用的是化名？可他为什么要这么做呢？

只有那些有秘密可言的人才会隐瞒事实。

弗雷德里克·加拉格尔到底在隐瞒什么呢？

5

奥古斯特讨厌血——讨厌见到血，讨厌血的气味，讨厌那种黏稠的触感——很不幸，他现在恰好满身都是血。

当然，那不是他的血。

是菲利普的血。那个笑容灿烂、留着寸头、待奥古斯特如朋友、每当哈里斯用“恶魔”这个词时就会瞪着他的弗特队队员。

“把他按住，”亨利命令道，“我得把伤口的血止住。”

菲利普的肩膀已经从肩关节处被撕开，清晰可见。他的弗特队作战服被扯得稀烂。倘若菲利普没有在钢质手术台上剧烈地扭动，奥古斯特甚至可以伸出手，用手指勾勒出科煞的爪印——或许是牙印？这总是很难判断。

他们接到电话时，奥古斯特正坐在厨房的柜台旁做作业，阿莱格罗则在玩弄他的鞋带。又一起袭击事件。但这次不是在“裂缝”，也不是一起偶发事件。这是一次伏击。哈克手下的恶魔十分清楚弗特队会在何时何地巡逻。有人给它们报了信。现在已经死了四个弗特队队员，而菲利普似乎正不顾一切地想要在污言秽语和血泊之中走向生命的尽头。

“看在上帝的分儿上，把他按住。”

利奥和奥古斯特死死地摁着菲利普，亨利用小心而利落的手法为他处理着那处可怕的伤口。他的搭档哈里斯站在一旁，满脸血迹，看上去由于震惊过度而表情木然，艾米莉正在为他缝合肱二头肌上一道很深的伤口。虽然没有亨利那种外科医生般的手法，但她的手还是非常稳。

亨利拿起注射器，抽入满满一管吗啡，然后将针头刺入菲利普尚能活动的那只手臂。他口中的咒骂声逐渐变小，头垂向一侧，痛苦和不安终于离他而去。

“这绝对不能忍，亨利，”利奥说道，他的下巴上沾满了菲利普的血，“我们已经受够了侮辱。现在是时候——”

“现在不谈这个。”亨利打断他道，同时戴上一双外科手术手套，开始做手术。奥古斯特低头看着菲利普那残缺不全的肩膀，手术台上到处都是黏稠的血液。他不禁感到一阵恶心。在灯光的照射下，菲利普忽然显得无比年轻、无比脆弱。人类在这场战争中太过脆弱，而苏籁数量又太少，无法独挑重任。即便三个苏籁能够对抗成千上万个恶魔，曼蛋和科煞也不会蠢到靠近他们。相反，它们会专挑自己能捕捉、杀死的猎物。所以苏籁才会专注于捕杀罪人，以此阻止暴力的扩散。猎杀恶魔的任务也因此落在了人类身上。而人类，始终都是恶魔的猎物。低泣和巨响循环往复，恐怖的开局和血腥的结尾周而复始。

奥古斯特的目光循着伤口上的爪印移动。血肉模糊。残暴无情。这是恶魔的杰作。科煞残留的气味——腐臭的空气、陈腐的烟雾，以及死亡的气息，一如既往的死亡气息——附着在被扯得稀烂的肌肤上，他的胃里翻江倒海。利奥说得没错。奥古斯特与犯下如此暴行的生物全然不同。不可能相同。

“奥古斯特，”一分钟后，亨利说道，“你可以松手了。”

他低头看去，发现自己仍然死死地将菲利普松软的身体按在桌子上。他拿开手，走到附近的一个水槽前冲洗，亨利则继续动着手术。

鲜血被冲进了水槽，奥古斯特将头扭开，努力把视线转移到其他某个——任何——东西上。可是血迹无处不在，墙上、柜台上、地板上都有。地上有一条血迹穿过房门，一路直达标有数字 19 的钢质电梯前。

弗特队里某些心理变态的队员给弗林大本营十九楼取了个绰号，称其为“停尸房”。虽然这里是大本营第二高的楼层，就在弗林夫妇的住所正下方，但看不到任何风景。为了保证清洁无菌，房间里的窗户都用砖块封死，家具也被全部搬走。十九楼设有两处重要的场所：一间秘密审讯室（其余的审讯室和牢房都在地下）和一间应急医疗室。

“他在哪儿？”亨利的视线离开了菲利普那残缺不全的肩膀，抬起头来问道。他指的是那个叛徒，把信息出卖给哈克的那个人。此人是弗特队某位队员的表哥。他泄密之后，穿过“裂缝”逃到了北城，试图寻求哈克的庇护。但哈克不愿收留告密者，又把他赶回了南城。后来一组小分队捉住了他，将他押了回来。但在此之前，他朝小分队队长开了两枪。和利奥待了两分钟后，他便全招了。

利奥站在一面镜子前，正在擦去脸上的血迹。他的黑色眼睛看见那道贯穿左边眉毛的伤痕后，迅即移开了视线，和奥古斯特刚才看到鲜血时的反应一样，仿佛一看见就觉得恶心似的。

“A 号牢房。”哈里斯有气无力地答道。他身上那股男孩特有的幽默感荡然无存，已经被抹去了。

“他有罪。”利奥淡定地补充道。他们都知道他是什么意思。红色的灵魂，必须收割。

“好吧。”亨利朝他妻子点点头，“去把伊尔莎找来。”

A 号牢房里面那人看上去糟透了。

他的鼻子被打得出血，双手反绑在身后，侧身躺在地上，胸口由于伤痛而不停地抽动。奥古斯特站在门口注视着他，试图想明白人类为何会变得如此残破。不是肉体上的残破——人类的身躯本来就很脆弱——而是心灵上的残破。他试图想明白他们为何会从高处跳下，即便知道下方是无底深渊。

一阵劲风向奥古斯特吹来，伊尔莎随即用她温暖的手握住了他的手。她透过安在门上的有机玻璃，朝牢房里看去。

“你能感觉到吗？”她忧伤地问道，“他的灵魂好沉重，不知道这地板能支撑多久……”

她放开他的手，光着脚走进牢房。奥古斯特关上房门，但没有离开。目睹其他苏籁收割生命是件稀罕事。而且伊尔莎习惯把任何事都做得很美，即便是杀人。

他身后传来沉重而平稳的脚步声，是利奥：“亨利不让她出去真是愚蠢。”

奥古斯特皱起眉头：“谁？伊尔莎？”

利奥抬起一只手搭在门上：“我们的姐姐，那位死亡天使。你知道她的真面目吗？你知道她的能力吗？”

“我知道。”奥古斯特冷冷地说道。

“不，你不知道，弟弟。”牢房里，伊尔莎在那个叛徒身旁跪了下去。“亨利一直没告诉你，但我觉得你理应知道她的真面目，知道你能变成什么样，或许你能，假如你愿意的话。”

“你到底在说什么，利奥？”

“我们的姐姐有两种面目，”他说道，“她们从不同时出现。”

听上去像是个谜语，但利奥说话从来不绕圈子：“你到底在——”

“你知道她身上有多少颗星星吗？”

奥古斯特摇了摇头。

利奥张开手指：“两千一百六十二颗。”

奥古斯特正要计算，随即打住了念头。六年。自从伊尔莎上次沉沦后，已经过去了六年。自从某件事结束了领地之战，已经过去了六年。

利奥一定看出奥古斯特已然明白了。他用食指在空气中画了个圈：“你以为‘废土’是怎么形成的，弟弟？”

房门另一头，那叛徒正在断断续续地轻声忏悔。伊尔莎双手捧着他的脸庞，引导他平躺在地上。她侧身躺在一旁，抚摩着他的头发。

这座城市有一个地方寸草不生。

“不可能。”奥古斯特低声说道。他上一次沉沦，夺去了一屋人的生命。伊尔莎能夷平一个街区，在这个世界的表面留下一道伤疤？倘若这是真的，怪不得亨利不希望停战协议破裂。弗特队队员都以为弗林手握一枚炸弹。

他们是对的。

奥古斯特仿佛看见了位于市中心的那片焦土。她……她是有意为之的吗？肯定不是——他当初也没想过伤害任何人——可是黑暗一旦降临，一切都将失去控制。苏籁沉沦，众生泯灭。没有法则，没有限制：无论有罪者还是无辜者，无论恶魔还是人类——都将不复存在。

利奥称之为大屠杀。

那天有多少人死在了那座广场？有多少条无辜的生命为罪人陪葬？不会再发生那种事了。不能再发生了。一定有其他解决方法。

“不让她外出是停战协议的一部分，”利奥继续说道，“但记忆是短暂的，我们的北城人看来需要被提醒一下。”

他提及她时所用的措辞，令奥古斯特的皮肤起了一层鸡皮疙瘩：“她不是工具，利奥。”

他哥哥用他那双令人胆寒、表面平滑的黑色眼眸注视着他：“我们都是工具，奥古斯特。”

牢房内，伊尔莎开始低声吟唱。虽然听不太清，但那低沉的歌声依然震颤着奥古斯特的骨头。伊尔莎与依赖小提琴的奥古斯特不同，与几乎可以用任何东西演奏的利奥也不同，她的嗓音就是她唯一的乐器。

奥古斯特看见红光浮现在那人的皮肤表面，然后蔓延至她的皮肤上，犹如泛起了一层红晕。一股饿意顿时向他袭来。不久之前他才进过食，现在竟然还有进食的欲望。或许只有当他消失以后，这种持续不断的可怕的饿意才会完全消失。

那人深陷的眼窝中冒出两缕青烟，他最后的生命也随之逝去。他的尸体逐渐变暗。

“终有一天你会发现，”利奥平静地说道，“我们姐姐的真正声音是多么美妙，多么恐怖。”

有机玻璃和钢门的另一边，伊尔莎用手抚摩着那人的头发，就像母亲在哄孩子入睡。

奥古斯特感到一阵恶心。他转过身去，顺着原路回到了医疗室。哈里斯仍旧呆立在原地，亨利还在给菲利普的肩膀动手术，而菲利普已经气息奄奄。奥古斯特刹那之间感到无比疲惫。

他很想问亨利，关于伊尔莎的那些事是不是真的，虽然他心里早已有了答案。

但他这样说道："我们得做点什么。"

亨利从手术台上抬起头来，一脸疲惫："我现在也不和你谈这个。"

"我们得做点什么来防止停战协议破裂，"奥古斯特说道，"防止爆发新的战争。"

亨利用手背揉了揉眼睛，一言未发。哈里斯一言未发。利奥此刻正站在门口，也一言未发。

"爸爸——"

"奥古斯特。"艾米莉把一只手搭在他的肩膀上。他这才发现自己正在颤抖。她的声音低沉而平稳。"已经很晚了，"她一边说，一边擦去他脸上的血迹，"你还是回楼上去吧。毕竟，"她补充道，"你明天还要上课呢。"

他的喉咙哽了一声。

他好想放声大笑，嘲笑这荒谬的人生，嘲笑这充满闹剧的人生。他想拿起他的小提琴，然后不停地演奏演奏演奏，直到饥饿感完全消失，直到不再感觉自己是个恶魔。他想放声尖叫，随即又想起他姐姐的声音能将这座城市化为灰烬。他咬住自己的舌头，直到满嘴的鲜血被痛楚取代。

“去吧。”艾米莉催促道，轻轻朝电梯方向推了推他。

于是，奥古斯特顺着地上如面包屑一般的血迹，走出了房门。

6

“糟糕的一晚？”凯特一面问，一面登上露天看台。

虽然弗雷迪正在埋首看书，但她还是看见了他的黑眼圈，看见他的下巴紧紧地绷着。

他没有抬头：“那么明显？”

她放下她的背包：“你看上去糟透了。”

“噢，谢谢。”他冷冷地说道，用手捋了捋依旧湿漉漉的头发。

他一直盯着书，却始终没有翻页。

她的脑海中涌现出各种问题，每一个问题都欲脱口而出，但她还是忍住了。她敲起了手指，随即想起兰德里医生的话，于是强迫自己打住。她正要提小提琴的事，却发现他今天没带。她想瞧瞧他在看什么书，或者说他假装在看什么书，但是书上的字实在太小。于是她坐在长凳上，试图重温昨天那种感觉，重温他们共享过的那份惬意的安静氛围。可是她根本坐不住。她恼火地掏出耳机，正要戴上，弗雷迪却开口了。

“你做了什么？”他问的同时，翻了一页书。

凯特的身子微微一紧，同时暗自庆幸他看不见：“你是指什么？”

他终于把书放到了一旁。柏拉图。什么样的三年级生会把哲学书读着玩儿？“又被体育老师赶出来了。”他说。

“噢，”她摸着腹部说，“我的肚子很痛。”

他那双灰白色的眼睛中闪过一丝被逗乐的神情：“真的吗？”

“对，但愿我没得什么病，”说着，凯特往身后的座位上一靠，面带假笑，“但你知道他们是怎么说的。”

“他们怎么说的？”

“新鲜空气是最好的良药。”

把他的表情称为笑容可能有些言过其实，不过那表情足够温暖。她将头发拨至耳后，随即察觉他的目光停在了自己那道伤痕上。这不是他第一次注意到，却是他第一次开口问：“发生了什么？”

弱点会招来利刃。但她还没来得及忍住，话便已经说出了口：“车祸。”

弗雷迪没有机械地说一句抱歉，仿佛那是他的错似的（她很反感人们这么说）。他只是点了点头，用拇指抚摩着自己手腕上的黑色条痕：“我想我们都有自己的印记。”

她伸出手，摸了摸最近的那道条痕，感觉他立马绷紧了身子：“戒酒多少天了？”

他轻轻地抽开手。“够了。”说着，他拉下袖子遮住了皮肤。

那些问题在她脑海中不断回响。

你是谁？

你在隐瞒什么？

你为何要隐瞒？

这些问题试图脱口而出，而她正打算发问，弗雷迪却开了口。

“可以告诉你个秘密吗？”

凯特身子往前一倾。“可以。”话出口的时间比她预想的要快，但他似乎没有注意。他注视着她的眼睛，他的目光里有种沉重的东西，仿佛那东西正重重地压着她似的。“什么秘密？”她追问道。

他倾身向她靠近：“我以前从来没有近距离看过树林。”她还没来得及回答，他已经拉着她走下了看台，朝树林走去。

“它们闻上去就像蜡烛。”说着，弗雷迪用脚踢起一堆树叶。

“我很确定是蜡烛闻上去像它们，”凯特说道，“什么样的人会连树都没见过？”

他拾起一片深红色的树叶，用手指转动起来。“那些住在红环内，”他说道，任树叶从手中滑落，“父母对其呵护有加的人。”

听见他提到父母，凯特的脉搏顿时加快，但她尽力让自己的声音保持平稳：“给我讲讲他们吧。”

弗雷迪只是耸了耸肩：“他们都是好人。他们是一番好意。”

他们叫什么名字？她很想问。

“他们是做什么的？”

“我爸是个外科医生，”他跨过一根倒在地上的原木，“我妈在财富自治领长大。边境封锁的时候，她恰好身处错误的那一边。”

“真不幸。”凯特说道，她是真心这么认为。对真理自治领的居民来说，被困在领地内确实很不幸；但她总是忘记还有许多其他领地的人也被困在了这里。错误的时间，错误的地点，人生就这样被坏运气毁了。

“她从来都不说，”他心不在焉地说道，“但我知道这件事一直重重地压在她心头。”

听他提到重量，凯特想起了那块铁挂坠和那些黑色账簿。

你的挂坠哪儿来的?

她咽了咽口水：“那么，你是独生子?”

“查户口吗?”他反问道，但他接下来的话又让她松了口气，“我是最小的一个。你呢?”

她很高兴他这么问，虽然他肯定知道答案。

“独生女。”她答道。

远处响起了午饭的铃声。凯特迟疑了一下，但弗雷迪丝毫没有要回去的意思。相反，他坐在了一棵树下，背靠在树干上。凯特在旁边的一棵树下坐下，姿势和他一样。弗雷迪从他的包里拿出一颗青苹果，然后递给了她。

你是谁?

凯特伸手接过苹果时，故意碰了下他的手指。她饶有兴味地发现，他的身子再次微微地一颤，仿佛这种身体接触对他来说很陌生很新鲜似的。

她咬了一口，然后把苹果还给了他。他把苹果放在手掌间转动起来。

你在隐瞒什么?

“真希望这座城市的其他地方和这里一样。”他柔声说道。

“一样空?一样绿?”

“一样安宁。”说着，他把苹果递给了她。他一口都没咬过。

她用拇指摸着自己的牙印：“你近距离见过恶魔吗?”

弗雷迪咬住嘴唇：“见过。你呢?”

凯特扬起一边眉毛：“我父亲养了个曼蚕当宠物。”

他眯起眼睛，却只是说：“我宁愿养猫。”

凯特扑哧一笑，将苹果扔还给他：“我也是。”

他们都不再说话。有那么片刻，那种惬意的宁静氛围又回来了。一阵风忽然袭来，吹得上方的树枝沙沙作响，刮下了一大批枯叶。在他手中的苹果、他那对灰白色的眼眸和插在他黑色鬈发中的那片金黄色树叶的映衬下，弗雷迪·加拉格尔看上去不像一个男孩，倒更像一幅油画。

你是谁？她很想问。

但她只是伸出手拿走苹果，然后又咬了一口。

整个下午，那些疑问都在困扰着凯特。他们在树林里待得越久，疑问的声音就越大。关于他，关于她的疑问。关于他用化名这件事，或许答案很简单。或许他别无选择。或许人们有时候隐瞒真相——撒谎——自有他们的理由。

可是凯特很想知道真相。

她走在走廊里时，听见了小提琴声。

最后一堂课是考试，她提前几分钟便离开了教室。此刻她正在消磨打铃前的最后一点时间。她放慢脚步，一边聆听小提琴声，一边暗自揣测——希望——是弗雷迪在演奏。这样她或许能从旁窥见一点真相。音乐声来自走廊尽头的一间教室；她刚一走到门口，音乐声便停止了，教室里随即传出椅子和乐器的擦碰声。她透过门上的玻璃朝里张望，看见管弦乐队的学生正在收拾东西。这时铃声响了起来，学生们鱼贯而出。她在人群中搜寻弗雷迪，但看了半天也没发现他。

“嘿。”她对一个男生说道。他演奏的乐器看上去像是大提琴。当他意识到她是在和自己讲话后，他的脸霎时间有些发白。“你们班上有个叫加拉格尔的人吗？”

“谁？”

“弗雷迪·加拉格尔，”她说道，“瘦高个儿，黑发，拉小提琴的？”

那男生耸了耸肩：“抱歉，没听说过这个人。”

凯特低声咒骂了一句，那位大提琴手趁机溜走了。

走廊里的人越来越少，于是她顺着原路往锁柜区走去。来到锁柜区时，她刚好看见弗雷迪在收拾他的包。她朝隔壁锁柜的女孩瞪了一眼，那女孩立马便逃离了此地。凯特斜肩靠在金属锁柜上。

“嘿。”

“嘿，”他一边说，一边整理他的书，“我在衣服上发现了好多树林里留下的碎屑。”

“我已经把我衣服上的掸掉了，”她说道，“我可不想让别人误会。”

他茫然地看着她：“什么意思？”

她盯着他，他也盯着她。片刻过后，他的脸上浮现出些许红晕：“噢。”

她翻了个白眼，随即想起自己此行的目的，于是朝锁柜点了点头：“没带小提琴？”

“在家里。”

“我以为你加入了管弦乐队。”

弗雷迪把头一偏：“我可没说我加入了。”

“那你为什么要带小提琴？”

“什么？”

她耸了耸肩：“如果没加入管弦乐队，那你为什么要带小提琴到学校来？”

弗雷迪关上锁柜，他没有像其他人那样“砰”地用力一摔，而是咔嗒一声轻轻将其关上：“如果你真想知道，那我就告诉你吧。我不能在家里拉小提琴，因为家里的墙太薄。而学校有音乐室，隔音的那种，所以我才把小提琴带到学校来。”

凯特觉得自己有些动摇了。“好吧，”她尽量用轻柔和调侃的语气说道，“可要是你没加入管弦乐队，那我什么时候才能听你演奏呀？”

弗雷迪的眼中仿佛竖起了一道屏障：“你不能听。”

这句话犹如一记重拳打在她的身上。“为什么不能？”凯特问道，她的怒火顿时燃起。

他将背包背在肩膀上：“我说过了，凯特。我不会为任何人演奏。”

“我不是任何人，”她厉声道，脸色绯红，他的话突然让她很受伤，“我是哈克家族的一员。”

弗雷迪轻蔑地看着她：“所以呢？”

“所以你不能对我说不，不能用那种方式说不。”

他竟然笑了一声——冷冰冰的一声笑——然后摇了摇头。“你确实是那么认为的，对吗？你认为整个城市都在为你服务，因为你有钱有势，人人都怕你，不敢对你说不。”他倾身靠近她，“我知道这很难接受，凯特，不过这个世界并非一切都在围着你转。”他撤回身去，“老实说，我本以为你不是这种人。看来我错了。”

凯特不禁瑟缩了一下，震惊不已。她怒火中烧，脸颊发烫，烫得如燃烧的煤炭。弗雷迪转身欲走，她马上伸出手拍在他脑袋旁的锁柜上，挡住了他的去路：“你是谁？”

他脸上露出困惑之情：“什么？”

“你——是——谁？”他试图拿开她的手，她却一把抓住他的手腕，将他按回到锁柜上。她已经受够了，受够了玩把戏，受够了兜圈子。“你知道我是什么意思，弗雷迪。”她用自己涂有金属色指甲油的指甲按住他衬衫上的挂坠。“你看上去根本不像名叫弗雷迪的人，或者弗雷德里克，或者加拉格尔。”

他眯起眼睛：“放开我，凯特。”

她倾身靠近他。“不管你到底是谁，”她轻声说道，“我都会查出来的。”

就在这时，有个人跑过来挤了他们一下，并且一把搂住了弗雷迪的肩膀。

“原来你在这儿呀！”那男孩大声说道，“正到处找你呢！”他面带歉意地朝凯特笑了笑，同时把弗雷迪往外拉。她松开了手。“我们要迟到了。就那事，你知道的，派对那事。”他拉着弗雷迪朝走廊尽头走去，“你不会忘了吧？快点……”

那男孩挥了挥手以示告别，但并未回头。弗雷迪则面无表情地看了凯特最后一眼。接着，他俩便消失在了走廊的拐角。

凯特怒气冲冲地走出了学校。

她从兰德里医生给她的小药瓶中倒出一粒药片，随即又将其塞回了药瓶。她在心中不住地责怪自己，责怪自己偏偏因为弗雷迪而失去了冷静。愚蠢、愚蠢、愚蠢——她以为他喜欢她，以为他理解她，所以才会被他激怒，真是愚蠢。她曾经从她父亲身上学到过一点，即要想镇定自若，就得知道如何控制自己的情绪。即便那只是一种假象。

我知道这很难接受，不过这个世界并非一切都在围着你转。

她的怒火再次燃起。

我本以为你不是这种人。

他以为他是谁?

看来我错了。

他是谁?

凯特来到了停车场，但那辆黑色轿车还没到。于是她踱起步来，尽力稳定地呼吸了几口，可这并没有起到什么作用。她感觉自己的神经就像硬币一样，在她的胸腔里丁零当啷响个不停。她坐到一条长凳上，从背包里的烟盒中抽出一支烟，将滤嘴塞到嘴里，看着学生们如蚂蚁一般拥出学校。

“哈克小姐！”她正在掏打火机时，一位教导员喊道，“我们学校有严格的规定，不许在校园里吸烟。”

凯特审视着那人。她此刻正想找人打上一架，但她的理智告诉她，这并非明智之举。“让我猜猜，”说着，她将烟放回了烟盒，“因为吸烟有害……”

她正要说出“健康”两个字，但有几个人引起了她的注意。

弗雷迪、那个矮个子男孩以及一个她不认识的女孩正在穿过草坪。那男孩和那女孩在说说笑笑，弗雷迪则像一般人那样——面带微笑，点着头——当他们想让你觉得他们在听、实际上却并没有在听的时候表现出的那样。

凯特看见那个女孩往前多走了几步，然后转过身来，举起手机对着两个男孩拍了张照。最后一刹那，弗雷迪举起手挡住了他的脸。他这么做时虽然面带笑容，但这一举动看上去不大对劲。而当那女孩打算再给他们拍一张时，弗雷迪则闭上眼睛，把头转向了一边。和他在那张证件照里的动作一模一样。

这一举动实在微不足道。

可就在他转过头去时，凯特发现他的脸上闪过了一丝惊慌之情，有个词嘶叫着从她的脑海中划过。

恶魔。

这实在太荒谬了——有悖常理，异想天开——可事实就摆在眼前。凯特忽然想起科尔顿中学网站上那张模糊的照片，想起上行链路中到处都找不到他的照片，想起笔记本空白处写错的名字和词语，想起对他极尽呵护的父母，想起他偷来的那块挂坠，想起他拒绝为她演奏，想起他对她的指责，想起他看着她的表情，就像他们有一个共同的秘密似的。或者说，就像他有一个秘密似的。

苏籁呀，苏籁，双目似炭。

为你歌一曲，再盗走你的魂。

凯特伸手去掏手机。那女孩终于放弃了给他们拍照。弗雷迪摆脱那男孩，然后向他俩挥手道别，准备离开。凯特没有犹豫。她点开手机上的相机，按住拍照键。在他转身离开之前连拍了好几张。

有车在她身后按了按喇叭，是那辆黑色轿车。

凯特钻进车里，一颗心怦怦乱跳，手紧紧地攥着手机。她没有看手机，没有马上看。她就这么等着，直到轿车驶离科尔顿中学，直到车窗外的世界变得模糊不清。

然后，她慢慢地朝手机看去。

她知道自己的想法很不合理。她开始翻看照片，以为只会看到弗雷迪回头看向镜头的画面。头几张照片里，他的脸已经转向了一旁。于是她用僵硬的手指快速往回翻找，直到他的头所转的角度足以显示出他的面孔。

她审视着这张照片，从他那条校裤，看向他那件整洁的科尔顿中学 Polo 衫，再看向他肩膀上的背包，看向垂在他脸颊上的黑发，最后看向他的眼睛……假象就此终结。因为他的眼睛并非她平时看到的那种灰白色。

他的眼部什么也没有，只有一片黑色的污迹，只有一抹相机无法捕捉的黑影。

你近距离见过恶魔吗?

凯特重重地靠在椅背上。

弗雷迪 · 加拉格尔不是普通的学生。

他根本就不是人类。

7

你是谁?

凯特的声音跟着他上了地铁。

你看上去根本不像名叫弗雷迪的人。

她的声音跟着他穿过这座城市。

我都会查出来的。

她的声音一直在街上跟着他。

奥古斯特来到弗林大本营顶楼，发现这里空无一人，顿时如释重负。他将背包扔到趴在床上的阿莱格罗身旁，然后一屁股坐到椅子上，陷入了沉思。

我知道这很难接受，不过这个世界并非一切都在围着你转。

他为什么要说那种话?

我本以为你不是这种人。

他做了什么?

伴着一阵低泣，而非一声巨响。

一个问题。

你是谁?

不管你是谁……

我都会查出来的。

他一把扯下铁挂坠，朝墙上扔去。挂坠重重地砸在墙上，将灰泥墙面砸出了一个坑，随即掉在地上滚了一段距离。奥古斯特低下头，用手掩住面孔。

你是谁?

你是谁?

你是谁?

有人敲了敲门，他猛然抬头。利奥站在门口，身体占据了整个门框。“把外套穿上，”他说道，“我们出去一趟。”

奥古斯特朝窗外看去，惊讶地发现太阳已经西沉。

“去哪儿?”他问道。

利奥举着一张字条：“你觉得呢?”

奥古斯特揉了揉眼睛：“我不饿。”

“我不管这些。菲利普生命垂危，哈里斯无法正常执行任务，所以今晚你跟我去。”

奥古斯特不知道自己到底做了何事引起了他哥哥的注意。他不想去，不想现在就去，不想就这个样子去。利奥以善于捕食著称。

“人人都认识你那张脸，”奥古斯特连忙说道，“要是我跟你去——”

“他们会以为你是我的部下。快起来。”

奥古斯特咽了咽口水，然后站起来。他伸手去拿小提琴盒，利奥却挡住了他：“不用带。”

奥古斯特眨了眨眼：“我不明——”

“今晚你不需要。”

他犹豫不决。他哥哥同样什么乐器都没带：“利奥……”

“快走。”他哥哥命令道。

奥古斯特把手从琴盒上拿开。他一面跟随利奥穿过公寓，一面四处张望，希望看到亨利或艾米莉，希望有个救星能出面阻拦他们。可是四处都不见他父母的踪影，伊尔莎的房门也是关着的。

他没问利奥他们要去哪儿。显而易见，他们将离开“裂缝”和市中心，进入“网状区”。那里到处都是漆黑的街道和破败不堪的建筑，一片从未进行过任何修缮的区域。那里是瘾君子和有罪犯前科的人用来躲避弗特队和苏籁的地方。

“怎么不说话？”他们沿着街道行进时，他哥哥说道，“你在想什么？”

奥古斯特不喜欢利奥用那种方式提问，他的措辞让人很难避而不答。他的脑袋里现在一团乱麻，而他目前最不想面对的人就是他哥哥，可答案还是涌上了他的嘴唇：“凯特·哈克。”

“她怎么了？”

一个更难回答的问题，因为他也不确定答案是什么。本来一切都没事。接着便出了岔子，事态的平衡开始摇摆，最后完全倾覆。为什么大家非得用提问来破坏安静的氛围呢？真相是残酷的。

“奥古斯特。”利奥逼问道。

“她知道我有个秘密。”

利奥回头看向他：“但她不知道是什么秘密？”

奥古斯特心中忐忑不安：“目前还不知道。”

“很好。”他说道，那冷静的语气令人很不快。

“这怎么能叫很好？”

“每个人都有秘密。这很正常。”

“我的秘密没有一个正常，利奥。”他将手揣进衣兜，“我想我应该退学。”

“不行。”

“可是——”

利奥停住了脚步：“要是你突然退学，他们就会知道是为什么，你的身份就会因此暴露。我不能让潜在的风险变成现实。”

“她会一直查下去的。”奥古斯特说道。

利奥继续往前走：“要是她发现了真相，你肯定会知道的。她会亲口告诉你。在此之前，你必须留在学校。”

“那要是她发现了真相呢？然后怎么办？”

“到时我们会去处理。”

他的口气让奥古斯特心中一紧：“她是无辜的。”

利奥用黑色的眼睛瞪了他一眼。“不，”利奥说道，“她是哈克家族的人。”

凯特回到家后，没有播放音乐。

这是她第一次不想用音乐淹没自己的思绪。她需要一条完整、响亮、清晰的思路。她径直来到自己的房间，锁上房门，将手机扣在桌上，然后从背包里拿出平板电脑，启动上行链路。

苏籁呀，苏籁，双目似炭。

回家的路上，她一直在反复琢磨，琢磨她对第三种恶魔仅有的那点认识。

所有人对其仅有的那点认识。

苏籁——光是这两个字似乎就能激怒其他恶魔，惹恼她的父亲。但一切远不止如此。虽然苏籁很稀有——比科煞和曼蚩稀有得多——但哈克仍然对他们有所忌惮。一定是因为他们的催化剂。科煞源自非致命暴行，曼蚩源自命案，而苏籁，据信源于最恶劣的那种罪行：比如引爆炸弹、开枪射击、大屠杀。这类罪行往往会夺去许多条生命，而非一条。所有的痛苦和死亡融合在一起，形成了某种极其可怕的东西；假如恶魔的种类由其催化剂决定，那么在夜里能撞见的最恐怖的东西，非苏籁莫属。

更可怕的是，这些谣言很可能是南城那方自己散布的。有人说弗林像养疯狗一样养着这些苏籁；有人说他把他们视为家人；有人说这些恶魔被安插在弗特队里。还有一种更骇人的说法，说他们可以易容，会控制人的思想，能使人忘记自己曾经见过他们……假如那些人能活着回来讲述自己的遭遇。

苏籁嗜虐成性；苏籁邪恶无比；苏籁刀枪不入。

最重要的是，苏籁看上去像人类。

哈克及其手下对苏籁仅有的一点了解，来自其中一个恶魔。这是他们设法用摄像头拍下的唯一一个苏籁。

凯特登入她父亲的私人上行链路，然后在视频搜索栏中输入那个名字。

利奥

十二年前，当哈克试图夺取这座城市时，他便参加了战争，他一直是弗林的得力助手。而他并未深居简出。凯特滑动屏幕，翻阅了十多张视频缩略图。这些视频都拍摄于停战前，总共分为两大类。

利奥—音乐

利奥—折磨

她咬住嘴唇，犹豫了片刻，然后点开了一个标注为“音乐”的视频。这段视频是一个监控摄像头在十多年前拍下的。虽然角度比较奇怪，但他确实在画面中。他没有在阴影中或是小巷里悄然潜行，而是坐在位于聚光灯下的高凳上。他仿佛是坐在一家酒吧的舞台上，跷着一条腿，大腿上放着一把钢质吉他。即便从这个角度，她也能看出他身材高大，有一头金发，相貌英俊。除了他的眼睛——每当他的视线上移，他的眼睛就会在镜头上划过数道黑线——他看起来一点也不像恶魔。

凯特觉得这正是他的危险之处。

这段视频并没有声音，可当他开始弹奏，她仍然不由自主地偏过头去，将健全的那只耳朵对着屏幕，想要听见曲声。虽然视频模糊不清，室内的光线也很昏暗，但她依然能够看见，坐在座位上的众人的身子纷纷开始往前倾斜。

屋里的光线不再像刚才那么昏暗。起初她以为是上方的灯打开了，但看着看着她才意识到，是观众们自己在散发光芒。众人似乎没有察觉到那些光芒，似乎对任何事物都没有感觉。他们纹丝不动地坐在那儿，凯特还以为视频卡住了。但是这不可能，因为利奥的手指仍在拨动吉他的琴弦。

这时她注意到了一丝动静。只见两个人从他们的椅子上站起来，动作很慢，就像正在从水下往上浮起来似的。他们的皮肤上散发的光芒与众不同，令人作呕。他们就像被催眠了一般，一同迈着稳定的步子朝舞台走去。他们的嘴唇虽然在动，面部表情却十分空洞。

他们快要走到舞台时，利奥停止了弹奏。

他从高凳上站起来，将吉他放在一旁，然后走下舞台，去迎接那两个正在发光的人，仿佛他们是他的歌迷。

接着，他用手扼住了他们的喉咙。

他们没有反抗，没有挣扎，即便当他将他们拽起、只有他们的鞋子擦着地面时，他们也毫无反应。她看见他们皮肤下的光芒开始闪烁，然后从他们的身体流入利奥的身体，他的身上逐渐充满了那种奇怪的光芒。她看见他们身上最后一点光芒渐渐流逝，最终消失，看见他们的眼睛在眼窝里枯萎变黑。即便到了这时，利奥也没有放手。他站在原地，闭着眼睛，头向后仰，看上去相当平静。与此同时，那两人的身体慢慢变软，从活生生的人变成了空壳。他终于松开了双手，两具尸体随即倒在地上。他回到舞台上，拿起吉他，走出了酒吧。

众人身上的光芒渐渐消失，一个个都再次动了起来，仿佛刚从睡梦中苏醒。起先他们的行动还比较迟缓，一看见地上的尸体后，立刻便乱成了一团。

凯特坐在椅子上，不寒而栗。令她不安的并非杀人这种行为——恶魔和人类都会杀人——也不是苏籁脸上那种令人胆寒的冷静，而是他仅用声音就能置人于死地。他一开始弹奏，那些人就立刻变成了行尸走肉，变成了提线木偶。

她想起弗雷迪的小提琴，不禁感到庆幸，庆幸他拒绝为她演奏，虽然她并不确定他为何要这么做。他想饶她一命吗？还是说他只是在等弗林的信号？

她的注意力再次回到屏幕上。她和人群中的那两人不一样，她不会坐以待毙。不，凯特有一个优势，她知道自己面对的恶魔长什么样，知道他用什么武器。她现在只需要找到他的弱点。

她关掉视频，正要退出页面，忽然想起还有一个标签。

折磨。

倘若苏籁用音乐来引诱其猎物，那这又是什么？

她将头发往后一拨，点上一支烟，点开了下一段视频。

8

“我们的猎物是谁？”奥古斯特问道。

他们站在一幢排屋的门廊上，排屋的窗户都已用木板封死，外墙披叠板弯曲变形。门上用红油漆刷了两个字：走开。

好像文字在这地方管用似的。

“两个人。”说着，利奥捋起袖子，露出了像手铐一样环绕在两条小臂上的黑色十字形小条痕。他身上的印记很少。他每次沉沦之后，那些印记都会消失。利奥变身并不是因为他无法控制自己——他完全能控制——而只是因为他喜欢那种感觉，那种在大热天脱掉外套的感觉。想到这个，奥古斯特不禁打了个寒战。

“两兄弟，”利奥继续道，“杀过六个人。黑帮斗争，争夺毒品，我想他们应该有武器。”

“而你却不让我带小提琴？”

利奥将手伸进他的夹克。奥古斯特以为他要拿出他的某件乐器，但他拿出了一把又长又细的匕首，将其递给了奥古斯特。

“拿这个干什么？”他问道。

利奥没有回答。他正低头看着自己空无一物的手。奥古斯特看见一团黑影逐渐裹住利奥的手指，覆盖他的手掌。奥古斯特本能地瑟缩了一下，但只有利奥的手变成了黑影。之所以能在两种形态之间切换，是因为他已经突破了两者之间的屏障。奥古斯特试着想象利奥以前的样子，想象他将人性燃烧殆尽之前的样子，但他想象不出来。他看着利奥伸出他的黑影之手，握住锈迹斑斑的门把手。金属门把手在他手中如纸片一般嘎吱作响，随即被他拧了下来。房门随之打开。

“照我说的做，弟弟。”利奥说道。他的声音愈发低沉，愈发怪异，愈发富有感染力。

“你怎么知道他们在这儿？”奥古斯特低声问道。

“我能闻到他们手上的血腥气。”利奥说道。他皮肤上的黑影逐渐消失，声音也恢复了正常。他走进屋里，奥古斯特随其入内，然后轻轻关上了门。

屋里一片漆黑，空气中弥漫着一股烟臭和酒臭味。脚下的木地板随着他们的移动而嘎吱作响。奥古斯特瑟缩了一下，利奥毫无反应。他们来到屋子的中央，停住了脚步。利奥侧耳倾听着什么，奥古斯特随后也听见了。木地板再次嘎吱响起。他俩一动不动地站在原地。

第一个人不知从何处冒了出来。他径直冲向利奥，但他哥哥的动作迅捷无比；利奥一把便将那人拽了起来，狠狠地砸向地面。那人重重地摔在地上，朽烂的木地板顿时裂成了碎块。那人扭动着身子，吐出一口污血。利奥淡定地蹲下去按住他，如同猫摁住老鼠那样，只不过他并无玩弄之意。

“你叫什么名字？”利奥问道，周围的空气随他的意念振动起来。

“福斯特。”那暴徒唾沫横飞地说道。他的影子在他身下不住扭动，在破烂的地板上不停抓扯。

“福斯特，”利奥重复道，“这里只有你一个人吗？”

那人在地上翻来滚去，咳嗽着答道：“不是。”

奥古斯特条件反射地握紧了手中的匕首，但他哥哥看起来不以为意。利奥拽起福斯特，将他拗转过去，使其后背与利奥的胸口贴在一起。“看好了，奥古斯特，”他说道，“把灵魂引上来的方法不止一种。”

说罢，利奥抓住福斯特的一只胳膊，向后上方猛地一扳，扳到了他的背后，那人大叫。奥古斯特不由得一缩，利奥却依旧镇定自如，无动于衷。他不停地往后扳，直到奥古斯特听见韧带撕裂的声音，那人随即发出一声惨叫。

“你为什么要这么做？”奥古斯特问道。

“为了给你上一课。”利奥简单地答道。他扳得越来越狠，福斯特不住地哀号。骨头断裂的声音无比清晰，奥古斯特毛骨悚然地在一旁看着。那人先是汗流满面，接着他的皮肤开始发出红光。光芒如鲜血一般浮至皮肤表面，同时开始从福斯特的身体流入利奥体内。

“对不起，”那人喘着粗气，开始坦白自己的罪行，“对不起。我那么做是迫不得已的。要是我不杀了他们，他们就会杀了我。”利奥继续往后扳，一阵骨头噼啪断裂的声音响起，其间夹杂着那人的啜泣声。这声音令奥古斯特的胃里一阵翻搅。

“住手，利奥，”他说道，“为什么要让他受折磨？”

泪水从福斯特的脸上涔涔流下，他的灵魂正从他的体内流出。“对不起，”他哭喊道，“求你了，对不起……”

利奥无动于衷。“为什么不让他受折磨？”他反问道，同时迎上了奥古斯特的目光，而那人仍在不住地哀号。“这些人都是坏人，弟弟，他们作恶多端。他们伤害别人，杀害别人，他们用鲜血和罪恶玷污了这个世界。”他不得不提高嗓门儿来盖过福斯特的尖叫声，“为什么要让他们平静地死去？为什么不能让他们为自己的罪行受折磨？”

“对不起……”福斯特的声音渐渐变小，他皮肤下的光芒也随之暗淡下去。他的眼睛一边燃烧，一边向内凹陷。

“我们的使命不是为他们带来安宁，”说着，利奥松开了手，那具残缺不全的尸体倒在了地上，“而是给他们机会忏悔。”奥古斯特正要反驳，利奥却说道：“小心。”

一切发生得太过突然。又一个人从后方朝奥古斯特冲了过来。他来不及思考，来不及收手，来不及扔下匕首向旁边闪躲。他一转身，刚好将匕首插进了袭击者的腹部。奥古斯特低头一看，惊恐地发现刀锋没入了那人的肋骨之间。那人痛苦地闷哼一声，他的灵魂逐渐浮上了皮肤。奥古斯特倒抽一口凉气，那股能量骤然向他袭来，犹如一桶寒冷刺骨的冰水。他攥紧了手中的匕首。那人伸手抓向他的喉咙，手上却没了力气，只扯住了奥古斯特的衣领，徒劳地用指甲抓了下他的皮肤。

“他们活该。”那人咳嗽着说道，嘴唇上沾满了鲜血。他的双腿开始发软，奥古斯特将他扶住，他的灵魂如电流一般疾速流入奥古斯特体内。“他们全都活该。这个混账蛋的……世界……我们都……会……”

那人的话语变得支离破碎，他跌入了死亡的深渊。奥古斯特站在黑暗之中，身体不住颤抖。他感觉自己似乎不仅吸取了那人的生命，同时也吸收了他的邪恶之气。他丝毫感受不到安宁。他觉得自己充满了活力——活力四射——但同时也有种被玷污的感觉。他的感官在尖声狂叫，他的脑袋里一片混沌，脑海中充斥着黑暗的思想，黑暗的感觉，黑暗的力量。他战栗不已，感觉自己快要被活活淹死，活活烧死。他不得不闭上眼睛，努力将空气吸入肺里，直到他的知觉开始麻木，直到他的思绪停止翻腾，直到他将其拽回脑中，拽入体内。屋子在奥古斯特四周再度成形，他第一眼看见的便是那把沾满鲜血的匕首。他感觉有只手搭在自己的肩膀上，于是转头一看，发现利奥站在他的身畔，一脸自豪的表情。

这却令奥古斯特益发难受。

“以后会轻松些的。”利奥保证道，拿走了那把匕首。

奥古斯特低头看着那两具尸体。他们的影子一动不动，他们的身躯残缺不全。

“会吗？”

凯特注视着电脑屏幕，画面中有具尸体以一种扭曲的姿势躺在地上。一具血迹斑斑、扭曲变形的尸体。那人过了很长时间才死去。确切地说，是利奥用了很长时间才杀死他。他在这个过程中只用了他的双手，也就是说，他们不用音乐也能夺去猎物的灵魂。那句话怎么说来着？达成目的的方式不止一种。

她以前一直没有真正明白这句习语的含义。

现在她明白了。

她唯一不明白的是那些印记。利奥也有，他的两只手腕上都有一圈黑色的十字小条痕。

每一道条痕代表一天没有酒瘾复发，弗雷迪之前是这么说的。显然他没有完全说真话，但那也不可能是谎言。恶魔无法撒谎。

“我们的凯特，总是胡思乱想。”

她吓了一跳，随即发现斯隆站在门口。他那张恶心的脸上挂着一副邪恶的笑容。她不知道他在那儿站了多久——或者说，自己已经坐了多久。她一直盯着定格的画面中站在尸骸旁的利奥，心里琢磨着弗雷迪的事。她退出上行链路，将平板电脑放到一旁。

“什么事？”凯特问道。

他漫不经心地把指甲尖顺着木质门框往下划去，弄出一阵尖厉刺耳的剐蹭声。凯特忍住了冲动，没有用手摸他之前在自己脸上留下的划痕：“你父亲今晚不会回家。”

她抓紧了椅子。“噢？”想到自己将和这曼蚕独处，凯特心中不禁感到一阵寒意，但她知道绝不能让他看出来。要是让斯隆知道他令她很不安，他只会变本加厉地折磨她。“应该没什么太严重的事吧？”

“没什么是他不能处理的。”斯隆说道。

她看着斯隆离开，犹豫了片刻，抓起她的手机追了出去。

“嘿。”她喊道，跟着那曼蚕来到了顶层寓所。但外面已经没有他的踪影。“斯隆？”没有回答。一股寒冷的气息忽然袭上她的脖子。

“什么事，凯特？”有个声音在她失聪的那只耳朵旁说道。她没有被吓一跳，只是转过身，小心地往后退至他的触及范围之外。她没有看他那双红色眼睛，而是盯着烙在他脸上的字母H，提醒自己他属于她父亲，属于她。

“我想问你些事。”

斯隆反感地噘起他那干涩的嘴唇。“我希望你最好别问。”他平静地说道。

“你对苏籁了解多少？”

那曼蚩登时定住了身子。他的面部闪过一道阴影，很快又恢复了平静。他把头一偏，审视着凯特。但他无法撒谎。“他们和我们不同，”斯隆说道，“正如我们和科煞不同一样。”提到潜伏在阴影中的那些禽兽时，他皱起了鼻子。“他们可以变成人类的模样，但那不是他们的真正形态。”

凯特眉头一蹙。目前还没有与该恶魔的另一种形态有关的档案和视频。苏籁的真面目到底是什么样子呢？

“他们真的以灵魂为食吗？”

“他们以生命力为食。”

“如何才能将其杀死？”

“杀不死的，”斯隆直白地说道，“苏籁似乎刀枪不入。”

“没有什么是刀枪不入的，”凯特说道，“万物都有弱点。”

“也许吧，”他勉强同意道，“就算有弱点，他们也没有暴露出来。”

“其他恶魔怕他们就是因为这个？”

“这与怕无关，”斯隆咆哮道，“我们之所以回避他们，是因为我们无法以他们为食。正如他们无法以我们为食一样。”

“但你可以被杀死。”他眯起了那双红色眼睛，但未置一词，于是她继续道，“一共有多少苏籁？”

那曼蚩叹了口气，明显对她的审问感到了厌烦：“据我们所知，有三个。”

独生子?

我是最小的一个。

“第一个是利奥，人人都认识他，”斯隆说道，“他自以为是法官、陪审团和刽子手。”

“你见过他吗?”凯特问道。

斯隆的脸色阴沉下来。“我们有过交集。”他解开衣领的扣子，将衬衫扯向一旁，露出了恶心的蓝白色皮肤上的数道伤痕。从那些伤痕来看，似乎曾有人试图挖开他的胸骨。

“看来他赢了。”凯特说道。

“也许吧。”斯隆咧嘴一笑，将尖利的指甲放在了他的左眼上方，“但我也给他留下了印记。”

她见过一张利奥的近照，见过那道贯穿他左边眉毛的细微伤痕，就像一尊雕像上的一道小缺口。那道伤痕是他那张完美的容颜上唯一的瑕疵。

“另外两个呢?”

“第二个苏籁制造了‘废土’。”凯特不禁瞪大了双眼。她见过市中心那片死亡之地，听说过那场夺去了数百条生命的惨剧。但她一直以为那是某种大规模杀伤性武器造成的，而非单单一个恶魔所为。“停战协议规定她不能外出。”

“第三个苏籁，”斯隆继续说道，“目前还是个谜。”

对我来说不是，凯特心想，同时握紧了手机。

她能感觉到停战协议正在逐渐破裂，知道这只是时间问题。恶魔们正蠢蠢欲动，她父亲的注意力再次回到了“裂缝”。苏籁一直是弗林最有力的武器。要是能找到他们，要是能杀掉他们，甚至俘虏他们，南城将毫无胜算。

斯隆仍旧注视着她：“你今晚好奇心挺重呀，小凯瑟琳。”

她迎上他的目光。“知道的越多，就想知道更多。”凯特漫不经心地说道，然后抓起一瓶饮料，朝她的房间走去。她一走进去便立刻锁上了房门，看向自己的手机。

她可以把手机交给她父亲，把第三个苏籁的身份告诉他……或许她可以给他一个更大的惊喜——她可以把弗雷迪 · 加拉格尔亲手交给他。

她可以向他证明，自己是哈克家族真正的一员。

斯隆的话在她脑海中回响起来。

你永远都是我们的小凯瑟琳。

凯特按住删除键，看着照片一张接一张地消失在屏幕上。

再也不是了。

9

奥古斯特很想从自己的皮肤里挣脱而出。

他们一言不发地走在回大本营的路上……好吧，应该说是他一言不发地走在回大本营的路上。利奥正在布道。每当他哥哥就这个世界的自然秩序（好像他们真是大自然的产物似的）、就他们的所作所为进行长篇大论地说教时，奥古斯特就会产生这种感觉。他感觉那人的鲜血正在他的手指上凝结，他感觉那人的灵魂正在他的脑袋里游荡。

“你的问题，奥古斯特，就在于你老是抗拒那股潮流。你抗拒那股潮流，而不是任其载着你……”利奥的眼眶出现了一圈光芒，他的黑色眼睛随着他的狂热情绪开始发光。不过当他进入这种状态时，他至少不会强迫奥古斯特回答那些与他的饥饿感、他的内心想法以及他渴望做人类有关的问题。“这就好比你在抗拒你内心的火焰。你可以燃烧得无比灿烂，弟弟。”

奥古斯特不禁颤抖起来，他感受到一股直入骨髓的寒意。“我不……想……”他牙齿打战地说道。这种感觉与饥饿感截然不同，这种感觉更糟糕。

“别再自私了，”利奥说道，“我们的使命不是去想。那不属于我们。”

那不属于你，奥古斯特想说，因为你已经将其燃烧殆尽。

他们来到大本营，经过守卫，然后走进了电梯。电梯上升时，奥古斯特紧紧地咬住牙齿，生怕自己一张嘴就会有什么东西跑出来。也许是一声啜泣，也许是一声尖叫。那人的灵魂在他的脑海中嗡嗡乱叫，犹如一群蜜蜂。

你对我做了什么?

你让我做了什么?

电梯门刚一打开，他便冲了出去，径直向他的房间走去。

“你们俩到哪儿去了？”亨利问道。

“那是血吗?”艾米莉追问道。

奥古斯特没有止步。

“利奥?”

“我给他上了一课。”

“什么——”

“别担心，亨利。他会没事的……”

奥古斯特关上房门，背靠木门。门上没有安锁，因此他一直待在原地，直到确认没有人跟过来后才离开门边。他颤抖着吐出一口长气，然后脱下了弗特队的夹克。他没有开灯就一头倒在床上。他用手指使劲戳自己的肋部，想以此来消除那持续不断的嗡嗡声，不过并没有什么用。他一闭上眼睛，那嗡嗡声就变成了尖啸声。他在皱巴巴的床单上摸索一阵，找到他的音乐播放器，将耳机塞进了耳朵。

有什么东西跑上了床。他翻过身来，发现阿莱格罗正轻步向自己走来。可是那只猫在走到他刚好够不着的距离时便停住了脚步，同时怀疑地眯起了它那双明亮的眼睛。他伸手想去抚摩它，它却往后一缩，一溜烟跑开了。

它们能区分好人和坏人。

“对不起，”奥古斯特在黑暗中低声说道，“我别无选择。”

这些字眼在他嘴里留下了一股恶心的味道。人们曾对他说过多少次这种话？这种话从来都不起作用。忏悔并不能抹消罪行，什么都不能抹消。奥古斯特蜷缩起身子，把音乐声不断调大，直到其淹没一切。

现在已是午夜，他却难以入睡。

嗡嗡声终于消失了，但他的神经依然紧紧绷着。他来到厨房，给自己倒了杯水。他并不渴，但此举能让他平静下来，能让他感觉自己是个正常人。

柜台上有一摞文件夹引起了他的注意。他正要伸手去拿，却听见黑暗中有个东西正在抓挠着什么。他放下未喝过的水杯，随即发现阿莱格罗正在伊尔莎的门前来回踱步。

他敲了敲门，但房门并没有完全关上，并且在他的触碰下打开了。屋内没有开灯，他第一眼看到的便是那些星星。伊尔莎的房间内到处都是星星，天花板、墙壁和地板上洒满了光纤灯射出的小光点。他的姐姐站在窗前，那头金褐色的秀发虽然披散着，却仿佛失重一般浮绕在她的脸蛋周围，甚是奇怪。她的手按着窗户玻璃，手指是张开的。她身穿一件无袖衬衫，肩膀和手臂上遍布着属于她自己的黑色小星星。

两千一百六十三颗。

奥古斯特实在无法将眼前这位温柔善良的伊尔莎，与那个曾用其真正的声音将这个世界的某个地方夷为平地、将其中的一切生命抹杀的恶魔联系在一起。

我们的姐姐，那位死亡天使。

他很想问她关于那天的事。他想知道当时发生了什么，想知道她的感受，想知道她是如何承受夺去那么多条生命的事实。他很想问，但他开不了口。

阿莱格罗步履轻盈地朝床边走去。奥古斯特正要离开，姐姐却开口说话了。她的声音无比轻柔，他差点儿没听见。

“一切都在分崩离析。”她轻声说道。她的手指在窗户玻璃上抽动。奥古斯特轻手轻脚地向前走去。“土崩瓦解，”伊尔莎继续道，“并非如万物皆会逝去那样，尘归尘，土归土[1]，而是像石头裂开那样，首先是内部出现一道裂痕，然后不断扩散扩散扩散，在此期间，你毫不知情，直到……”她贴在窗户上，发丝开始在窗户玻璃上交织成网。

奥古斯特抬手握住姐姐的手。

“我能感觉到那些裂痕。可是我说不清楚……”她紧紧闭上双眼，然后又使劲睁开。“我说不清楚那些裂痕到底是在外面，还是在我体内，又或者两者都是。如果我希望它们在外面，是不是很自私，奥古斯特？”

---

[1] “尘归尘，土归土”是牧师在葬礼上常说的一句话，源自《圣经·创世纪》第三章第十九节：“你必汗流满面才有食物吃，直到你归了土，因为你是出于土的。你既是尘土，就要归回尘土。”

“不是的。”他温柔地说道。

他们默默无言地站了一会儿。她再度开口时，声音比刚才稳定了一些：“十三。二十六。二百一十七。”

奥古斯特皱起眉头：“什么意思？”

“十三个曼蚕。二十六个科煞。二百一十七个人。这是当初在莱尔广场丧生的恶魔和人类的数目。”他的身子僵住了，直到她把手从窗户玻璃上放下，他才意识到自己仍然握着她的手。“那是‘废土’以前的名字。他们当时正在举行集会；所以才会有那么多人在场。我不是故意那么做的，奥古斯特。可我必须做点什么。利奥当时不在，而集会现场的局势正在恶化……我只是想帮忙。我以前从来没有沉沦过。我不知道会发生什么。利奥让一切看上去如此简单，我以为我们都会以同样的方式燃烧，可事实并非如此。我们的兄弟燃烧的时候，犹如一支火炬，而……”

而伊尔莎燃烧的时候，犹如一场野火。

那奥古斯特呢？

你可以燃烧得无比灿烂，利奥是这么对他说的，假如你愿意的话。

“当时是晚上，”伊尔莎轻声说道，“他们身后却都有影子。”她对上了他的目光，她的眼中充满了焦虑，黯淡无光。“我不想再次燃烧，奥古斯特。可要是停战协议破裂，我将别无选择。而这样一来，会有更多的人死去。”她的身子颤抖起来，“我不想让他们因我而死。”

“我知道，”奥古斯特轻声说道，将她从布满裂痕的窗户前拉开，“我们会找到其他办法的。”

如果战争爆发，奥古斯特心想，为了不让她出手，他将夺去多少条生命？他可以燃烧得多灿烂？他想起了那把匕首，想起了向他冲过来的那个人，想起了那种病痛，想起了利奥信誓旦旦的话：以后会好起来的，会轻松些的。

伊尔莎坐到了床上。阿莱格罗立刻跳上床去，依偎在她身旁。她没有察觉。“我会陪着你，”奥古斯特说道，“直到你睡着。”

她侧身躺下，身子蜷成一团。他坐到地板上，把头仰靠在她的床边。她用手指随意地抚弄着他的头发。

“我能感觉到那些裂缝。”她轻声说道。

“没事的。”他柔声回应道。阿莱格罗跳到地上，用绿色的双眼盯着奥古斯特看了一会儿，然后爬上了他的大腿，蜷作一团。他如释重负地舒了口气。

“一切都在分崩……”他的姐姐喃喃低语道。

“嘘，伊尔莎。”说着，他抬起头来，望着遍布于天花板上的繁星。

“……分崩离析……”

“嘘……”

在伊尔莎的说话声、阿莱格罗的咕噜声和数百颗星星的陪伴下，奥古斯特渐渐进入了梦乡。

10

凯特将她的工具铺放在床上。

强力胶带（这东西的用途绝不能小觑）、半打铜丝扎带，以及两根和她的小臂等长的铁锥（铁锥至少能减缓他的速度）。她审视着这几样为数不多的选择，心里有种即将拿着牙签奔赴战场的感觉。她把工具装进背包，走出了房间。

她走进厨房，正在穿她的科尔顿中学夹克时，发现卡勒姆·哈克坐在沙发上。

自从地下室的那场审判之后，凯特便没怎么见过她父亲了。但此刻他就坐在那里，手臂搭在豪华真皮沙发的扶手上。朝沙发走近一步后，她才发现他并非独自一人——斯隆低着头跪在他旁边，纹丝不动，犹如一尊雕像，或者说犹如一具尸体。哈克正在低声对那曼蛋讲话——凯特听不清他在说什么——她犹豫不定，感觉自己像一个贸然闯进来的人。但这里也是她的家。她拿起一个大杯子，给自己倒了杯咖啡，没有刻意保持安静。哈克显然听见了动静。他打了个简短的手势，斯隆随即退下，走到窗边站定。窗外涌入的晨光照在他蓝白色的皮肤上，似乎直接穿透了他的皮肤。

“早安，凯瑟琳。”她父亲提高声音说道。

凯特喝了一大口咖啡，喉咙被咖啡烫得有些痛，但她并不在意：“早。”

她想象他问她住进来是否习惯，想象她告诉他自己不需要被斯隆天天盯着。也许他会问她学校的事，她可以告诉他自己认识了一个男孩，并且打算把他带到家里来。当然，这些事他一件也没问，所以她无从作答。于是她说道：“你起得挺早啊。”

“实际上，”他说道，“我一夜没睡。”他把手臂从沙发上拿开，站起来。“我以为还要再等一会儿才能看着你离开。”

她心中闪过一丝希望，但立刻又产生了怀疑。“为什么？”她质疑道，同时对着咖啡吹气。

哈克以一种全世界都得给他让道的自信步伐，从房间对面走了过来。

“我是你父亲。”他说道，仿佛这是一句解释，“此外，我想给你一件东西。”他伸出手来。“一件更适合哈克家族成员的东西。”

凯特低头一看，发现他手中有一块闪闪发光的新挂坠。那挂坠看上去就像一块串在细链子末端的大硬币，雕饰的V字上镶了九颗石榴石，每一颗都散发着血滴一般的光泽。“银质的，”他说道，“虽然比铁脆弱，但依然是纯金属。”

凯特试图弄清楚他这么做有何用意，有何诡计：“我母亲的？”

“不是，”她父亲严肃地说道，“是我的。现在它属于你了。”他走到凯特身后，把她的头发撩到一旁，解开她戴着的普通挂坠。“或许有一天……”他一边说，一边将那块银质挂坠戴在她的脖子上，“你得到的将不只是我的挂坠。”她转过身来面向他，面向这个将眼睛和头发的颜色遗传给自己的男人。更确切地说，是面向这位始终如影子一般徘徊在她人生边缘的父亲，面向这位就像存在于传说之中、而非真实存在的父亲。他就像故事里的骑士一样，强大无比，坚韧不拔，总是漂泊在外。现在他就是她拥有的一切。她也是他拥有的一切吗?

她父亲身后，斯隆正用那对血红的眼睛注视着凯特。

“我知道，”她说道，同时目不转睛地盯着那个曼蛋，“你不想让我留在这儿。”

她等着，以为哈克会否认，但他没有。“没有哪个父亲希望自己的女儿受到伤害，”他说道，“我已经失去了你的母亲，凯瑟琳。我不想连你也失去。”

是恐惧使你失去了我母亲，凯特想说，是她的心魔使你失去了她，而非你手下的那些恶魔。

“不过，”哈克继续说道，“你理应得到一次机会。这正是你想要的，不是吗?一次证明你属于这里、证明你配待在我身边的机会?”

那曼蛋眯起了他的红色眼睛。

“我想得到一次机会来向你证明，”说着，凯特迎上了她父亲的目光，“我是你的女儿。”

哈克露出了笑容，没有露齿，只有嘴唇微微上扬。“你该走了，”他说道，“否则上学要迟到了。”

电梯正等着她。电梯门关上后，凯特注视着自己的映像，用手指抚摩着那块银质挂坠。

我也给你准备了某样东西，她在心中想道，同时攥紧了手中的挂坠。

她已经迫不及待地想看看，当她把一个苏籁亲手交给她父亲时，他的脸上会出现什么样的表情。到那时他便会知道——确信无疑——她确实是哈克家族的一员。

“嘿，想搭个便车吗？”

清晨的空气凝重而污浊。奥古斯特站在帕丽斯家门前的台阶上，正把科尔顿中学的夹克往他的背包里塞。他抬起头来，看见路边停着一辆黑色轿车，凯特·哈克斜倚在车上。他握紧了提在手中的小提琴琴盒。

“呃，”他回头看了看帕丽斯的公寓，“你怎么知道我住这儿？”

她看了他一眼，仿佛在说我可是哈克家族的人，然后打开了车门：“来吧，上车。”

奥古斯特不由自主地往后退了一步。虽然步子不大——凯特应该会误认为他只是在挪动脚步，调整身体的重心——但他仍在心里咒骂了自己一番。

“噢，”他耸了耸肩，“不必了。我不需要——”

“别胡扯了，”她打断他道，“我们去的可是同一个地方。有好车可坐，为什么还要去挤地铁呢？”

因为伴随这辆好车的是一个相当危险的女孩，他在心中想道，但忍住了大声说出口的冲动。他迟疑不前，拿不准该怎么办。车里可能有摄像头，这可能是个圈套，可能——

“看在上帝的分儿上，弗雷迪。只不过是搭个便车去学校而已。”

她转身上了车，没有关车门，显然是在邀请他——或许是在命令他——跟她上车。

糟糕的决定糟糕的决定糟糕的决定，朝轿车走去时，奥古斯特的心随着这几个字怦怦直跳。他在敞开的车门前犹豫了片刻，随即深吸一口气，低下头钻进车里，咔嗒一声关上车门，他的心中再次泛起一阵恐慌。

你才是恶魔呀，他心想，你不是恶魔，他立刻条件反射般地想道，冷静冷静冷静，他在心里不停地念道，感觉自己的思绪即将失控。

车里有两排座椅，一排朝前，另一排朝后。凯特已经占据了面朝前方的座椅，于是他在她对面坐了下来。背对司机让他感到紧张，几乎和面对凯特一样紧张。他还没来得及说什么，或者做什么，轿车便驶入了车流。片刻过后，帕丽斯的公寓已经从视野里消失了。他感觉凯特正看着自己，可当他迎上她的目光时，她的视线却停在他的衬衫上。

“你没戴你的挂坠。”她说道。

奥古斯特的脉搏顿时狂跳。他还没低头看就知道她说得没错。他感觉不到金属挂坠引起的刺痛感，感觉不到挂坠的重量，因为那块挂坠昨晚被他扔掉后，现在仍躺在他卧室的地板上。

他呻吟了一声，把头仰靠在座椅上。“我爸会杀了我的。”他喃喃低语道。

凯特耸了耸肩。“没关系，”她说道，脸上闪过一丝笑意，“不过你一定要在天黑之前到家。”他说不准她是不是在开玩笑。

轿车飞速穿过一条条街道，窗外的街景变得模糊不清，不断向凯特脑后退去。她没有像往常那样，用指甲敲打出金属相击一般的短促节奏声，而是将其攥在手里。

要是她发现了真相，你会知道的。

他看着她的胸口鼓起，嘴唇分开。

她会亲口告诉你。

奥古斯特做好了准备，可当她开口时，却只是说道：“我想向你道歉。”

“道什么歉？”奥古斯特问道，凯特立刻对他露出了那种并不太惊讶的表情。“噢，”他说道，“你是指，你在走廊里对我动粗那件事。”

凯特点了点头，欲言又止。他紧张起来。她似乎在努力寻找合适的措辞。她想忍住不说吗？她忍得住吗？他看着她不停摆弄挂在自己喉咙前的挂坠。那是块新挂坠，散发着银色的光泽，镶有血红的宝石。“你看，”她终于开口了，“和我的成长经历类似的人，长大之后恐怕都会变得……”

“疑神疑鬼？”

她眯起那对深色眼眸。“我想说的是谨慎。好吧，没错，我是有一点疑神疑鬼。”她把手从挂坠上拿开，“我的家庭缺乏信任。我不指望你能明白。”

奥古斯特想说他明白，但他说不出口，因为那不是事实。尽管他们之间有所不同，但伊尔莎和利奥与他亲如家人，弗林夫妇也是一样。他信任他们。

“我见到你的那一刻，”她说道，“就知道你与众不同。”

奥古斯特把手指戳进了他的膝盖，心中暗自恳求她别再说了，别再坦白了。

“我也一样。”她补充道。

他默不作声，努力调整自己的呼吸。

“我们与那里的人格格不人，”她继续说道，“不只是因为我们是新来的。我们看清了这个世界的本质，而其他人都没有。”

“也可能他们看清了，”他插嘴道，“只是他们很怕你说出来。”

凯特对他冷冷一笑，摇了摇头。“我让他们感觉不自在，因为他们一看到我，就会想起这个世界并不真实，就会想起一切只是这种……”她摇了摇那些指尖涂成金属色的手指，“表象。他们宁肯闭上眼睛，假装没看见。但我们的眼睛……”她的声音渐渐变小，那对深蓝色的眼睛注视着他，压得他几乎透不过气，“我们的眼睛是睁开的。”

她的脸上闪过一个诡异的笑容，他顿时感觉自己又回到了那条走廊。

不管你是谁……我都会查出来的。

奥古斯特感到一阵眩晕。凯特说的那些都是实话，绝对是实话。可是那些话把他绕晕了。她的话既简单明了，又含混不清。她是在挑逗他吗？还是想告诉他她已经知道了？她说的就是她想表达的吗，还是说她另有所指？奥古斯特拼命地寻找着支撑点，轿车内则再次陷入沉默。

“你说得对，”他终于说道，他的喉咙有些发干，“我们确实与众不同……不过我宁愿能看清真相，也不愿活在谎言中。”

“所以我才觉得，你是那所学校里唯一可以相处的人。”凯特说这句话时，脸上的笑容益发灿烂，变成了那种真诚动人的笑容。看着她，就像在看一幅闪烁的画面，两种“版本”的她在不停地转换，而看见哪一种取决于你把头偏向何方。他等着她坦白，但她没有。

“我很好奇，”她一边说，一边用一块金属指甲敲击着自己的挂坠，“你那些印记。”

奥古斯特咽了口唾沫，揉着他的手腕：“印记怎么了？”

“你说你留下那些印记是为了戒酒，但它们是擦不掉的。”

“没错。所以呢？”

她把头一歪，露出了那道银色伤痕的边缘：“所以，要是你破戒了怎么办？”

他看着她，眼睛一眨不眨：“哦，那样的话就糟糕了。”

她笑了起来，但依然注视着他——她不打算接受这种敷衍的回答——于是他吞了吞口水，努力寻找合适的措辞来说出事实。“如果真到了我能抹除它们的那一天，”他说道，“它们将不再有任何意义，它们将不再重要。但现在它们很重要。我曾经身处一片黑暗之地，我再也不想踏足那个地方。我宁可死也不愿从头再来。”她凝视着他，眉间出现了一道细微的皱纹。他能想象出她在想什么，原来这就是他说真话时的样子，而他心想，原来这就是她相信你时的样子。

这实在是有趣，因为他完全没有撒谎。不过他还是有些惴惴不安，因为这是他第一次看见她露出那种表情。与之相比，她的其他表情看上去都是那么空洞。

你知道了吗？你知道了吗？你知道了吗？

他可以问她，强迫她回答。可是倘若他问了这个问题，就相当于不打自招。而且这辆车太小，假如她说她知道了，他不知道自己到时候该怎么办。

琴盒放在他的双脚中间。利奥说得没错——要是集中注意力，他便能闻到那个司机手上的血腥味，但凯特身上没有那种气味，她也没有躁动不安的影子，而且——

“弗雷迪？”

他眨了眨眼。她正期待地看着他。轿车已经停在了科尔顿中学门前。

“抱歉。”他说道。他率先下了车，为凯特扶住车门。最后一刻，他伸出手，准备扶她下车。出乎他意料的是，她竟然接住了他的手。她的指甲触及他的皮肤时，他忍住了颤抖的冲动。

“嘿，马库斯。”她将头伸回车内，“放学后我要和辅导员见面，可能会晚一点。”

坐在司机位子上的那人只是点了点头，便开车离开了。

凯特朝学校大门走去，见他没跟来，回头看向他：“你来吗？”

“我们待会儿见。”他说的同时，随便朝几个三年级生点了点头，仿佛他们是他朋友似的。

又是那种表情，一丝假笑，一只眉毛上扬，谨慎而镇定。他终于明白，当一个人心生怀疑的时候，便会露出这种表情。“很高兴和你聊天儿，弗雷迪。”她从容地说出了那个名字。

“我也是。”他说道。她刚一转身走开，他便从衣兜里掏出了手机。

他拨的是亨利的电话，接听的却是利奥。

“爸爸在哪儿？”他问道。

“弗林在给人缝伤口。什么事？”

“她知道了。”

“知道了什么？”利奥追问道。

“某些事。一切。我不清楚。但她确实知道了，利奥。”

他哥哥用生硬而不耐烦的语气问道：“有什么变化？”

“我不知道，她昨天才把我狠狠地推到了锁柜上，今天竟然又对我和颜悦色。不对劲，我总觉得有什么不对劲。她叫我名字的时候——不是我的名字，我是说，弗雷迪的名字，那种感觉很怪。我看着她，仿佛看到了两个人，我说不清楚哪个才是真的她——”

“别轻举妄动，奥古斯特。”

“可是——”

“别——轻——举——妄——动。”

奥古斯特将指甲抠进了手掌：“我忘记戴我的挂坠了。”

一声叹息。“好吧，”利奥缓缓地说道，“尽量远离恶魔。与此同时——”

“利奥——”

“你多虑了。假如凯特·哈克知道了你的真实身份，她一定会不由自主地告诉你。”

“我知道，可是……”奥古斯特闭上了眼睛。她确实已经告诉他了，不是吗？她当时想说什么？“我有一种不祥的预感。等亨利忙完了，你叫他打给我好吗？我得和他谈谈。”

“好吧，”利奥说道，“但与此同时，弟弟，做一下深呼吸，别失去冷静。”

“好的，我会——”他刚开口，但利奥已经挂断了电话。

凯特用手狠狠地砸了下卫生间的洗手台。

她怒视着镜中的自己：“你他妈在搞什么名堂？”

她身后有个女孩吓了一大跳。“呃，没什么！”她嘀咕了一句，便赶紧跑开了。

卫生间的门关上时，凯特吐了口气，然后蹲下身来，将额头贴在冰冷的洗手台上：“该死，该死，该死……”

她没有动手。

他刚才就在她面前，每当她想冲向他的座位，每当她想伸手去拿衣兜里的铜丝扎带时，却无法下手。她试着想象这样一幅画面：长着一双黑色眼睛的利奥不停地折磨那个人，直到他的灵魂如鲜血一般涌现出来。可她看到的是弗雷迪蜷缩着身子坐在她对面，仿佛她才是恶魔。

两幅画面大相径庭。

可是她看过她手机上的那张照片，知道他的真实身份，她知道坐在自己对面的那个生物只是光影产生的一种假象，只是一种表象。

弗雷迪看上去或许是无辜的，但他并不无辜。

他是一个苏籁。

但是他不知道她已经知道了。她仍然握有主动权，仍然能够出其不意。可这种局面还能维持多久呢?

没关系。她早已有所准备，她还有一次机会。凯特打算邀他搭便车回家。她放学后其实不需要和辅导员见面，而她在音乐练习室外的名单上看见过他的名字，用流畅的草书体书写的名字：弗雷德里克·加拉格尔。下午四点。

“你在干什么呀？”身后传来一个尖声尖气的声音，是瑞秋。去上体育课的途中对她纠缠不休的那个女孩。

凯特竭尽全力松开了抓着洗手台的手。“祈求。”说着，她缓缓站起来，恢复了镇定的面容。

瑞秋扬起一只眉毛：“祈求什么？”

“上帝的宽恕，”凯特说道，“宽恕我即将要做的事，要是你不给我让开的话。”瑞秋识趣地不再吭声，同时往后一退，让她走了过去。

11

这天晚些时候，奥古斯特开始觉得自己对凯特反应过度了。历史课上，坐在他旁边的她一直在她自己的笔记本上（而不是他的）涂画恶魔。他们在走廊里相遇时，互相点了点头，尴尬地笑了笑，并低声道了个好，仅此而已。自习课期间，他一直在露天看台等她——他发现自己竟然希望她出现——但她没来。吃午饭时，奥古斯特给利奥发了条简短的信息：感觉好些了。他收到的回复只有一个字：好。

到了最后一节课，奥古斯特很庆幸自己没有提前离校——现在终于轮到他使用音乐练习室了。下课铃声一响，他便从锁柜里拿出小提琴，径直朝练习室走去。来到门口后，他屏住呼吸，紧张不已，担心门已经被锁，或者练习室已经被人占用，但他的担心是多余的；名单的最下方只有一个名字，那就是他自己。

他知道他应该回家，和亨利谈谈，而他有这个打算。不过利奥或许是对的，他确实反应过度了，而眼下这个演奏的机会——名副其实的演奏——实在太过诱人。再说了，在这儿待得越久，他在出学校的路上就越不可能撞见凯特。一举两得，奥古斯特是这么告诉自己的。他相信这么做可行。

奥古斯特用他的学生卡在门上刷了一下。房门发出“哔”的一声，表示认证通过，然后便放他进去了。练习室内部是个雪白的立方体，四周的棱角模糊不清，令他感觉仿佛置身于一片虚空之中。空荡荡的房间里只有一个黑色的凳子，一个乐谱架，一条长凳。房门在他身后关上，锁住，他感觉（就像听见了一样）隔音系统随之启动——一阵轻微的震动过后，寂静骤然降临。

当然，他的头脑从未静过。一两下心跳之后，枪声便响了起来，虽然听上去很遥远，却无休无止。奥古斯特迫不及待地想用音乐淹没这些声音。他把琴盒放在钢琴凳上，拿出手机，将计时器设为四十五分钟——天黑之前，他仍有充足的时间回家。琴盒在他的触碰下咔嗒一声打开，这声音在如此安静的环境中显得短促而突兀。他取出小提琴和琴弓，坐到了凳子上。

一口深呼吸后，奥古斯特将小提琴搁在他的下巴下，将琴弓搭在琴弦上，然后……他犹豫了。他以前从未这么做过。长久以来，他都渴望拿起小提琴尽情地演奏。但他一直未能如愿。苏籁从不无故奏乐。苏籁的音乐是一件武器，不管谁听见都会瘫痪麻痹。

大本营要是有块这样的场地，他肯定会喜欢得不得了。可是大本营里一直资源匮乏，每一寸空间都划给了弗特队——供他们住宿、训练、储存物资——而且利奥说他不需要练习；倘若想获得更多演奏的机会，他只需要多去捕食就行了。曾经有几次，奥古斯特幻想自己偷了辆车，然后驾车穿过红环、黄环和绿环，进入了一望无垠、阒其空旷的“荒野”。他将车停在路边，一直往外走，直到确定没人听得见他的音乐为止。

但这种做法其实也有风险。没有人就意味着没有灵魂。他算过去那么远的地方然后返回需要花费多长时间，他知道其中的风险太大。

“把食物打包带去。”利奥曾不屑地对他说道。

奥古斯特当时很想用恶语回他几句。

而现在……

现在这里只有他、洁白的墙壁和小提琴。奥古斯特闭上双眼，开始演奏。

放学后，凯特一直在学校里四处徘徊，看着校园逐渐变空。学生们如浪潮般拥出了学校，或是赶往地铁，或是驾车飞快驶离停车场，仿佛在和黑暗赛跑一样。她觉得他们确实是在和黑暗赛跑。严格来说，宵禁从日落那一刻才算开始——根据学校主楼外张贴的一张图表来看，今天的日落时间为七点二十三分——但是从来没有人会逗留至那个时候，即便是老师们也不会。只要有挂坠在身，他们便能平安无事——理论上是如此——但似乎没人想去测试这个理论是否属实。下午四点的铃声响起后，又过去了二十分钟，学校里只剩下几个二年级生在补考，两个四年级生在停车场里闲逛，以及音乐室里的那个恶魔。

凯特坐在校门内侧的一条长凳上，等待黑色轿车出现。她裤子后兜里的铜丝扎带一直扎着她，一直在提醒她该做什么。她回头朝学校望去——轿车必须在弗雷迪到来之前抵达这里。

铃声响起三十分钟后，依然没有这两者的踪影。

凯特用指甲敲击着长凳。她曾告诉马库斯自己会迟到一会儿。她竭力平复自己的紧张心情，以此缓解胸口的刺痛感。又过了十五分钟，校园内已经变得鸦雀无声，仍然不见轿车的踪影。她终于按捺不住，拨打了司机的电话。

他没接电话。

一股强烈的惧意骤然涌上了她的心头。

快五点了。

光线已经开始变暗。凯特站起来，踱起了步子。她想起可以给她父亲打电话，但她不愿那么做。她不是小孩子。弗雷迪仍然在学校里，可如果没有车，她终究无法带他一起走。她决定放弃这次行动，于是背上背包，朝学校对面的地铁站入口走去。

等她来到地铁口，却发现门已经锁上了。

她紧紧抓着金属杆，脉搏跳得越来越快。

不对劲。日落之后，各条地铁线才会停止运行。可是这里的大门已经被拉上，并且用挂锁锁住了。她失聪的那只耳朵开始嗡嗡作响，每当她心跳过快时都会如此。她闭上眼睛，等了片刻，试着减缓自己的心跳。但她内心有个声音在一遍又一遍地对她说：快跑。

不行。凯特闭上双眼，吸了口气。思考，思考。她放开金属杆，转身朝学校走去，同时从衣兜里掏出手机，叫了一辆出租车。

那位出租车司机不愿出车。她并不怪他。但现在已经五点多了，太阳正在西沉。她不想在天黑之后与一个恶魔单独待在校园里。

“我的名字叫凯特·哈克，”她厉声说道，“你尽管开价。现在给我马上过来。”她挂断电话，从背包里抽出那两根铁锥。金属之间的摩擦声提醒她，此时的科尔顿中学已经变得多么安静。她将其中一根铁锥塞进袜子里，握住另一根铁锥的钝头，尖端向着外面。

她来到学校主楼的正门，但门已经锁上了；她想刷卡进去，门却没有反应。她使劲拧了拧门把手，想确认门是否真的已经上锁。

就在这时，她透过玻璃看到了一具尸体。

那人躺在地上，姿势扭曲，头朝后仰，因此她能看见他的面孔。

是布罗迪先生，那位历史老师。他的脖子已被扭断，眼睛烧得焦黑。

这是很久以来，奥古斯特第一次演奏完他的曲子。

接下来他又演奏了一遍。

然后又演奏了一遍。

这首曲子——这首奇妙的曲子，自从第一天在那条小巷里与他相遇后，就再也没有离去，再也没有消失，一直随着那些枪声在他的脑海里萦绕，一直等着被释放——此时正通过他的皮肤、琴弓和琴弦倾泻而出。曲声嗡嗡地穿过他的肌肉和骨头，蜿蜒流过他的心脏和血管。他体会到了做人类的感觉，完整的感觉，他感觉自己充满了生命力。

或许他食用的并非灵魂。

而是这首曲子。

每一个和弦都飘浮在空气中，闪闪发光，宛如阳光下的尘埃。他演奏完第三遍后，曲声渐渐消散。他站在原地，尽情地品味这完美的时刻。

计时器响了起来，尖锐的鸣叫声冲破了残留在空气中的最后几个音符，将奥古斯特拽回了现实世界，也将等在其中的诸多烦恼抛回给了他。他叹了口气，拿起手机，关掉铃声，随即皱起了眉头。他先前给亨利发过一条短信，说自己会晚一点回家，可手机上没有收到任何回复。连利奥的回复也没有。

这时他才发现，这里没有信号。该死。他不情愿地把小提琴放回琴盒，背上背包，朝门口走去。

门没有打开。

奥古斯特使尽全身力气推门，门却纹丝不动。

门被锁住了。

他环顾四周，心想是不是得用某张卡在练习室里的某个地方刷一下，却什么也没发现。通行控制面板在门外。他心中顿时泛起一阵恐慌。他吞了口唾沫，把脸贴在门的玻璃上，努力向外张望。他看见通行控制面板已经破裂，被切断的电线如内脏一样吊在墙边。

他被困住了。

凯特跌跌撞撞地从正门往后退去，那具尸体用焦黑的眼睛空洞地注视着她。她忍住颤抖的冲动，努力思考。一共有三个苏籁。从逻辑上来说，这是弗雷迪干的。可假如真是弗雷迪干的，那他是如何在不被她发现的情况下走出学校，并锁住了地铁站的大门？假如不是弗雷迪，而第二个苏籁又从未离开过大本营，那就意味着……是利奥。

附近有两个苏籁，正像鲨鱼一样四处徘徊。凯特顿时感觉胸口一紧，但她不能惊慌。惊慌无济于事。惊慌会使你失去理智，会使你犯下致命的错误。她是哈克家族的一员，凯特在心里想道，同时握紧了手中的铁锥。她一定会找到其他办法，摆脱困境。她朝学校后门走去（绕过一处拐角时，她忍住了逃跑的冲动），用空闲的那只手掏出手机，然后——

她被什么东西狠狠地打了一下。

她往前一个踉跄，手机被打飞了，一对钢钳般的手臂从她后方紧紧地夹住了她的肩膀。凯特毫不犹豫地将铁锥朝下后方捅去，插入了那个生物的大腿。它发出一声湿答答的嘶鸣，手臂有所松动，她趁机单膝跪地，给它来了一个过肩摔。那生物摔倒在地，随即翻身而起，以一种怪异而流畅的动作转过身来，那根铁锥仍然插在它的大腿上。

凯特愣住了。

不是苏籁。

是曼蛋。

他骨瘦如柴，一对红色的眼睛在脑袋上咕噜直转，头骨在那油滑光亮的死皮下呈现黑色。这曼蛋有半张脸都布满了愤怒的皱纹——他脸颊深陷，烙在脸上的字母 H 已被挖掉，与她在地下室杀死的那个恶魔一样。他的嘴唇拉扯出一个扭曲的笑容，声音听上去也湿答答的。

“你好呀，小哈克。”

她张开嘴巴，正想说她父亲一定会杀了他，却没能说出口。又一个身影向她冲来，速度太快，令她闪避不及。那模糊的身影一把抓住她的胸口，将她摔到了学校的砖墙上。体内的某个部位噼啪响了一下，她不禁发出一声尖叫，立刻便被后来的那个曼蛋死死地扼住喉咙，阻断了空气。

那恶魔咧嘴一笑，露出满口尖牙。

“这一定会很有趣的。”

没有信号。

当然没有信号了。奥古斯特把手机塞回衣兜，深吸一口气，然后用肩膀朝房门撞去。除了一阵疼痛，他一无所获。他虽然不会像人类那样流血受伤，但并不代表他能撞开强化钢门。他又不是攻城槌。

他低头看着自己的双手，想起了昨天晚上的利奥，想起了阴影从他手指上翻卷而起、门把手在他手中扭曲变形的场景。可是奥古斯特并没有那种控制力。他要么完全变身，要么毫无变化。

他揉了揉手腕上的条痕。

四百二十一天。

他害怕失去的并不是这些印记。

一定还有其他办法。他回到房间中央，扫视四周的墙壁、地板和天花板。平整光滑。平整光滑。瓷砖。他站上凳子，刚好够到了上方的方形隔音瓷砖；瓷砖很重，他对着其中一块用力一推，将其推了起来。他把那块瓷砖往上托起，滑向一旁。

奥古斯特嗅了嗅，混浊的空气令他微微一缩。他拿起小提琴，耸身撑了上去，爬进了污浊、肮脏的黑暗之中。

扼住凯特喉咙的手指犹如冰冷的钢条，她还没来得及挣脱，就被扔到了人行道上。她重重地摔在地上，肺里的空气被猛然挤出，她的手掌在地面擦了一下，顿时感到灼痛无比。她连忙手膝并用，试图撑起身来，但曼蛋的速度实在太快，其中一个已经来到她的上方，将她的后背抵在了地上。

那恶魔死死地把她摁在人行道上，她的肩膀感到一阵剧痛。

“狂暴的小东西。”他低声说道。与此同时，另一个曼蛋从他腿上“哧”的一声拔出铁锥，甩到了一旁。压在她身上的恶魔，脸上同样也有很深的抓痕，字母 H 被抓得稀烂，伤口直达骨头。抓痕看上去还很新。

“她杀了奥利维尔。”另一个恶魔一边说，一边甩着他那瘦削的手指，想要摆脱铁锥引起的灼痛感。

“的确是她杀的。”说着，头一个恶魔将嘴巴凑到了她的脸旁。凯特拼命把头扭开，脸颊感受到一股寒冷的气息。他对着她失聪的那只耳朵低声耳语，但是声音太小，她听不清他在说什么。她用膝盖顶向他的腹股沟，那恶魔却只是咯咯一笑。原来 SING 防身术不过如此。

他们虽然很强大，但现在天还亮着，要是她能站起来，背靠墙壁——

“我听见你的血液在流动。”压在她身上的曼蚩说道。她的手摸向塞在袜子里的另一根铁锥。“我敢打赌，你的血一定很可口。”那恶魔张开血盆大口，露出一排排锯齿状的银色尖牙。

“别用牙齿。”另一个曼蚩警告道。压在她身上的曼蚩眉头一皱，但还是咔嚓一声合拢了嘴。另一个曼蚩掏出一根手持式小型火炬，“啪”的一声将其点燃。火焰嗞嗞作响，凯特在恶魔的束缚下拼命挣扎，直到他的手指戳进她的皮肤，鲜血从中渗出。

“我要……杀了你。”她怒吼道。

“人类呀，人类，满口谎言，”压在她身上的恶魔唱道，血红的眼睛里闪烁着兴奋的光芒，“我们要先弄死她吗，就像对付其他人那样？”

手持火炬的曼蚩似乎考虑了一下：“不必了。这里没人会听见。我们应该慢慢来，就像他那样。”

不应该是这样。

不应该是这样，不应该，不应该。

凯特的手在草地上艰难地移动，试图抓住另一根铁锥。压着她的恶魔露出了笑容，手持火炬的恶魔则调大火势，将一把匕首烧得直冒白光。

“她的眼睛和她父亲一模一样。”他说道。凯特不禁颤抖起来，她想起了躺在地上的那位老师，想起了他那烧得焦黑的眼窝。“把她按稳喽。”

奥古斯特从通风管道跳入走廊，踏上了科尔顿中学光洁的地板，他的校服上沾满了灰尘和蜘蛛网。他站起来，心中舒了口气，但很快便再次担心起来。这不是一次普通的恶作剧。有人想把他困在那间屋子里。可到底是谁干的呢？动机又是什么？

现在最重要的还是先出去。他朝最近的出口走去，从衣兜里掏出手机，却猛地止住了脚步。他看见了一个女孩的尸体。那女孩看上去很年轻，应该是一年级的学生，她的头被扭到了一个奇怪的角度，但让他倒抽一口气的是她那张脸。她没有眼睛，她的眼睛已经被烧没了。

他立刻拨打亨利的电话，同时推开紧急出口的门，冲出了大楼。

“快接呀。”奥古斯特喃喃地说道，电话里响起了铃音。响了四声后，他挂断了电话。他正要打给利奥，突然听见一阵低沉的尖叫。

与其说是尖叫，倒不如说是闷声闷气的呼喊。奥古斯特绕过拐角，猛然止步。有两个生物正压着一个女孩。他们看上去瘦骨嶙峋，皮肤十分苍白，骨头无比深暗。他以前从未见过曼蚩，没有亲眼见过。

他们没有影子，但奥古斯特能看见他们周围的空气在抖动。他们的牙齿呈锯齿状，牙尖是银色的。

他们看上去……相当凶恶。

而他们身下那个女孩——那个呼叫的女孩——正是凯特。

顷刻之间，世界静止了，时间变慢了，就像和弦转换的那一刹那，就像一个被拉长的音符。

他必须帮她。

他不该帮她。

要是他帮了她，她就会知道他的身份。

要是他不帮她，她就会死。

他们要杀了她。

他们要陷害他。

她是无辜的。

她是哈克家族的人。

接着，这一刻倏然崩塌。他跪到地上，打开了小提琴的琴盒。

火炬炙烤着凯特面部上方的空气。

曼蚕的指甲戳进了她的下巴，她的喉咙里随即迸出一个声音，听上去像是一声啜泣。这声音如此陌生，如此可怜，令她震惊不已，令她恢复了清醒。

她的手指摸到了铁锥的边缘。就在这时，她听见了。

音乐。

一个忽然掠过地面、在空气中弥漫开来的音符，一个似乎不该占据如此多空间的音符。又一个音符出现了，接着又是一个。它们相互交织，形成了一首乐曲。这首曲子听上去既古怪，又动人，又美妙。凯特竭力捂住她健全的那只耳朵，但不知怎么回事，她仍然听得见曲声，听得十分清楚。那曼蚕扔掉了手中的火炬，身子不住地摇晃，仿佛挨了一击似的。压着她的曼蚕则全身僵硬，痛苦地抓着自己的脑袋，他的皮肤上有种东西如瘀伤一般蔓延开。

凯特终于握住了藏在她靴子里的铁锥。她立刻将其抽出，往上一捅，戳进了曼蚕的胸部。那恶魔发出一声尖啸，他随即栽倒在她身上。凯特用力将其推开，颤巍巍地站起来，浑身疼痛无比，她的思绪在缕缕曲声中变得模糊不清。

曲声突然消失了，随即她听见弗雷迪大喊一声："小心！"

她转身太慢，迎面撞上了另一个曼蚕。尽管那恶魔的皮肤正在渗出油腻的黑色物质，他仍然一把抓住了她的手腕。她还没来得及挣脱，他已经用尖刀一般的利齿咬住了她的肩膀。

一阵剧痛登时袭遍她的全身。转瞬之间，那恶魔的利齿又不见了。他正在被人往后拽去。弗雷迪用双臂环抱着那曼蚕的肩膀，一只手用力按在其苍白的喉咙上；凯特站在原地，头晕目眩，心想他看上去真年轻——真小——但她紧接着想起，他也是恶魔。弗雷迪闭着眼睛，紧咬牙关，死死地抱着曼蚕。与此同时，黑色物质如染料一般从那恶魔的皮肤渗入了他的皮肤。

凯特终于恍然清醒。她迅速采取行动，捡起铁锥，将其插进了那曼蚕的心脏。他没有反抗。他早已瘫靠在弗雷迪的胸口，而铁锥刚一插入他的心脏，他眼中的红光便消失了。

弗雷迪松开手臂，那恶魔倒在了他们中间，只剩下一堆牙齿和骨头。他俩就这么互相盯着对方，浑身是血，气喘吁吁。

谁都没动。

弗雷迪的目光开始发飘。他看着她，又看了看那两具尸体，最后看向了落在草地上的小提琴。凯特攥紧了手中的铁锥。

快跑，一个声音在她脑海中说道。

她没跑。

弗雷迪看着她的眼睛，身子开始微微摇晃。

“搞什——”凯特刚一开口，他已经弯下腰去，呕吐起来。

他吐出了一种如油汁般闪闪发光的黑色物质。他试图站起来，却往前一个趔趄，手膝着地趴在了地上，将墨水般的液体吐在了科尔顿中学灰白的人行道上。

快回来，那声音说道，但凯特已经蹲在了他的面前：“你怎么了？”

他张开嘴巴，似乎想要说话，却被呛了一口，又朝地上吐出了一些黑色物质。等他抬起头来时，他的眼睛已经不再是灰色，而是黑色。黑色的眼睛，充满痛苦的眼睛。他手上的血管向外凸起，皮肤上的伤口犹如黑色的绳索，正在爬向他的喉咙。

斯隆当时是怎么说的？

我们无法以他们为食。他们也无法以我们为食。

那到底是为什么？他为什么要那么做？她很想问他，可是弗雷迪的眼睛正在逐渐失焦，他的身体晃个不停。他颤抖着伸出一只手，想去拿他的小提琴，但小提琴离他太远了。片刻过后，他倒在了人行道上，一动不动。他死了吗？她希望他死吗？凯特内心有个声音说道，原来杀死苏籁得用这种方法。不对，他的胸口伴着时断时续的微弱呼吸，仍在上下起伏。

她的手机响了起来。手机先前从她手上被打掉后，现在仍然躺在人行道上。她立刻冲过去将其捡起。

“你好？”她屏住呼吸问道。不是她父亲，也不是马库斯，是那个出租车司机。出租车正在学校门口等她，计价器正在运行。

凯特环顾四周打斗过后的残留物：两具曼蚕的尸体、火炬在地上烧出的一道黑痕、躺在她脚边昏迷不醒的苏籁。她满身都是开始凝固的血渍和黑色的污血。她咽了咽口水。

“待在那儿别走，”她对出租车司机说道，“我马上就到。”

第三篇

快跑，恶魔，快跑

This Savage Song

1

奥古斯特醒来时，感觉浑身都痛。对他来说，疼痛向来转瞬即逝，微不足道。但这次的痛，却深入了他的每一块肌肉，每一根骨头。他上次沉沦时，曾有种痛彻心腑的感觉，就像发了一场高烧。可即便是那种痛，也与现在这种痛有所不同。此时此刻，他有种被掏空的感觉。呼吸很痛。存在很痛。这是他有生以来第一次想要爬回他那漆黑的梦境之中。

但他还是努力将自己拽回了现实，睁开了眼睛。

他坐在水泥地上，背靠着一面尚未完工、由一堆横七竖八的金属架和木梁组成的墙壁。他的视野时而模糊，时而清晰；他试着移动身体，却发现自己的手腕被人用扎带分别绑在了金属架的两端。

凯特·哈克坐在水泥地的中央，正双臂抱膝注视着他。她穿着他科尔顿中学的轻便夹克，里面是她那件血迹斑斑的Polo衫。她的下巴下有一圈瘀痕，一只手臂以一种防备姿态放在身前，她的Polo衫有一处地方被曼蛮的牙齿咬得稀烂。她似乎在发抖。当她察觉到他的目光后，她立刻稳住了身子，脸上毫无表情。

“欢迎来到我的新办公室。”凯特说道。她的声音听上去冰冷而遥远，或许是因为受到了惊吓。他以前见过一些弗特队队员死里逃生后就是这个样子。“我正在想你到底还会不会醒来。”

奥古斯特努力移开视线，环视了一圈这间屋子。这里不止他们两个。有一名男子人事不省地躺在角落里，双手被缚，嘴上贴着强力胶带。他的衬衫上有块标志，上面写着“真理城出租车”。

她顺着他的目光看了过去。“你比看上去要重，”凯特解释道，“我需要他帮我把你弄上来。然后……好吧……我觉得不能就这么放他走。但在此之前，我已经付了他很多钱……嗯。”

奥古斯特试着咽了口唾沫。他感觉自己的喉咙里仿佛蒙了一层沙：“我的小提琴。”

凯特用指甲敲了敲她身旁的琴盒，他如释重负般舒了口气。她用一种奥古斯特无法理解的眼神看了他一眼，转头看向窗户。窗框用塑料板盖着。即使隔着塑料板，他也能看出天色正在变暗。他现在本来应该已经回家。他的手机在哪儿？他感觉不在衣兜里。他把手机弄丢了吗？

“我们在哪儿？”他问道。

“我父亲在这座城市到处都设有安全屋[1]。”

他顿时感到一阵惊慌：“你带我们来到了其中一间？他的曼蛋刚刚才——”

凯特轻蔑地瞪了他一眼。“他们早就不是我父亲的手下了，”她冷冷地说道，“但我也不傻。我们在一处装修工地，安全屋就在附近。我有很多问题，弗雷迪。”

[1] 指用来藏身的密室。

他再次咽了咽口水。“奥古斯特，”他疲惫地说道，“我叫奥古斯特。”

“奥古斯特，”她念道，仿佛在测试这个名字似的，“这名字的确更适合你。奥古斯特·弗林。”

她确实知道了。

“有多久了？”他问道。她肯定知道他在问什么，因为她如此说道：“昨天。”奥古斯特点了点头。他一直都是对的。要不是疼痛难忍，他现在多半会有种预感应验的满足感。

“我还以为你们族类刀枪不入呢。”她说“族类”的时候，仿佛在说一个肮脏的词语。

他不禁瑟缩了一下：“没有什么是刀枪不入的。”

她脸上闪过一抹冷笑：“我也是这么想的。”

“凯特——”

“闭嘴，”她打断他道，“现在还轮不到你说话。”

他陷入了沉默。血液在他脑袋里肆意地翻搅。

凯特将凝固的黑血从她的指甲上刮下。“你为什么要帮我？”她厉声问道，语速很快，仿佛她一直在等着问这个问题。

他闭上双眼。“这是个圈套。那些曼蛋不只想杀你，他们想让这一切看上去是苏籁所为。他们想把你的死归罪于我——归罪于我的家人——然后利用这件事来破坏停战协议。”他努力睁开眼睛，疼痛感终于有所消退。“我在树林里说的那番话是真心的。关于想要和平的那番话[1]。”

“你难道要我相信恶魔是和平主义者？”

“我从没对你撒过谎。”

“但你也没有对我说真话。”

“我怎么能说呢？”他问道，“换作是你，你会说吗？”

凯特没有回答。她盯着地面，脸部由于疼痛而绷得紧紧的。

“你没事吧？”他柔声问道。

她猛然抬起头：“你他妈想跟我耍花招儿吗？”

奥古斯特往后缩了一下，大惑不解：“我只是在问——”

“闭嘴。”她站起来，拿出了藏在她膝盖下的铁锥，“我知道你们族类的本领。我看过视频，见识过你们玩弄受害者的手段，见识过你们搞的那套猫耍老鼠的恶心把戏……”视频？奥古斯特心想。“我不是老鼠，奥古斯特，你明白吗？我知道你是什么。”

她朝他走了过来。她把他绑在了一根与墙壁平行、与地面垂直的金属架上。他勉力站起来，手腕顺着金属杆往上滑去，直到身体完全站直。

“我救过你一命。”他说道。

凯特把铁锥的尖端放在他的喉咙前作为回应。铁锥上仍然沾着曼蚤的血，那股气味令奥古斯特的胃里一阵翻腾。凯特的眼神狂躁不安，她的手却十分稳。

“说声谢谢就够了。”他说道。

[1] 奥古斯特在前文中所说的“安宁”其实是一语双关，暗指“和平”。

“你为什么来科尔顿中学？”她厉声问道。

“我父亲派我来的。”

“你是指弗林？”

“对。”

“他要你杀了我吗？”

“不。他要我接近你，因为停战协议随时可能破裂。在这个世界上，卡勒姆·哈克在乎的东西寥寥无几。而利奥认为，你或许能在战争中作为人质派上大用场。”奥古斯特倾身向前，用喉咙抵住铁锥。“顺便说一句，要伤我可没这么简单。”凯特就像接受挑战一样，把铁锥往前一顶，但铁锥并没有刺破奥古斯特的皮肤。

就在这时，琴盒旁边有部手机嗡嗡地响了起来。凯特转身向其走去。奥古斯特顿时感到一阵惶恐：“你竟然把手机开着？”

“我已经取出了里面的 GPS（全球定位系统）装置，”说着，她蹲下去，捡起了手机。看见屏幕后，她立刻皱起了眉头。

“凯特，”说话的同时，他拉扯着扎带。他咒骂了一句。扎带上面穿插有金属。“谁打来的？”

她站起来：“家里。”

“别接。”奥古斯特说道，这是他第一次希望自己能改变他人的意志，而不是只能打开他们的心扉。她的拇指悬在屏幕上方。“凯特，那些曼蛋是某人派来杀你的。”

凯特低头盯着手机。嗡嗡声停止了。过了片刻，手机又响了起来。“是他们自己违背了誓言，”她说道，“和奥利维尔一样。”

“奥利维尔是谁？”

“他们饥肠辘辘，蠢蠢欲动，”她继续说道，手机的嗡嗡声儿乎盖过了她的说话声，“他们厌倦了服从命令。”

奥古斯特拼命挣扎，想要挣开扎带的束缚：“这次袭击并非偶发事件，而是一起经过精心策划的行动。有人大费周章地想要置你于死地，然后让我来背黑锅。”

凯特低声说出了两个字。手机仍旧响个不停，但她没有接听，而是将其翻过来，抠出了电池。嗡嗡声彻底消失了。她又说了一遍那两个字，奥古斯特这才意识到那是一个名字。

“斯隆。”

他听说过这个名字。利奥提到他，与他提到大多数恶魔时一样，只不过语气更狠。

我父亲养了个曼蛋当宠物。

“这个叫斯隆的打算发动战争吗？”

凯特瞪了他一眼。“恶魔不是都喜欢死亡和暴力吗？”奥古斯特没有被她激怒。“好吧，我不知道，”她一边说，一边踱着步子，“但我十分确定他想把我赶走。至于他是否打算顺便陷害弗林——我不知道除了他以外，还有谁有这个头脑能提前想到这么多步。大部分曼蛋一心只想着杀戮，但斯隆……与众不同。”

“他们听他的命令吗，其他那些曼蛋？”

“我回家才九天，奥古斯特。我真的没注意。到目前为止，他最大的爱好似乎是折磨我。”

“假如他与此事有关，那你绝不能回家去。你……”

他的声音逐渐变小。他听见了几辆汽车停住、引擎熄火的声音。那些声音非常低沉，凯特尚未听见。她仍在踱步。

“凯特。”

车门打开，关上。

“凯特。”

脚步声。

“凯特。”

她转过身来：“什么事？”

“快给我松绑。”奥古斯特想要挣脱双手，扎带绑得太紧了。即便金属没有弄痛他，他也很难挣开这些扎带。

“我为什么要给你松绑？”

“因为有人来了。”

下方某个地方，有道门被人滑开。声音很大，她终于听见了动静。

“你肯定被他们追踪了。”

“不可能，”她一边说，一边摇头，“我已经把手机里的 GPS 装置取出来了。”

躺在角落里的那个出租车司机微微动了一下。他的衣兜里露出了一部手机。

“该死。”

楼梯上回荡着脚步声。凯特赶忙跑到窗边，背上她的背包，从衣兜里掏出一个打火机。一把银色匕首咔嗒一声从打火机一端弹了出来。她用这把尺寸虽小却异常锋利的匕首划开塑料板，窗外是一片青紫色的天空。有那么片刻，奥古斯特以为她会把他扔在这儿，任他束手就擒。但她向他走了过来。

“今天早上你上车以后，”她说道，“我本来打算把你交给我父亲。”她把匕首伸进扎带和他的皮肤之间。“当时我若动手的话，简直易如反掌。”

“那你为何没动手？”

她抬起头来看着他，咽了咽口水：“你看上去不像恶魔。”

奥古斯特注视着她的眼睛。他想说他不是，但这句话卡住了：“现在呢？”

凯特只是摇了摇头，然后把匕首往上一挑。

可扎带并没有被割断。

她眉头一蹙，又试了一次。还是不行。

奥古斯特的脸一下子变得苍白：“请告诉我你有办法解开。”

“我本来没打算解开的。”她厉声说道。奥古斯特不由得惊慌失措起来。凯特抬脚朝其中一根金属杆用力踹去。这一踹弄出了很大的动静——非常大的动静——不过那根金属杆被踹断了。奥古斯特设法将被扎带绑住的手腕从金属杆上绕了出来。凯特朝另一根金属杆踹了一脚。但是这根比刚才那根更硬，又或许是踹的角度不对，金属杆虽然被她踹弯了，但并未折断。脚步声越来越大。奥古斯特一把抓住金属杆，凯特也跟着将其抓住。二人使出全身力气，终于拔出了金属杆，一同摔倒在地上。

凯特倒地的时候压到了伤口，痛苦地倒抽了一口气。奥古斯特想要扶她起身，她却往后一缩，仿佛被他碰到就会中毒似的。接着她设法自己站了起来。奥古斯特拾起小提琴琴盒，她则走到那扇塑料板被划开的窗户前。他跟着她从破口爬出，以为窗外会有一条太平梯之类的通道，却发现外面只有一块六英寸宽、距地面三层楼高的窗沿。

他顿时屏住了呼吸。

“别告诉我你怕高。”凯特说道，身子在窗沿上微微摇晃。

“不是怕高，”奥古斯特低声说道，“只是怕坠落[1]。”

他环顾四周，正在琢磨他们该如何下去时，凯特却吸了口气，然后跳了下去。

[1] 奥古斯特此处说的“坠落”在原文里也有“沉沦”的意思。

2

凯特从窗台上往前一跳，越过了装修工地和对面一栋矮楼的楼顶之间一段六英尺宽的空隙。她落地之后，踉跄了几步，接着便头也不回地走了。她的意思很明确：要么跟上，要么走丢。奥古斯特吸了口气，抓紧琴盒，然后纵身一跃。他越过那栋矮楼的屋顶边缘，落地时脚底滑了一下，然后赶忙站直，凯特则刚好消失在屋顶的一座房屋之后。奥古斯特立刻跟上去，刚一走过拐角，就被凯特抓住肩膀，按在了她身旁的墙上，同时也避开了追踪者的视线。

“你经常这么干？”他低声问道，“在楼房之间跳来跳去，在屋顶上跑来跑去？”

凯特扬起一只浅金色的眉毛。“你不经常干吗？”她似乎露出了笑容，不过看上去更像是因为疼痛而皱了皱脸；她身子前倾时，奥古斯特看到了曼蚕的牙齿在她肩膀上咬出的锯齿状伤口。

奥古斯特环视了一圈四周的建筑：“我们在哪儿？”

“红环边缘。”

“我在‘裂缝’附近有个接应点。要是我们能到南城去——”

“我们？”她推开楼梯间的门，朝楼梯下张望，“你救过我。我救过你。在我看来，我们扯平了。”

奥古斯特眉头一皱："我不会扔下你的。"

"我也不会到弗林那儿去。"

"我们可以保护你。"

她发出了一个听上去像笑声，但是比笑声更冷的声音："噢，这点我很确定。"

他跟着她往楼梯下走去："好吧，你可以不相信我，但这里并不安全。"

"哪儿都不安全。"她厉声说道，接着开始吐露自己的心里话，"我不能回家。'哈克城堡'位于红环的正中心。不管我父亲在不在那儿，斯隆肯定在，而且——"

奥古斯特闻到了血腥气，连忙用手捂住她的嘴，同时将头探向街道。凯特刚要发火，立刻住了口。她一定读懂了他的眼神。他集中精神，倾听对方的谈话。

"……不在那栋楼里……"

"……打电话向上面报告……"

"……检查一下摄像头……"

"……信号……"

奥古斯特和凯特纹丝不动地站在楼梯间里，直到说话声渐渐远去，与引擎低沉的轰鸣声和城市的其他声音融为一体。他放下手后，凯特立刻用袖子的背面擦了擦脸。"他们刚才说什么？"她问道。

"把你的手机给我。"

她从衣兜里掏出手机递给了他。奥古斯特把手机放在楼梯上，一脚将其踩碎。凯特脸色一沉。"有这必要吗？"她低声问道。

"反正没坏处，"他低声答道，"北城所有地方都联网了吗？"

凯特点了点头：“几乎所有街区都装了摄像头。”

“几乎？”

凯特看着他：“有些地方是例外。”

“请问你有没有把它们的位置全记住？”

凯特挑起一边的眉毛：“我回来才一个星期。”

奥古斯特顿时感到十分沮丧。她的嘴唇抽动了一下，露出一抹笑容。虽有疲态，但仍旧锐气十足：“红环里的我都记得。”

奥古斯特立刻精神一振：“要是你想走，我不会拦你。但首先你得帮我再找一部手机。”

太阳已经沉入天边，这座城市也在逐渐沉寂下来。在到处都钉上了木板的南城，所有人一定都躲进了加固的建筑。这里虽然不同于南城，但街上还是空空荡荡的。不受哈克保护的人都已经回了家，即便是那些有挂坠的人也躲进了室内。餐馆和酒吧里坐满了敢于外出的人，但他们也不敢在街上逗留。也就是说，虽然奥古斯特和凯特避开了摄像头，但他们在街上的每分每秒依然十分显眼。

奥古斯特跟着凯特穿过纵横交错的街道，走进了附近一家小餐馆。

她径自走向了洗手间。几分钟后她出来时，身上穿着别人的衣服，手上拿着一部别人的手机。她把他的校服递还给他：“希望你别介意，上面沾了点血。”

奥古斯特皱了皱鼻子。“谢了。”说着，他将夹克套在了Polo衫外面。她把手机递给了他。他们避开餐厅里的摄像头，在位于厨房和餐桌之间的光线昏暗的走廊里徘徊。与此同时，他开始拨打电话。

电话响了两声后，有人接听了：“弗特队。”

他一时有些不知所措。他已经习惯了用自己的手机直接打给家里。但在他去科尔顿中学之前，他们已经制订了各种应急措施和安保计划。

“弗林。”奥古斯特说道。

“密码？”

“七一八三。”

“级别？”

“红色。”

“稍等。”

电话那头陷入沉默。奥古斯特正要担心他们是否挂掉了时，他忽然听见咔嗒一声，接着便传来了亨利万分焦急的声音。

“奥古斯特？奥古斯特，是你吗？”

他的胸口一紧：“是我，爸爸。”

听见他说出那两个字后，凯特脸上闪过某种表情。

“你在哪儿？出什么事了？你没事吧？”

“我没事，但出了些状况，我得——”

“奥古斯特。”另一个声音打断了他，是利奥。

“利奥，我现在得和亨利谈谈。让他重新接电话。”

“你现在是一个人吗？”他哥哥的声音低沉而镇定，他的意志十分坚定，犹如一道墙壁。

奥古斯特不由自主地回答道：“不是。”

“谁和你在一起？”

“凯特。”他回答的同时，竭力集中精神，“利奥，听着，她今天在科尔顿中学差点儿被杀。其他人都被杀了。是两个曼蛋干的，可他们想让一切看上去是我们干的。我们俩设法逃了出来，但他们仍在找她，我觉得——”

“别管她。”

奥古斯特没说完的话卡在了喉咙里：“什么？”

“别管她，马上回家。”

“不。我不会那么做的。”

他听见亨利在后面说着什么。他很想让利奥把电话还给他父亲，电话那头的苏籁却继续说道：“你的行为已经违反了命令，违背了你的立场。你的身份显然已经暴露，我们现在的首要任务是保护你。”

“那她怎么办？”奥古斯特厉声问道。他感觉凯特正注视着自己。

“你比她更重要。”利奥平静地说道，“说吧，你在哪儿？”

这个问题犹如一记重拳打在了奥古斯特的身上。他不得不把电话从他脸旁拿开，以免自己做出回答。他强行把空气吸入肺里。他不想告诉利奥，他也不完全清楚这是为什么。

“你——在——哪儿？”他哥哥又问了一遍。他声音里的耐心已经烟消云散。

奥古斯特低下头去，紧咬牙关，但还是感觉答案正在爬上他的喉咙，于是他挂断了电话。

“你们究竟在说什么，”凯特问道，他则低头看着手机，“奥古斯特？”

他摇了摇头。利奥的声音里有种东西，有种令他反感的东西。他哥哥提到凯特时的语气，就像她活该为哈克的罪行受罪似的，就因为她是他女儿。就像罪恶可以遗传似的。

“我不能带你去南城。”他沮丧地说道。

“很好，”说着，凯特从他手中拿走了手机，“这事解决了。”

这事并没有解决。什么事都没有解决。一切都在失序，一切都在失衡。

奥古斯特闭上双眼，开始整理自己的思绪。他听见凯特在手机上快速地打字。

“你在干什么？”

“我得给我父亲发条短信，告诉他这是个圈套。”

“万一斯隆看见了怎么办？”

凯特给他看了眼屏幕。屏幕上是一堆杂乱无章的字母，各字母之间隔着破折号：“停战之后，我们第一次回到真理城时，他教了我一套暗号。”

“真是……贴心？”

“嘿，年轻人，”有个女侍对他们说道，“你们要么点些东西，要么就出去。”

“我们会点的，”凯特说道，“我们只是在等一个朋友。”

那女人似乎并不相信凯特的话，但还是放过了他们。

“上面写的是什么？”奥古斯特问道，“你的短信。”

“我被邪恶的苏籁绑架了，请以我的名义开战。”奥古斯特眉头皱起。挂在餐馆正门上方的铃铛响了起来。“别紧张，上面只有我的名字和这部手机的号码。”

这时奥古斯特闻到了气味，也听见了动静。他立刻屏住了呼吸：“厨房。”

“什么？”凯特问道，取出了手机里的GPS装置，“你饿了？”

奥古斯特摇了摇头。“快去厨房。”他低声说道。

餐馆里有许多人倒抽了一口凉气。凯特正欲转过身去，却被奥古斯特拉回了走廊。

“所有人听着，”前厅里有个冰冷阴湿的声音说道，是曼蚕，“请待在你们的座位上。”

“你们不能进来，”餐馆的经理说道，“我们签过协议的，而且——”

一声脖子被扭断的清脆的咔嚓声。

前厅顿时响起了椅子的拖动声和低沉的尖叫声，人们纷纷开始起身。

“别动，”那曼蚕命令道，“坐——下。”

奥古斯特朝厨房又悄悄地迈了一步。他的琴盒碰到了一个折叠托盘，眼看就要将其撞翻。凯特迅速冲上前来，在托盘翻倒之前抓住了它的边缘。他们进入厨房后，奥古斯特立刻转过身去，将一个烹饪用具卡在了门把手上。

“嘿！”有位厨师用洪亮的嗓音喊道，“你们不能到这里来。”

他的喊声回荡在不锈钢器具之间。奥古斯特拉起凯特的手就跑。他们跑到后门时，那曼蚕已经开始猛撞厨房的那道门了。奥古斯特设置的障碍物为他们争取到了足够的时间跑进小巷。

“我们不能待在这儿。”凯特说道，同时四处扫视，寻找摄像头。

“我们还能去哪儿？”奥古斯特一面问，一面将一个大型垃圾桶推到了门前。

凯特摇了摇头，但还是拉着他跑出小巷，绕过拐角，尽可能远离了那家餐馆。他们来到街上后，她立刻用没受伤的那只手臂挽住了他，然后将他拉近，依偎在他身旁。奥古斯特大吃一惊，但并没有抽身避开。一开始他不知就里，随即便明白了。走在街上的那些人要么成双成对，要么三五成群。眨眼之间，他们就从两个一路狂奔的少年少女，变成了一对年轻的情侣。他们不再引人注目。

奥古斯特随意地低下头去，假装为她挡风。

“我们必须离开红环，直到我父亲给我打电话。”凯特说道。

我们，他注意到。“我们要怎么出去呢?”他问道。

“我不知道，”凯特说道，同时紧靠在他身上，“北城的每一栋建筑都有摄像头，而曼蛋们很快就会遍布大街小巷。天知道他们中有多少在为斯隆效命。”

她忽然停住了脚步。

“怎么了？”

她转身面向他，大睁着眼睛：“曼蛋在为斯隆效命。”

“我以为我们都知道了。”

“没错，但那就意味着，我们必须到曼蛋不愿踏足的地方去。”奥古斯特正想问曼蛋不愿去北城的哪些地方时，却发现她低着头。他顺着她的目光往下看去，看向地面，看向人行道盖板下冒出的一缕缕水蒸气。

“噢，见鬼。”

3

“只是顺便说一句，”他们顺着管道往下爬进地铁隧道时，奥古斯特说道，“我觉得这是个糟糕的决定。”

“曼蚩讨厌科煞，”凯特说道，然后在离隧道地面还有几英尺的时候跳了下去，“而据我了解，科煞也讨厌曼蚩。”

“没错，好吧，”奥古斯特在她身旁落地，“苏籁对它们都没有好感。”

“是你要跟着来的。”凯特嘴上这么说，心里却暗自松了口气——孤身一人到下面来的念头让她不寒而栗。她每呼吸一次，肩膀就会痛一下。奥古斯特或许是恶魔，但至少他不想让她死。隧道里昏暗无比；上方的金属盖板透进来一道道微弱的路灯灯光。隧道的墙上每隔一段距离就挂着一台盒式灯。这些灯并非强紫灯，也不是荧光灯，只是一些散发着暗红色光芒的方盒子。

他们脚下的地面并未连成一片；隧道中间和墙边都有裂口，裂口之下一片漆黑。奥古斯特朝旁边踢了一块卵石，石子儿往下落去，足足过了三秒钟才传来扑通一声。

“下面是什么？”

凯特从她背包里拿出一支高紫手电筒，将其打开，往裂口下照去。下方有一条宽阔的水流。“看上去像一条河。”她用脚踩了踩地面。“我想这里以前是一座桥。”

奥古斯特正要开口说点什么，凯特却迅速转过身去，手电筒照出的光束在隧道中撕开了一条扁平的光带。她的右耳除了白噪声外，什么也听不见。她的左耳却听见了远处的一团团黑影发出的窸窣声、利爪在地上的剐蹭声，以及那不绝如缕的窃窃私语。从奥古斯特的表情来看，他应该也听见了。

打断毁肉血骨打断

有传闻说科煞会讲一些秘密。它们在杀死你之前，那些毫无意义的窃窃私语会立刻显影成形。也有人说，它们只不过是在复述那些造就它们的罪行，低声念叨种种残忍的暴行，模仿各种骇人的声音，比如金属与肌肤的摩擦声、骨头的断裂声、沉闷的尖叫声。

现在可不是害怕的时候。凯特努力调整呼吸，提醒自己科煞正是以恐惧为食。她面向隧道，手电筒照向前方，努力盯着黑暗的中心，盯着最黑的那个点。与此同时，那个黑点开始移动起来。

“我是卡勒姆·哈克之女。”她朝黑暗中喊道。

哈克、哈克、哈克，她的声音在隧道里回响。

她的话逐渐被黑暗吸收，而等其再传回来时，语句已经有所不同。不是我们的哈克、哈克、哈克。

凯特不禁颤抖起来。她忍住退却的冲动，眼睛始终盯着光束的尽头。那些黑影停止了移动。

她身旁的奥古斯特跪到地上，咔嗒一声打开了他的琴盒。

“你也有手电筒吗？”她低声问道。

“没有，”他说道，“不过我有件更好的东西。”他取出小提琴。

“而且你说过想听我演奏。”

她想起了之前听见的怪异旋律，想起了曼蚕尖叫、瑟缩、捂住耳朵的样子，想起了如大雪一般将她笼罩的那种奇怪的安宁。

在红色灯光的映照下，隧道不远处出现了尖牙和利爪，那些黑影开始骚动起来。“还记得我说过这是一个糟糕的决定吗？”他低声说道，给琴盒套上了一根背带，然后将其背在肩上。

“好消息是，”说着，她握紧了手中的手电筒，“它们应该不会告诉斯隆我们在这儿。”

“坏消息呢？”奥古斯特问道，将小提琴搁在了他的下巴下。

凯特晃了晃手电筒，在黑暗中划出一道弧线。在一阵振翅般的拍打声中，科煞们纷纷向两旁散开，随即又重新聚拢在一起。“坏消息是，”她说道，“它们见到我俩似乎不是很开心。”

她又晃了晃手电筒。手电筒的光束一定扫到了某个科煞的头部，因为有个黑影发出一声惨叫，随即脱离群体，往前栽倒在地。它的白色眼眸失去了生气，牙齿哗啦啦地落在潮湿的地上，犹如散落一地的石子儿。

“快开始吧。”凯特大声喊道，科煞则不断发出咔嚓声和咝咝声。

“艺术可急不得。”说着，奥古斯特将琴弓搭在了琴弦上。一众黑影朝他们冲了过来，犹如一辆飞速行驶的列车，黑影周围的空气被刮得呼呼作响。凯特踉跄着往后退了一步，而他终于开始了演奏。

一个响亮的音符从隧道中席卷而过，一切随之静止。

他拉出第二个音符时，周围的空气随着曲声振动起来。接着是第三个音符。和弦刚一形成，便相互融为一体。曲声犹如一把利刃，切入了黑暗之中。曲子的旋律在凯特脑海中萦回环绕，科煞则齐刷刷地往后退去，仿佛有一道巨大的光束正在驱赶它们。科煞发出蒸汽般的嘶鸣，在曲声中四散而去。凯特感觉自己的意识也在逐渐消散。和在科尔顿中学时一样，她的脑袋在音符的影响下变得昏昏沉沉。

她在黑暗之中看见了曲子的模样。曲子在空气中来回穿梭，萦绕盘旋，宛如一缕缕阳光，一条条彩带，使四周的黑影无法迫近。她忽然感到一阵天旋地转，随即猛然止步。她无法移动，也无法看向别处。曲声逐渐模糊了她的意识，填满了她的脑海，蒙蔽了她的视线。

她低头一看，发现自己也在发光。有种奇怪的暗光浮上了她的皮肤表面。她不禁大为惊奇。这层光芒虽在皮肤之下，却能随着她的移动而移动，如水蒸气一般飘摇舞动。这层银白和烟灰相间的光芒，正随着她的心跳微微跳动。

这就是她的生命吗?

这就是她的灵魂吗?

奥古斯特的声音从远处蜿蜒着穿过曲声，传到了她耳边，听上去悠扬而婉转："来吧，凯特。"

曲声渐渐消散，只留下一阵阵回声。他伸出手，准备抓住她的手臂，她突然间感到无比害怕。

"别碰我。"凯特说道，试图在他盗走她的灵魂之前抽身躲开。可是她太慢了。然而当他抓住她的手腕时，什么事都没发生。

"没事的，"奥古斯特小心翼翼地说道，声音有些不自然，"我无法伤害你……"她低头看向他们的肌肤相接之处。那层银光似乎绕过了他的手指，就像一股水流绕过一块石头。

"不过你得跟紧点。"他把她的手放在他的外套边角，赶在最后一丝曲声消失之前，继续演奏起来。“跟着我。”

其实只要他一直演奏，即便他向悬崖走去，凯特也会跟着他。他的声音与曲声相互交织，变得无比真实。旋律和光芒形成了一个球体，而位于球体中央的他俩就这样沿着隧道往前走去。凯特的意识开始下沉。她竭尽全力向上游，意识表层却离她越来越远，变得遥不可及。她仿佛正在梦游，无法抓住自己的思绪，无法抓住任何东西。

但她紧紧地抓着他。

他们来到一个地铁站后，光线亮了一点。这里的隧道较为开阔，上方是一个拱形天花板，下方有一组站台。墙上的瓷砖反射出奥古斯特拉出的曲子的光芒，犹如一颗颗亮铿铿的利齿。

卡斯特巷。地铁站牌在阴森昏暗的光芒中闪烁浮动。他们正在朝东北方前进。

数条铁轨在此合并，分叉，然后又合并，地铁隧道也跟着变窄，变宽，然后再度变窄。他们经过了一座停放列车的车辆段。这些漆黑的列车要到早班时间才会恢复运行。

凯特不确定曲声持续了多久。她感觉不到时间。她感觉自己在说话，感觉自己的嘴巴在动，感觉话语正在从她嘴里涌出。可是她听不见自己的声音，只听得见曲声。就算奥古斯特听见了她的话，他也没有回答，没有转身。他始终把头向着前方，托着小提琴，手一直在动。

这不是露天看台上的那个男孩，也不是蜷坐在她车里的那个男孩。这不是将黑血吐在地上的那个男孩，也不是被绑在那堵未完工的墙壁上的男孩。

这完全是另一个奥古斯特 · 弗林。

充满自信。

令人着迷。

凯特感觉自己的嘴巴正在说出这两个词，但就在这时，她听见了“砰”的一声，有根琴弦应声而断。奥古斯特身体一抖，脸上闪过惊慌之情。他再次开始演奏，旋律再度响起，依旧令人心醉神迷，只不过……感觉少了点什么。萦绕在他们周围的光线比刚才少了一些，她从奥古斯特被照亮的脸庞上看到了一丝担忧。

没过多久，又断了一根琴弦。奥古斯特屏住了呼吸。此时的曲声明显比刚才弱了许多。她发觉曲声正在从自己的脑海中退去，隐隐觉得这是个坏兆头。

“奥古斯特。”她说道，语气中透着一丝警告的意味。

“我从来没演奏过这么久，”他解释道，同时眯起了眼睛，“我需要四根琴弦才能演奏我的曲子。”

她看见剩余的两根弦绷得紧紧的，琴弓与琴弦相接之处散发着热气一般的光芒。空气中的光线开始变暗，而黑暗——以及黑暗中蠢蠢欲动的那些东西——开始向他们逼近。

隧道前方又出现了一个广阔的空间，正中央有个闪闪发光的模糊身影。不是眼睛，也不是牙齿，是一节列车的金属棱角。

凯特后方有什么东西正在剐蹭隧道的墙壁，嘎吱嘎吱的声音割裂了愈渐低沉的曲声。她没有转身，也不打算转身。看见了也无济于事，只会令其变得真实。

“凯特。”奥古斯特说道，第三根琴弦随即绷断。

“怎么了？”

“快跑。”

4

他们奔跑着。

他们全力狂奔，曲子和光芒的残迹像飘带一样拖在身后，很快便消失在了黑暗之中。曲声令科煞无法迫近，但它们很有耐心，一直在等待。曲声刚一消失，它们便一拥而出，无数尖牙和利爪扑上前来。

他们朝那节地铁列车冲去，奥古斯特始终看着前方，凯特则猛挥手电筒，迫使它们无法靠近。他们手拉着手跑到列车门前，冲在最前面的一群恶魔眼看就要抓住他们。

奥古斯特纵身跳上阶梯，他身旁的凯特却脚下一绊，随即发出一声尖叫，他立刻拉着她往列车上拽。他用双臂搂着她，护住她的身体。伴着一拨“断毁骨”的声音，一众科煞撞在了车厢上。它们嘶叫着，抓扯着，利爪在钢铁车身上不停地剐蹭。但它们不愿触碰奥古斯特，所以没能抓住凯特。

“车门！”他大喊一声，有个科煞正试图扯掉他手里的小提琴，“快！”

凯特浑身发抖，脸色苍白，但她还是在他的臂弯中扭过身子，抓住车门，用力地拉着。

车门在一阵嘎吱声中缓缓向一旁滑去。他们跌进车厢，抓住车门，竭力将其合拢。有个科煞将一只手臂伸进了车厢，奥古斯特随即用手按住它那黑影绰绰的肌肤，它立刻把手缩了回去，仿佛被烫了一下似的。接着，车门“嘎”的一声关上了。

凯特和奥古斯特站在黑灯瞎火的车厢里，大口喘着粗气。外面的黑影越聚越多。它们咬牙切齿，不停地冲撞列车的有机玻璃。但是车身上安装了铁条，这些恶魔很快就退回了漆黑的隧道。空气中残留着它们的气味，一种混合了灰烬和潮气的腐朽气味。

凯特跌坐在一条长椅上。“你说得对，”她说道，“有史以来最糟糕的决定。”

“我告诉过你吧。”说着，奥古斯特跪在地上，开始查看他的小提琴。他看见木质琴身上有道巨大的抓痕，不禁皱了皱脸。他在琴盒中四处翻找，找到了一个装有新琴弦的小口袋，借着凯特手电筒的光，给小提琴装起琴弦来。

“为什么是小提琴？”她问道，声音在颤抖。

奥古斯特没有抬头。“苏籁能用音乐把对方的灵魂引至肉体表面。”他一面说，一面取下断裂的琴弦。

“我知道，”凯特说道，“可为什么是小提琴？任何东西你都能用吗？”她用手指敲打着座椅。“打节拍算音乐吗？”

奥古斯特摇了摇头。“把光线抬高一点。”他把第一根琴弦弯成钩状，将其穿过琴轴。

“我们各有一首曲子，”他解释道，“一首只属于我们自己的曲子。那是我们与生俱来的，就像指纹一样。”他拉紧琴弦。“利奥几乎能用任何乐器演奏他的曲子——比如吉他、钢琴、长笛——

而伊尔莎只能用她的声音。”他拨了拨那根紧绷的琴弦。“我姐姐认为这与美有关。也就是说，我们的音乐与我们听见的第一种美妙的声音密切相关。我听见了小提琴声，她听见了某人的歌声。”

“利奥呢？”

奥古斯特不知该如何作答。按照伊尔莎的逻辑，任何事物在利奥眼里一定都是美好的。可他觉得在他哥哥眼里，这个世界只是一片废墟。一个亟待修复的世界。

“谁知道呢……”

他沉默了片刻，同时又换了两根琴弦。

“无法和不会之间，”凯特说道，“有很大的区别。”

“什么？”奥古斯特朝她看去。即便车厢里光线昏暗，她的脸色看上去依然很苍白。

“你拉着我的手时，叫我不要担心。你没说你不会伤害我，而是说无法伤害我。”奥古斯特将注意力转回到小提琴上。现在不是说这个的时候。

“我看过，”她继续说道，声音里有种奇怪的颤意，“利奥收割灵魂的视频。他触碰别人的时候，会吸收他们的灵魂。当你触碰我的时候，却什么事都没有发生。为什么？”

奥古斯特犹豫了一下，同时拉紧了最后一根琴弦：“我们只能吸收那些伤害过别人的人的灵魂。”

“我伤害过人。”凯特心存戒备地说道，仿佛那是某种勋章似的。

“那不一样。”

“你怎么知道？”

“因为你的影子没有生命，你的灵魂也没有发出红光。”奥古斯特答道。

凯特沉默了片刻，说道：“你身上的那些条痕到底代表什么？”

奥古斯特把每根琴弦都拨了一下，一边听一边调弦：“天数。”

他把小提琴放回琴盒，凯特随即关掉了手电筒，他们立刻置身于隧道墙上的盒式灯发出的暗红色光芒中。“不能把电耗完了。”她低声说道。

奥古斯特未置一词。他在她对面的地板上坐了下来，背靠座椅，搓揉着手腕上的条痕。之前虽然一直在专心演奏，但他还是感觉到了。他的皮肤上又出现了一道滚烫的条痕，新的一天已经到来。

“有多少天？”她问道。

“四百二十二天。”

“从什么时候开始的？”

他咽了口唾沫：“从我上一次沉沦开始。”

“沉沦是什么意思？”

“苏籁如果停止进食，就会进入这种状态。他们会……黑化。他们会失去辨别好坏、区分恶魔与人类的能力。他们会一心只想着杀戮，杀掉眼前的一切。他们杀戮不是为了进食，只是为了……”奥古斯特的声音渐渐变小，身子不禁颤抖了一下。他没有告诉凯特的是，每当苏籁黑化后，他们便会失去一部分灵魂——假如他们有灵魂的话——失去一部分人性。每次他们沉沦后，有些东西便再也无法挽回。

“你们黑化的时候，”凯特追问道，“是什么样子？”

“我不知道，”他简短地说道，“我无法看清自己的模样。”

“可你之前说过，你宁肯死也不愿让其再次发生。”

他毫不犹豫地说道：“没错。”

凯特的眼睛在昏暗的光线中闪动：“你经历了多少次，奥古斯特？”

他看不清她的模样时，她的问题似乎更容易承受。“两次，”他说道，“一次是在我很小的时候，而另一次在……”

“四百二十二天前，”她替他说完了，“发生了什么？”

奥古斯特犹豫不言。他没有谈过此事。他从来不谈此事。他不知道该对谁谈。亨利和艾米莉不会明白，也无法明白；利奥则觉得灵魂会令他分心，已经故意将其燃烧殆尽；而伊尔莎，好吧，她上一次沉沦时，毁掉了真理城一大片区域。

“我不再进食，”他终于说道，“我不想再继续下去，不想再有那种做恶魔的感觉。我和亨利大吵了一架，然后气冲冲地离家出走了。我那天大部分时间都在这座城市里游荡，思绪一片混乱。”回忆的同时，他闭上了眼睛。“最后我终于往回走去，途中遇见了一场打斗，我——你知道，当你饿了的时候，食物的味道很诱人对吧？当你饿慌了的时候，满脑子想的都是食物对吧？我闻到了他们手上的血腥味，于是……”他的声音颤抖起来，“我当时感觉无比空虚，仿佛自己体内有一个黑洞，有种我必须填满，却又无法填满的东西，无论我杀死多少人。”这番话刺痛了他的喉咙，令他的手指不住发抖。“所以说，是的，我宁肯死也不愿再经历一次。”

凯特沉默不语。

奥古斯特努力睁开双眼：“怎么，不挖苦人啦？”

凯特歪坐在长椅上，闭着眼睛。他一时以为她只是在打瞌睡，随即却发现她一直捂着腹部的手臂已经落在了她的大腿上，上面沾满了湿乎乎的黑色物质。

即便身处昏暗的车厢，他也知道那是鲜血。

5

“凯特。”

奥古斯特赶忙过去，跪在她身前，用手托住她的脸颊：“凯特，快醒醒。”

“你在哪儿？”她轻声说道。

“我在这儿。”

“不……”她喃喃地说道，“不是这样的……”话还没说完，她又陷入了昏迷。

“对不住了。”说完，奥古斯特便用力地捏了捏她受伤的肩膀。她猛然睁开眼睛，惨叫一声，同时朝他的胸口踢了一脚。他往后退了几步，揉了揉自己的肋骨，她则含糊地说道：“我没事。”

“你刚才为什么不说呢？”他一边问，一边眯起眼睛，借着微弱的光线查看她的伤口。

凯特摇了摇头。他说不准她是在回答，还是想保持清醒。

他抓起手电筒。“让我看看。”说着，他“啪”的一声打开了手电筒，随即便后悔这么做了。她的腹部全是血。

“我会没事的……”她虽然这么说，声音却已经含混不清。他扶着她躺在了座椅上，她没有抗拒，只是在他将她的衬衫从髋部拉上去时咒骂了几句。他告诉自己能说脏话是个好兆头；这说明她还有意识。可当他看见她的伤口，仍不由得瑟缩了一下。从她的肋骨下方到肚脐处，有两道又深又长的伤口——都是爪痕。它们虽然没在她身上留下致命伤，但那些伤口都很深，而且她已经流了很多血。

“听我说，”说着，他脱下自己的外套，“你得保持清醒。”

她轻声一笑，随即因为疼痛而打住。

他撕下科尔顿中学夹克的内衬：“有什么好笑的？”

“你真是个糟糕透顶的恶魔，奥古斯特·弗林。”

他用内衬按住凯特的腹部，又引来了一连串咒骂。他站起来，在车厢里四处搜寻医疗急救包。

“和我说话，凯特，”他一面说，一面翻找，“你在哪儿？”

她吞了吞口水，说道：“在一座湖上。”

“我从没去过湖边。”他在车厢后壁的一组座椅后找到了一个急救箱，随即拿了些消毒喷雾和纱布回来，在她身旁跪下。“给我讲讲那里的样子吧。”

“天气晴朗，”她昏昏欲睡地说道，“小船在湖面荡漾，湖水又暖又蓝，里面全是，”消毒喷雾喷上她的伤口时，她嘶地倒抽了一口气，“鱼。”

“你需要缝针。”奥古斯特一边说，一边将纱布紧紧缠在她的伤口上。

“没问题，”凯特说道，声音里多了一丝尖刻，“我们可以大摇大摆地走到街上，去最近的一家医院。我敢肯定，没人会发现凯特·哈克和一个苏籁——噢噢噢噢……”她没能把话说完，因为奥古斯特用纱布压了压她的腹部。

“我们不用去医院，”他镇定地说道，“但我们需要一个医用缝合包。”

“要是你以为我会让你拿着针线靠近我——”

“我父亲是外科医生。”

“不许那么称呼他。”她厉声说道，然后嘶地抽了口气，撑着椅子坐起来，“他不是你父亲。他是人类，而你是他手下的恶魔。”

奥古斯特默不作声。

“怎么？无话可说了？噢，对了，你无法撒谎。”

“亨利·弗林是我的家人，”他怒吼道，“而且我敢打赌，他做父亲比你的父亲更称职。”

“去你妈的。”凯特重重地靠在椅背上，紧咬牙关，喘着粗气，“你为什么想成为人类？我们那么脆弱，我们会死。”

“你们至少活过。你们不必天天琢磨，为什么自己存在于世，却有种不真实的感觉；为什么自己看上去像人类，却无法成为人类。你们不必竭尽所能去做一个好人之后，却不得不一次又一次面对自己根本不是人类的事实。”

奥古斯特住了口，气喘吁吁。

凯特瞪眼看着他。他等着，给她机会开口，但她并未说话。他摇了摇头，别过脸去。

“奥古斯特。”她开口说道。

就在这时，四周响起了巨大的嗡嗡声。

在一阵噼啪声中，隧道恢复了电力供应，凯特和奥古斯特双双抬起头来。车厢里的灯闪烁了几下，也都亮了。

“噢，不。”奥古斯特说出这句话的同时，凯特说道：“终于亮了。”

车厢里的灯全部打开后，她的脸色显得更加惨白，金属地板和座椅上全是鲜红的血迹。

“我们得走了，”说着，奥古斯特站起来，“马上。”他朝上方一指。凯特抬头一看，发现车顶有一连串小红点——监控摄像头。

“该死！”她咕哝着抓住一根柱子，竭力站起来。她痛苦地嘶了一声。奥古斯特正要回身朝她走来，她却挥手制止了他。“去开门吧。”

他把小提琴背在肩上，用力拉开了列车的车门。车厢外的隧道并未完全照亮，但强紫灯形成的光带已经像窗花格一样布满了隧道的墙壁。没有科煞的踪影。

下车的时候，奥古斯特向凯特伸出了一只手，但她并没有接。她踏上地面时，差点儿跌倒，他立刻上前扶住了她的胳膊。她挣脱他的手，小心地踩着铁轨的枕木，顺着隧道朝最近的地铁站走去。奥古斯特小心翼翼地跟在她身后，留神倾听列车行进的声音。但地铁显然还未恢复运行。即便已经运行，离他们也很远。他们在哪儿？他们晚上走了多远？很明显，他们尚未走到终点，但他能听见这座城市的脉搏正随着他们前进的脚步逐渐变弱。

他们来到最近的地铁站后，沿着铁轨爬上了站台——凯特终于肯让他搀扶了——与此同时，地铁站上方入口处的栅栏开始嘎吱嘎吱地打开，人们随即一拥而入。

人群之中，只有他俩沿着台阶往上走。奥古斯特小心地用手臂搂着凯特，不禁想起了昨晚他俩相互依偎、假装成一对情侣的情景。此时的情况却有所不同。凯特靠得有点太紧，他用夹克紧紧地裹着她的身体，另一只沾满血渍的手则揣在衣兜里。他感觉人们没有移开目光，反而在不住地打量他们。

从大街上走进地铁站的人们一边走下台阶，一边抖去外套上的雨水，收拢雨伞。奥古斯特从台阶底部的一家报摊偷了一把雨伞，然后他们撑着伞，朝着上方熹微的晨光走去。

刚一来到地面，奥古斯特便停住了脚步。

他们四周全是楼房。不过和林立于红环的那些摩天大楼不同，这里的建筑更矮，虽然鳞次栉比，但是又宽又矮，足以让他们看见屋顶上方的天空。这里到处都是树木。和科尔顿中学那片广阔的树林不同，这里的树木沿街排列，每一棵都有自己的小围栏。远方的市中心影影绰绰，从这里看去，南城和北城似乎没有什么不同；他也看不见“裂缝”。

倚在他身上的凯特正在发抖。奥古斯特将注意力拉回，视线落在了街对面的一家药店上。

“待在这儿别走。”说着，他把雨伞交给了她。她虚弱地点了点头，什么也没说。

他把手伸进雨中，尽可能冲掉手上的血迹后，才走进药店。他从衣兜里摸出几张折好的钞票——他带的钱不多，只有一些亨利让他带在身上用来应急的现金——径直来到了过道尽头。他避开监控摄像头，从货架上拿了一个医用缝合包、几瓶抗菌剂、止痛药和一些创口贴。

他很想给他父亲打电话，告诉亨利他没事，告诉他自己在尽力帮忙。可万一是利奥接的电话怎么办？或者更糟糕，万一他哥哥正在赶来的路上怎么办？要是利奥找到了凯特，他会怎么做？

“这条路上有一家诊所。”柜台后的女人说道。

奥古斯特抬头向她看去：“什么？”

她朝他手上的物品点了点头，奥古斯特这才意识到自己的意图有多明显。他应该再拿点东西，好让他的举动不那么可疑。可他没带那么多现金。他支支吾吾，试图想出一个恰当的实话。“有个朋友摔了一跤，”他说道，“不想让她家里人知道。”

那女人漫不经心地点了点头，将他选购的物品装进袋子：“对孩子过分呵护的父母？”

“差不多吧。”奥古斯特付完钱后，竖起自己的衣领，走出药店，回到了雨中。他抬头看去，以为会看见凯特在他们刚才分手的地铁站入口旁等他。

可她并不在那儿。

“不，不，不。”奥古斯特喃喃自语道，同时朝街对面小跑过去。他一路上屏住呼吸，直到来到她刚才所在的准确位置，仿佛这样就能让她再次出现似的。他脚下的水坑已经被血染红。雨水淋湿了他的头发，从他的琴盒上淌下。他原地转了一圈，忍住了呼喊她名字的冲动。他的周围全是来来去去、撑着雨伞的行人。

就在这时，他终于看见了她。她站在不远处的一顶雨棚下。他顿时如释重负。对此，他颇感意外。

“我以为你走了。”奥古斯特一边说，一边向她小跑过去。

凯特盯着他看了好一会儿。“我考虑过，”她的视线落在了他手中的那袋东西上，“不过这个似乎非常有趣。”

6

他们步行三个街区，来到了一家汽车旅馆——按小时付费的那种——然后用凯特手头的大部分现金开了一间房。这家旅馆声称，他们没有和哈克的监控系统联网——为了安全起见，这里只安装了一个闭合监控网——前台男子把房间的两把钥匙交给凯特时，对她露出了一个下流的笑容。

“这儿比地铁隧道还脏。”说着，凯特在床边坐了下来，奥古斯特则将医疗用品一一摆在了床上。她想起昨天早晨上学之前，她把扎带、强力胶带和铁锥摆在床上的情景。才过了一天？“你确定知道自己在做什么吗？”奥古斯特撕开缝合包时，她问道。他正要回答，她立即举起了一只手。“弗林。外科医生。知道啦。”

他扔给她一瓶止痛药，她干吞了三片，然后脱下夹克和衬衫。奥古斯特戴上一双塑料手套，丝毫没有偷看她的意思。她应该明白，他并非人类。

她肩膀上的牙印不深，但她腹部的伤口相当深，而且一片血红。凯特躺下后，奥古斯特为她清洗了伤口，然后喷上麻醉剂，她不禁痛苦地皱了皱脸。他取出缝针时，她缓缓地吸了口气。

“对不住了，”他柔声说道，“我会尽量快点。”

“等等。”她从背包里摸出了一包烟。烟盒有点湿，但烟还能点着。

奥古斯特摇了摇头：“在所有的死法里——”

“如果我能活到那一天就已经很幸运了。”她把烟放在嘴唇间，吸了一口，“好了。我们开始吧。”

虽然痛得难以忍受，但凯特不得不让奥古斯特来为她缝针：他小心翼翼，手法轻柔，和那些用针线扎你的人的手法一样轻柔。但他显然没有要伤害她的意图——即便有，他似乎也因此事推迟了行动。很好。这是个谨小慎微的恶魔。实在搞不懂。

缝针进行到一半时，凯特发觉自己的意志越来越薄弱。房间里无比安静，疼痛感无比强烈。过了一会儿，她才意识到自己正在讲话。不知何故，话就这么从她嘴里说了出去，而她并未加以制止。

“我是听着我父亲的传说长大的，”她说道，同时尽力稳住身子，“这么多年来，他对我来说只是个精彩的传说。但我想看到真正的他。在妈妈口中，他无比强大，坚不可摧，而我自己已经不太记得他的模样了——我们离开这座城市的时候，我还很小——所以我只盼着有朝一日能再次见到他。再次拥有一个家。”她皱了皱眉头，继续说道，“最后我们终于回到了真理城，却发现一切都不对劲。一切都和那些传说不同。爸爸从不在我们身边，就算他在的时候，也像一个陌生人似的。我们就像住在他家里的陌生人。妈妈对此难以接受。”

“她死的那晚，”凯特继续说道，“她将我拉出被窝。她的嘴一片血红，她一直在哭。”

快起来，凯特。我们得走了。

我们去哪儿?

回家。

“她不停地往后看。但没有人阻拦我们。我们偷偷穿过顶层寓所的时候没有，她把车开走的时候没有，我们驾车从这座城市飞驰而过的时候也没有。”

他会发火的，妈妈。

别担心，凯特。一切都会没事的。坐好了。闭上你的眼睛。告诉我你在哪儿。

这是她最爱的游戏。你可以通过这种方式，从你所在之地前往你想去的任何地方。

来吧，凯特。闭上你的眼睛。

她紧紧地闭上了眼睛，但还没来得及想出一个地方，便听见了利爪抓在金属上的嘎吱声，看到了突然亮起的车头灯。车子的重心猛然一转，随即便撞车了。接着是一阵震耳欲聋的金属撞击声、轮胎的摩擦声、玻璃的破碎声，然后是……一片寂静。她母亲的头靠在方向盘上，她的脑袋后方有一片碎裂的玻璃，玻璃中映出了一双闪着幽幽红光的眼睛。

凯特倒抽一口凉气，试图坐起来。

“对不起，”奥古斯特说道，一只手搭在她没受伤的肩膀上，“结束了。我缝完了。”

不，不，刚才发生了什么……凯特在记忆中拼命搜寻，可那些记忆已经变得支离破碎。就像忽然睡醒似的，你还没来得及理清头绪，梦境便四分五裂。她刚才看到了某个东西，某个……但她想不起来了。梦境的碎片再次碎裂。她失聪的那只耳朵开始嗡嗡作响。

“我刚才在说什么？”她问道，努力想要摆脱那股奇怪的恐慌感。

奥古斯特尴尬地低下头去：“对不起。”

她转过头来：“为什么说对不起？”

“我控制不住，”他说道，“相信我，要是我能的话……”

“你在说什么呀？”

奥古斯特用手捋了捋他的黑发：“人们在我身边，在我们身边时，就会出现这种情况。人们会敞开心扉，吐露真言，无论他们是否有所察觉。”

凯特的脸色变得惨白：“我说了什么？”

他犹豫了一下：“大部分我都尽量没去听。”

“真体贴呀，”她怒吼道，“你应该事先告诉我的。”

他的一只黑色眉毛向上抽动了一下：“这样才公平。我可是对任何人都无法撒谎。”

他把注意力转回到她的腹部上。“会留下一些伤痕。”说着，奥古斯特在她缝合的伤口上贴了一块创口贴。

“又不是头一次。”凯特说道，低头看着贴在腹部的一块块白色的创口贴，“你父亲看见一定会感到骄傲的。”

奥古斯特的脸微微一皱。

“一个外科医生怎么会变成南城的统治者呢？”

“他的家人全死了。”

一阵尴尬的沉默后，奥古斯特说道：“你父亲呢？收到他的回复了吗？”

凯特看向手机。上面收到了几条短信，收信者都是一个名叫苔丝的人，可能是在餐馆的卫生间里被她偷走手机的那个女孩。她当时没停下来问她的名字。

“还没有。”说着，凯特删掉了那些短信。

他们都明白这是个坏兆头。哈克应该已经看到那条短信了，应该知道是她发的短信。这时也应该给她打电话了。奥古斯特去药店时，她又发过来一条短信。现在她要再发一条。

她试着深吸一口气，随即痛苦地皱起了脸；她一直在等待痛楚逐渐消失，等待肾上腺素缓解她的疼痛，等待休克让她失去痛觉。到目前为止，她未能如愿。

这时她的腹部痛了起来，是另一种痛，肚子饿了的那种痛：“你在药店有没有买些吃的？”

奥古斯特眉头一皱。他显然没想过这个。这是当然了。他又不吃食物。他只吃灵魂。也许是因为疼痛，也许是因为失血过多，也许是因为精疲力竭，凯特不禁笑了起来。痛死了，天哪，痛死了，但她确实忍不住了。

“有什么好笑的？”奥古斯特问道，同时站起来。

“苏籁最喜欢什么料理？”

“什么？”

“灵魂料理[1]。”

奥古斯特只是盯着她。

“听懂了吗？因为——”

[1] 美国（尤指南方）黑人常吃的食物，如猪小肠、玉米面包、猪脚爪、煎鲇鱼、山药等。

“我听懂了。”他冷冷地说道。

“噢，拜托，那么好笑的。”他摇了摇头，转身欲走，她看见他的嘴角微微上扬。

“你多久……嗯……进食一次？”她问道。他的笑容忽然又消失了。

“当我需要的时候。”他的语气表明他不想谈这个。他咔嗒咔嗒地抓了抓衣兜里的零钱。“我去看看有没有自动售货机。”

他刚一走，手机就响了。

奥古斯特站在凹室内，目不转睛地注视着自动售货机。

他的视野逐渐模糊，然后又变清晰。这次他看到的不是货架上的加工食品包装袋，而是自己在玻璃上的映像。

你不是恶魔。

他用手拨了拨头发，想把脸上湿漉漉的鬈发拨开。

他不是你父亲，奥古斯特。他是人类。

被雨水淋湿的衬衫紧贴在他瘦削的身躯上，袖子缩到了肘部，露出了他左臂上的黑色条痕。

四百二十二条。

他将前额靠在自动售货机的玻璃门上，闭上双眼，一股倦意顿时向他袭来。他好想回家，好想抱着阿莱格罗，坐在伊尔莎房间的地板上看星星。他们在做什么呢？他在做什么呢？或许他们早该去南城。或许他们现在去还来得及。

“它把你的钱吃了吗？”一个老人问道。

奥古斯特直起身来。“没有，”他疲惫地说道，“只是在想选哪个。”

他把硬币投进硬币槽，随便按了个数字，然后从底部的取物口取出食物。就在转身准备回房间的时候，他看到了。

一部公用电话。

电话安装在墙上，是那种老式的投币电话。

他低头看着手里最后几枚硬币。

他不知道够不够。

奥古斯特拿起听筒，听着空洞的提示音，就像耳边响起了白噪声一样。

他想打给亨利，想知道他正在妥善地处理一切。可万一是利奥接的电话怎么办？或者更糟糕，万一亨利让他抛弃凯特，任她被哈克的恶魔抓住怎么办？不，他不能那么做。她是无辜的。他是苏籁。他应该让这个世界变得更好，而不是更糟糕，而且见死不救不就等于将其杀害吗？亨利会理解的，而利奥……

奥古斯特将听筒放了回去。

“凯瑟琳，是你吗？”哈克焦急的语气让她颇感意外。他失去了平时的镇定，他的语气听上去很担心。

“爸爸。”她只说出了这两个字。

“谢天谢地。”一个清晰可闻的呼气声，就像一阵破浪声。“你没事吧？”

她抓住戴在脖子上的银质挂坠，用颤抖的声音说道：“没事。”

“出什么事了？你在哪儿？”他竟然提高了嗓音。她父亲从来没有提高过嗓音。

“昨天我被袭击了，”她说的同时，努力保持冷静，集中注意力，“在科尔顿中学。”

“我知道。听说此事后，我一直在联系你。死了四个学生和一个老师，我的两个曼蛋也死了。看上去像是弗林手下的某个——”

“不，”凯特插嘴道，“他们早就不是你的曼蛋了，他们挖掉了自己的烙印。也不是苏籁干的。这是个圈套。”

一阵沉默。“你确定吗？”他说道。

“他们是冲我来的，”她说道，“爸爸，他们带着喷灯，想用火烧我的眼睛。”

“可你逃脱了。”他说道。他的声音里有种惊讶的语气，或者说有种勉强的敬意。“你现在是一个人吗？”

凯特迟疑了一下，瞥了眼奥古斯特放在椅子旁的小提琴琴盒：“是的。”

“你在哪儿？我派辆车来接你。”

凯特转了转脑袋：“不用了。”

“凯瑟琳，不管你现在在哪儿，都不安全。”

“你那儿也不安全。”

一声呼气。一阵沉默。她仿佛听见了他没有说出口的话。我就不该把你接回来。我就应该让你留在外面。

她咽了咽口水：“斯隆在哪儿？”

“他出去了。怎么了？”哈克反问道。

“某人想置我于死地，爸爸。某人想破坏停战协议，而且那个某人有足够的实力，让其他曼蛋臣服于他。从逻辑上来说——”

“斯隆一直忠心耿耿。”

“如果你那么肯定，那就当面去问他。”她冷冷地说道。

又是一阵沉默。再度开口时，哈克的语气变得谨慎起来：“你说得对，我这里也不安全。你得离开这座城市，直到此事完全解决……你还记得那个坐标吗？”

凯特的身子顿时僵住了：“记得。”

“我掌握了新情况后再打给你。”

她握紧了手机：“好的。”

“我保证，凯瑟琳，我一定会解决好这件事——”

“我把他们杀了，”她在他挂断电话之前说道，“在科尔顿中学袭击我的那些曼蚤。我用铁锥插进了他们的心脏。等你揪出幕后主使的恶魔，我也要亲手杀了他。”即使是斯隆，尤其是斯隆。

他只回答了一个字：“好。”

说完，他便挂了电话。这是五年来凯特和她父亲交谈最久的一次。

凯特听着电话里的寂静，直到奥古斯特回来才挂断。

奥古斯特站在旅馆的窗户前，看着太阳从地平线上升起。雨已经停了，一大片乌云碎成了上百块碎片，蔚蓝的天空显露出来。凯特已经抽完了最后一支烟，而他拒绝为她再买一包。于是她躺在床上，眼神空洞地看着前方，用手把弄着她的银质挂坠。

她说她必须离开这座城市。她没说她要去哪儿，而是径自下了床，随即跌倒在地，倒地时差点儿撕开缝合的伤口。她不仅失血过多，而且吃了止痛药，睡眠也不足，以她现在的身体状况，哪儿都去不了。

等一晚上，他告诉她。他们已经付了房钱。她可以早上再走。

仿佛奥古斯特要离她而去似的。这正是利奥要求他做的。要是他真的给家里打电话，亨利可能也会要求他这么做。

“你应该走。”凯特说道，仿佛看穿了他的心思。照他那种运气来看，这可能是唯一写在他脸上的东西。

“对，”说着，奥古斯特坐到了一张椅子上，“或许我应该走。”

“我是说真的，”她说道，声音在微微颤抖，“趁天还亮着赶快走。”

“我不会扔下你的。”他说道。

“要是我不希望你留下呢？”她问道。这和要他走不是一回事。

“很遗憾，”奥古斯特说道，“我留下来并不是为了你。这件事的幕后主使想陷害我的家人，不管他们是谁。如果停战协议破裂，你知道会有什么后果吗？如果这座城市再次陷入领地之战，你知道会有什么后果吗？“

“会有人丧命。”她用空洞的声音说道。

“会有人丧命。”他重复道。他想到了伊尔莎，在房间里被星星包围的伊尔莎，在“废土”上被幽灵包围的伊尔莎。

“已经有人丧命了。”凯特喃喃地说道。但她没有再要求他离开，而是往后靠在垫子上，继续把弄起她的银质挂坠来。

奥古斯特在瑟瑟发抖。由于淋了雨，他的衣服仍是湿的。他转过身去，从头上脱下他的衬衫（他感觉凯特从背后盯着自己），露出已经覆盖了他的前臂、如今正像根茎一样爬上他的前胸和后背的黑色条痕。

他拉上窗帘，挡住阳光。由于太过疲惫，他感到有些头晕目眩。房间里只有一张床，于是他坐在了窗户下，背靠已经褪色的墙纸。

凯特什么也没说，只是朝床下扔来一个枕头。奥古斯特在脏兮兮的地毯上躺了下来，将枕头枕在脑后。

太安静了。

这家汽车旅馆里能听见各种低沉的声音：滴水声、远处的谈话声、电器发出的嗡嗡电流声，还有稍远一点的引擎轰鸣声和人的脚步声。奥古斯特想念他的音乐播放器，想念住在大本营里才能听见的许多熟悉的声音。那些声音都能盖过此时正涌入他脑海的枪声。

就在此时，出现了令人欣慰的音乐声。

他抬头一看，发现凯特正在摆弄床边的一台收音机。

“……讨厌安静。”她含糊地说道，同时换了个频道，将古典乐换成了节奏强劲的音乐。她在昏暗的光线中发现了他的目光，朝他疲惫地笑了笑，然后小心翼翼地躺到了床上。几分钟后，她的呼吸平稳下来。他知道她睡着了。

奥古斯特昏昏欲睡，任由自己沉浸在音乐声中。他略过歌词，专听乐器的伴奏，将各种乐器声一点一点地拆开来听。他不记得自己何时有这么累过。天花板变得模糊起来，他浑身一阵颤抖，就像感冒了似的。

就在奥古斯特迷迷糊糊，逐渐睡去的时候，他感觉到一股饿意。

7

奥古斯特从噩梦中惊醒时，感觉空气十分凉爽，闻到了薄荷的香味。

他的皮肤阵阵疼痛，骨头嗡嗡低鸣。有个身影站在他的上方，蓬松的头发遮住了窗外最后一抹阳光。他的梦无比混乱，梦里充斥着尖牙和影子。有那么片刻，他以为自己仍在睡梦之中，但随即便感觉到了压在身下的廉价地毯。上方的身影俯下身来，他眼前出现了一双蓝色的眼睛、一头金褐色的鬈发，以及覆满星星的皮肤。

“伊尔莎？”他问道，喉咙有些发干。可是伊尔莎不可能在这儿。他姐姐绝不会离开大本营。他眨了眨眼，试图驱除眼前的幻象，她却变得更加真实了。

“嘘，弟弟。”她用手指按住奥古斯特的嘴，把脸转向床那边。“有人在睡觉。”

凯特背对他们，侧身蜷缩着。她身上的毯子已经滑落，露出了环绕在她腰间的创口贴。他猛然一惊。他在哪儿？发生了什么？科尔顿中学。曼蚕。隧道。饥饿。奥古斯特坐起来，一阵天旋地转：“你不能在这儿。”

“不能，不该，过去不会，将来不会，”她轻声说道，“没人看见我离开。没人会去找一个永远都在那儿的人。他们都在找你。”

“你是怎么找到我们的？”

“你嘀，我嗒。”伊尔莎说道。她的声音如此轻柔，只有他的耳朵能听见。“无论你在哪儿，我都能听见你的声音。”窗外吹来一阵清风，暮光从敞开的窗户涌入室内。他睡了整整一下午。脉搏在他的脑袋里怦怦直响，他痛苦地皱了皱脸。伊尔莎把冰凉的手掌按在他的脸颊上：“你的脸好烫。”

奥古斯特轻轻拨开她的手。“我没事。”他说道。目前来说，这仍然是事实。“有人和你一起来的？”

她摇了摇头。她的眼睛睁得大大的，皮肤下的骨头清晰可见，从窗外涌入的暮光在她四周蒙上了一圈淡淡的光晕。大本营外的她看上去很奇怪，就像她把一部分自己留在了大本营似的。

我们的姐姐有两种面目。她们从不同时出现。

“伊尔莎，”奥古斯特低声说道，“你不能在这儿。”

“亨利很担心。利奥很生气。艾米莉希望我来找你。她没说出口，但我能听见她的心声。”

“你得回家去。要是哈克的手下发现了你，要是他们抓住了你——”

“我告诉过你，一切都在分崩离析。”伊尔莎在他身旁躺了下来，然后蜷起身子，脸颊挨着地毯，用手扯着上面的纤维丝。“我能感觉到，”她喃喃地说道，“我很高兴我的体内没有出现裂痕，但那就意味着外面这个世界出现了裂痕。我很抱歉，我很抱歉让这个世界出现了裂痕。”

他侧过身去面向她：“嘘，伊尔莎。这不是你的错。”

“我给利奥讲过裂痕的事，他说一切都会分崩离析。可我不希望事情发展到那一步。我希望我们能回到过去，而不是走向未来。”

“我希望我们能保持不变。”奥古斯特低声说道。

她对他露出一丝苦笑。“没人能保持不变，弟弟。”她朝凯特点了点头。“即便是他们也不能。”她握住他的手，就像她在大本营里吸取那个叛徒的灵魂之前那样。“跟我回家吧。”

“我不能回家，伊尔莎。现在还不能。”他朝床上看去。

“你在担心她吗？”她问这个问题纯粹是出于好奇。

“我在担心我们，担心我们的城市。有人想杀她，然后以此陷害我们，破坏停战协议。”伊尔莎的脸上浮现出一片阴影。

我不想再次燃烧。

“她是无辜的，”奥古斯特继续说道，“我只是不想让她受到伤害。”

伊尔莎的面容恢复了平静。“好吧，”她说道，“那我来帮你。”

奥古斯特摇了摇头：“不必了。回家去吧，伊尔莎。”

你必须安然无恙，他心想，失去你代价太高。我不能让你冒险。

她的眉头微微一蹙：“可必须有人阻止那些阴影。”

奥古斯特心中一凛：“什么阴影？”

“长有利齿的那些。”

他顿时警觉起来：“曼蚕？”

伊尔莎点了点头：“他们来了。他们正在赶来的路上。”

“你是怎么知道的？”

“我能感觉到他们制造的裂痕——”

他抓住她的肩膀：“你到底是怎么知道的？”

“——楼下那人，他告诉我的。”她继续道，就像没听见奥古斯特说话似的，“他全说了，弟弟。他没忍住。他支支吾吾，吞吞吐吐，后来还是崩溃了，和所有事物一样……”

奥古斯特松开双手，抓了抓自己的头发。“凯特，”他叫道，“凯特，快醒醒。”

她咕哝了一声，但身子没动。

伊尔莎站起来，走到床边。“不，伊尔莎，等等。”太晚了。她已经伸出手，抓住了凯特的肩膀。她一定用力捏了一下，因为凯特忽然倒抽了一口气，然后猛地向前扑去，手里的打火机变成了那把锋利的匕首，银色刀刃抵在了伊尔莎的喉咙上。他姐姐低头看着那女孩，一动不动。

“你受伤了。”伊尔莎简单地说道。

“你是谁？”凯特厉声问道。

“我们得走了。”奥古斯特一边说，一边穿上他的衬衫。凯特仍然紧盯着伊尔莎，就像被她迷住了似的。这很正常；伊尔莎确实很迷人。“这是我姐姐伊尔莎。伊尔莎，这是凯特。”

凯特的目光落在了伊尔莎手臂的星星上：“你是第三个。”

伊尔莎把头一歪。“不，”她柔声说道，“我是第一个。”

凯特放下匕首，空着的那只手捂着她受伤的腹部。奥古斯特看见她的脸上浮现出痛苦的表情。“出什么事了？”她问道。

“曼蚕马上就要来了。”

凯特立刻跳下床，随即摇摇欲倒，伊尔莎一把将她抓住。凯特低头看着苏籁的手指和她的皮肤相接之处。

“帮我听一下，伊尔莎，”奥古斯特穿上鞋子，背上小提琴。

他姐姐将耳朵贴在墙上。“他们是否——”

“他们到了。”

奥古斯特的脸瞬间变得苍白。他听见了远处的脚步声，听见了湿答答的谈话声，闻到了腐臭味。她说得没错。凯特骂骂咧咧地穿好衬衫，朝门口走去。奥古斯特迈出一步后，发现他姐姐没跟着，又转身走了回来：“快走吧。”

“去吧，弟弟，”她说道，仍然把耳朵贴在墙上，“我会一直待在这儿，直到你们离开。”

“这里不安全。”说着，他伸出手。

伊尔莎却抬起手来，摸着他的脸颊。“安全，”她带着空洞的笑容说道，“一个多么美好的词语。”

“快走吧。”凯特在门边催促道。

“可是——”

“别担心，奥古斯特。我不怕黑暗。”

我们的姐姐有两种面目。

奥古斯特用手捧住他亲爱的伊尔莎的脸：“一定要小心。”

她们从不同时出现。

“去吧，”伊尔莎说道，“裂痕快出现了。”

8

他们来到走廊时，凯特拿出了一根铁锥。

藏在打火机里的那把匕首用来威胁学校里那些女孩绰绰有余，但是其长度太短，无法穿过曼蚤的肋骨插入其心脏。在科尔顿中学遇袭后，她一直没有机会清洗铁锥，铁锥上仍然覆盖着一层黑色的血渍。

奥古斯特走在她身畔，伸着一只手，似乎以为她会跌倒，似乎随时准备扶住她。走廊里有部电梯，两头各有一条楼梯。他们有三分之一的可能性选错路，但她不愿在一个箱子里坐以待毙。她朝最近的楼梯冲去，腹部随即感到一阵剧痛。

奥古斯特不停地回头看向那个房间，看向另一个苏籁，看向那个眼神忧郁、皮肤上满是星星的苏籁。

“她会没事的。”他们冲进楼梯间时，凯特说道。她这句话听上去十分空洞。那个女孩并非普通的女孩，她是一个恶魔。她制造了“废土”，在这个世界撕开了一个大洞。区区几个曼蚤，她当然应付得了。

他们刚一来到二楼，楼下有扇门便被砰然撞开，空气骤然变冷。

奥古斯特一定也察觉到了气温的变化，因为他立刻抓住了她的手。他们冲出楼梯间，进入二楼走廊，朝另一头的楼梯狂奔而去。

下，下，他们的脚步声回荡在楼梯间里。他们经过一楼，继续往楼下跑去。楼上有扇门被砰然打开。他们刚刚抵达负一层，有个身影便像石头一样从楼梯上跳了下来，然后以一个优雅的蹲伏姿势落在了他们面前。

这一摔一定让那曼蚕伤得不轻，但她依然轻盈地站了起来，脑袋上那对红色的眼睛如同两条深深的切口。她的脸颊上有一道深长的伤口，曾经烙在上面的字母H变得模糊不清。

“愚蠢的小哈克，”她露出一个龇牙咧嘴的笑容，“该死的时候不死。”那曼蚕的视线扫向奥古斯特，随即发出一声湿答答的嘶鸣。“苏籁。”

奥古斯特正要挡在凯特身前，有个人咚咚咚地从楼梯上冲了下来。来者是一个肌肉虬结的人类，粗大的手里握着一根铁棍。和那曼蚕一样，此人脸上也烙有她父亲的标志；和那曼蚕一样，那个标志也被挖掉了。他的脸上有数道血红的鞭痕。

凯特不禁感到一阵眩晕。人类？反对哈克的曼蚕越来越多。还有人类。可这说不通啊；奥利维尔的观点已经——

那人铁棍一挥，猛然向她袭来。奥古斯特一把将凯特拉开，抬起手臂，刚好挡住了这一击。铁棍打中他的小臂后，放出一阵电弧，他的皮肤上顿时响起一阵噼里啪啦的爆裂声。奥古斯特倒抽了一口气，但是并没有退缩。

凯特感觉背后传来一丝动静，于是转过身去，用铁锥扫向那曼蚕，却被她俯身一避躲了过去。她的动作快得惊人，流畅得不可思议。凯特身旁的奥古斯特一拳打在了那人脸上。他的头被打得歪向一旁，但并未摔倒。他再次挥棍打来，这一次奥古斯特抓住了短棍，电流立刻涌遍他的全身，楼梯间里充满了静电的噼啪声。有那么一瞬，他的灰色眼睛里燃起了蓝色的电光。接着，他一把将铁棍从那人手中扯了过来。

凯特上前一步，抢至那曼蚕跟前，试图攻其不备。但那恶魔立马用瘦骨嶙峋的手抓住了她的下巴，然后用力一推，将她推到了后方的墙上。这一下撞得凯特眼中直冒金星。那曼蚕打着哈欠，露出一个笑容。

凯特也露出了笑容，随即将铁锥插进了她强健的小臂。那恶魔嘶吼一声，再次把凯特撞了回去。但这次凯特没有撞在墙上，而是撞在了一扇门上，然后重重地跌进了地下车库。受伤的肩膀和腹部传来一阵剧痛，她感觉鲜血再次涌了出来，浸透了创口贴。那曼蚕来到她的面前，抽出铁锥扔到一旁。

门再次被撞开，奥古斯特和那人厮打着进入了车库。铁棍忽然被甩飞了，而凯特正要起身，却被那曼蚕狠狠地踢了一脚，再次跌倒在地。缝合的伤口骤然撕裂，她强忍住尖叫的冲动，眼前一片模糊。她还没来得及爬起来，那个身材纤瘦而结实的恶魔已经站在了她的面前。

凯特竭力将手伸到背后。

“噢，亲爱的，”那曼蚕说道，死死地将凯特摁在冰冷的地上。她那锋利的牙齿在灯光下寒光灿灿，“你好像把你的玩具弄丢了。”

凯特抓住了藏在背后的另一根铁锥。“所以我才准备了两个。”说着，她把铁锥往上一挺，插进了那曼蚕的胸口。

那恶魔倒抽一口凉气，凯特则使了把劲，将铁锥插入了她的心脏。

那曼蚤瘫倒在她身上，而凯特只感觉到了一堆骨头。她推开曼蚤的尸体，捡起两根铁锥，摇摇晃晃地站起来，刚好看见奥古斯特手持铁棍，从下往上插进了那人的下巴。伴着一阵噼啪的电流声和蓝色的电光，那人如空心煤渣砖一般，轰然倒向地面。

奥古斯特不住地颤抖，双眼大睁，眼睛里闪着奇怪的光芒，但他立刻便恢复了行动。他冲进楼梯间，片刻之后又跑了出来，手里紧紧抓着他的琴盒。凯特没有浪费时间。她转过身去，在一排排汽车之间若有所思地穿行。

“你在找什么？”奥古斯特问道。远处有辆车的警报器突然叫了起来，他立刻瑟缩了一下，仿佛那声音震耳欲聋似的。

“找辆车。”她回答道。有的车太新，有的车又太旧。最后，她在一辆黑色轿车前停住了脚步。这辆车虽然很漂亮，但不是那种配备了强大的安全配置和无钥匙进入系统的车型。

“帮我把那个打碎。”说着，凯特朝驾驶室的车门点了点头。

“车窗？”奥古斯特问道。她看了他一眼，意思是说当然是车窗呀。他也看了她一眼，仿佛在说我没怎么犯过这种小罪，然后就用手肘敲碎了车窗。这一下动静虽然不大，但整个车库都回荡着这个声音。凯特把手伸进车里，打开了车门。她扫开座椅上的玻璃碴儿，尽量小心地坐进去，然后用藏在打火机里的那把匕首撬开方向盘下方的盖板。她割断电线，开始剥上面的胶皮，奥古斯特则绕到另一头，坐到了副驾驶的位子上。

“这些都是寄宿学校教的吗？”他一面问，一面回头观察后方的车库。

“噢，没错，”她将两根电线连在了一起，什么也没有发生。

“这个、破门而入、杀恶魔，这些都是常规课程。”她剥开另外两根电线，又试了一次。电线闪起一片火花，轿车引擎轰然启动。

“厉害。”奥古斯特冷冷地说道。

她将双手放到方向盘上，随即痛得皱起了脸：“请问你会开车吗？”

奥古斯特摇了摇头：“不会。但我可以摸索一下——”

“不必了，”说着，她挂上了前进档，“我们的死法已经够多了。”

她踩下油门，轿车以惊人的动力冲了出去，同时发出一阵尖啸，奥古斯特随之痛苦地呻吟了一声。声音没那么大吧，凯特在心里想道，也许苏籁的听觉很敏感。她握紧了手中的方向盘——她小时候一直很喜欢汽车，喜欢迎面扑来的新鲜空气，喜欢自由疾驰的感觉。但自从那次事故之后，她就没那么喜欢了。不过开车是项很有用的技能，与物理知识和格斗一样有用。她驾车绕过地下车库的拐角，然后猛地踩住了刹车。出口处有一道大门，岗亭里有一个人。

她伸手去扯安全带，随即想起了缝合的伤口，于是决定不系了。

“抓稳了。”她一脚踩下了油门。

轿车向前疾驰而去。奥古斯特紧紧地抓住车门：“凯特，我觉得这不是个——”

他话还没说完，轿车的前保险杠便撞上了车库的大门，发出一声令人满意的巨响。保险杠瞬间凹陷进去，大门则被轿车撞开。他们冲出车库，来到了黑灯瞎火的大街上。

轿车一个急转弯便调准了方向。凯特微笑着踩下油门，后方那个车库门卫的喊叫声被淹没了。

奥古斯特扭过身，朝后方那堆残骸和汽车旅馆看去。她很想知道他是不是在担心伊尔莎。她不停地变换车道，一直行驶在信号灯由红变绿的那条车道上，好让他们始终保持移动："有人追来吗？"

奥古斯特靠回到座位上，沙哑地叹了口气。"还没有。"他闭着眼睛，肌肉紧绷，抓在门把手上的手指有些发白，就像生病了似的。

"你还好吧？"

"我没事。"她不信他没事，但他的语气非常干脆，就像在说别管他一样。比起他的精神状态，她现在还有更重要的事要操心。于是她驾车一路向东驶去，看着后视镜里的真理城逐渐变小，变成一堆钢铁，变成一个小点，最后完全消失。

9

“讲点什么吧。”凯特说道。

她体内的疼痛感终于有所缓解，并向周身扩散开。但这样更糟糕了，因为她很想蜷作一团，很想与世隔绝，而开车的时候可不能这样。坐在她身旁的奥古斯特默默地看着窗外漆黑的世界。他们从黄环进入了绿环，最后从绿环进入了“荒野”。就算注意到了其中的变化，他也没有作声。

各区域之间其实并没有严格的界线，路上也没有明亮的指示牌宣告你正在离开真理城。不需要有。当修剪整齐的草坪变成一片野草，当路灯和漂亮的房屋变成一片荒野的时候，你自然就知道了。

强紫光勾勒出道路的轮廓——光芒并非来自上方，而是来自安装在人行道下方的强紫灯——使道路之外的夜色看上去坚实而严密。他们目前位于“东部运输线”，是首府直达真理自治领边境的四条补给线之一。凯特试着想象它们从天空中看上去的样子：四条光带如指南针的箭头一般，从真理城伸向四方。从天上看，“荒野”一定像个巨大的黑环，一道长达两百英里、将首府和周围的属城隔开的缓冲区。那些属城只不过是小光点。而相比之下，真理城就如一盏明灯。

显而易见，在“现象”之前，在出人真理自治领不受限制的那些日子里，这四条运输线一定车来车往，十分繁忙。后来城里人试图撤离真理城，却被已经定居城外的人赶了回来。近年来，除了往返于首府和属城的半挂货车，“荒野”之内的道路上基本看不到什么车辆。

这是个危险的工作。“荒野”看上去空空如也，实则不然。到这儿来的曼蚕不多，但科煞喜欢在黑暗中捕猎，喜欢在黑暗中猎杀一切它们能猎杀的活物，无论一头牛还是一个五口之家。在这荒郊野外出没的恶魔不为任何人效命，而敢于到“荒野”来的人类也同样危险。这些人大部分都是活命主义者，都是拾荒者。他们不仅会入室抢劫，还会打劫路上的货车。这些人买不起哈克的保护，也不愿为弗林及其弗特队效力，或者死在他的道德高地之下。他们不愿和真理城有任何瓜葛。他们只想活命。

不过这片死亡地带并非无边无际。凯特这辈子大部分时间都生活在“荒野”之外。她知道彼处有个地方，没有锋利的铁丝网，只有广阔的草地；没有刺眼的汽车远光灯，只有繁星点点的夜空；小女孩可以和她妈妈住在一所房子里，无忧无虑地成长，什么也不用害怕，即使是黑暗。

“讲点什么吧。”她又说了一遍。

奥古斯特一直默不作声地坐在那儿，目不转睛地看着窗外的夜色，手指在大腿上敲着某种断断续续的短促节奏。他转过头来看着她。他双眼通红，脸上有种奇怪的空洞表情：“讲什么？”

“我不知道，”凯特说道，“讲个故事？”

奥古斯特眉头一皱：“我不喜欢故事。”

凯特也皱起了眉头：“真奇怪。”

“奇怪吗？”奥古斯特问道。

凯特用指甲敲打着方向盘，上面的油漆随之剥落：“对。我是说，大部分人都喜欢逃避，逃避思考，逃离现实。而听故事是最容易的办法。”

奥古斯特的目光逃向车窗。“也许是吧。”他说道。他的话那么少，凯特却有很多话想说，这令她十分恼火。她打开收音机，收到的信号全是静电噪声，于是又“啪”的一声将其关掉。安静的气氛不断地吞噬着她，让本就焦虑不安的她愈发烦躁。

“说点什么吧，”凯特低声道，“求你了。”

奥古斯特绷紧了下巴，紧紧地抓着自己的裤子。但他还是清了清喉咙，说道：“我不明白人们为何总是想逃避。”

“真不明白？”凯特说道，“看看你周围吧。”

从奥古斯特那侧车窗望去，空荡荡的荒野中出现了——一座小镇，如果那也算是小镇的话。那更像是一堆杂乱无章、摇摇欲坠的建筑，一群像战士一样背靠着背、面朝黑夜的建筑。整块地方看上去就像一条饥肠辘辘的野狗。一盏盏荧光灯向黑暗中射出无数道耀眼的光束。

“对我来说恐怕有所不同，”他严肃地说道，“上一刻我还并不存在，下一刻却突然来到了这个世界上。我天天都在担心，担心自己会再次消失。每当我沉沦之后，每当我黑化之后，我就越不容易回到过去。我能做的只有待在原地，坚持做自己。”

“哇哦，奥古斯特，”她柔声说道，“你真会破坏气氛。”

她的话引得他疲惫地笑了一声。可他的笑声刚一离口，就已经烟消云散。他将脸转了过去。凯特舒展了一下握着方向盘的手指，眼睛始终盯着前方。她每呼吸一次，腹部就会传来一阵疼痛。她身旁的奥古斯特默不作声，缩着身子，注视着窗外的黑夜。

“她怎么了？”凯特问道，试图转移一下他俩的注意力。

“谁？”

“伊尔莎，”她说道，“她似乎有些……神志不清。”

奥古斯特用指尖搓揉着手腕上的条痕。“她一直都神志不清，”他说道，“我一直以为……以为她本来就那样。支离破碎。直到最近我才明白。”

“明白什么？”

“她是谁，”他说道，“她是什么。有因就有果。”

“你是说这和‘催化剂’有关？”

奥古斯特点了点头。“苏籁是各种悲剧的产物，”他说道，“是天理不容的恐怖行径催生的产物。利奥源自‘催化剂’头几周内发生的一次宗教大屠杀。那群信徒认为世界末日已经来临，于是纷纷从楼顶跳了下去。只不过他们不是单独跳，而是拖着家人一起跳，拖着他们的父母，拖着他们的孩子。”

凯特轻轻地吐了口气：“天哪。”

“这也难怪利奥那么自以为是。”他低声说道。

“伊尔莎则不同，”他继续道，“她的故事是艾米莉——亨利的妻子——告诉我的。伊尔莎源自北城一家大酒店的地下室发生的一起炸弹爆炸事件。”

奥尔斯威大厦，凯特心想，哈克城堡。那间地下室的墙壁上至今仍然能看见烧焦的痕迹。

“这起事件发生时，动荡才刚刚开始，”他说道，“动荡刚开始几天，而非几周。混乱而恐怖的几天。酒店里的人甚至都不知道出了什么事。有个恶魔闯进了酒店，设法逃脱的人全部躲进了地下室。他们挤在地下室里，只想保住性命。他们堵住了地下室的入口。有个人却认为，就算他们要死，也绝不能死在恶魔手里。于是那人引爆了带进地下室的一枚自制炸弹。”奥古斯特摇了摇头，“难怪我姐姐总是给人一种支离破碎的感觉。”

“那你呢？”凯特问道，“你哥哥自以为是，你姐姐支离破碎。你又是什么样的呢？”

奥古斯特开口回答时，声音小得几乎难以听见。“迷惘。”他意味深长地吐了口气，“我的出现，是因为有个小孩非常害怕他所在的这个世界，于是他用自己知道的唯一方式——一种残酷的方式——逃离了这个世界。”

一片死寂，静得令人无比痛苦。

奥古斯特把头斜靠在车窗上，窗玻璃随即开始起雾。一滴汗水从他脸颊上流下，于是凯特伸手打开了空调。就在这时，汽车发出了一个声音。

这不是汽车应该发出的声音。

奥古斯特坐起来。

引擎开始突突作响。

“什么声音？”他问道。

汽车骤然减速。

“噢，不。”她说道。

汽车随即停了下来。

10

仪表盘上有盏灯在不停地闪烁，车头的远光灯仍然亮着。

汽车的其他部件已经停止运作。

“该死。”凯特咕哝道。

“凯特，”奥古斯特咬着牙说道，“车怎么了？”

“没油了。”说着，她打开了车门。他下车走到她身旁，发现她正在后备箱里翻找东西。

夜晚的空气虽然凉爽，但还不足以让他退烧：“你就不能挑辆加满油的车？”

“对不起，我当时正忙着逃命。”奥古斯特的喉咙发出“哼”的一声。“没事的。”说着，她拿出一支高紫手电筒。

“这还没事？”他吼道。怒火在他胸中燃起，随着每一次呼吸变得越来越旺。

“我们可以搭个便车。”凯特心平气和地说道，好像保持冷静就有用一样。

奥古斯特猛然转身面向她：“你看到便车了吗？”

“你到底想怎样？”她回击道。

奥古斯特张嘴想说“没想怎样”，却说不出口。他想大喊大叫，又想对着某物拳打脚踢。这两股冲动激烈地争斗着，于是他转身走开，一步一步，努力地稳定自己的呼吸，平复自己的心情。他知道惊慌只会让病痛发展得更快。

他漫无目的地沿着路边的灯光往前走去。他并不是要去哪儿，只是想不停地移动。

以灵驭体。

他揪住自己的头发，朝黑暗中望去。他们正身处一片荒郊野外。真理城的灯火若隐若现，只在天边的云层上映现出一抹微光，云层周围的夜色则一片漆黑，犹如沥青。几英里前他们路过的地方应该是一座要塞，看上去似乎不欢迎外人。远方某个地方回荡着枪声，犹如天边传来的阵阵雷鸣。奥古斯特不知道那是真的枪声，还是他的幻觉。

饥饿拉扯着他的肌肉，在他的骨头里呜呜鸣叫，就像有什么东西试图从他体内爬出来似的。

在车库的时候，他本该吃掉那人的灵魂——如果有机会，他应该会吃掉——不过让他诧异的是，那人并没有杀过人。哈克有那么多手下，斯隆为何偏偏派来一个无罪之人？难道曼蚕知道苏籁只能以罪人为食吗？还是说他只是运气不好？

几口深呼吸后，奥古斯特控制住了饿意。他转身走回车旁，看见凯特倚靠在驾驶室的车门上，双臂交叉着小心地抱在身前，显然是在御寒。奥古斯特感觉不到寒冷，发烧的时候感觉不到。

“给。”奥古斯特放下琴盒，脱下了身上的夹克。

“你留着吧。”凯特说道，但他已经把夹克披在了她肩上。感受到暖意后，她的身子放松下来。

他的手在她没受伤的那只肩膀上停留了片刻。这种单纯而实在的触碰，让奥古斯特的心绪平静了一些。他正要走开，凯特却抓住了他的手指。她的眼睛黯淡无光，从她嘴巴张开的样子来看，他知道她想说点什么。当她开口时，却只是说："你的手好烫。"

奥古斯特咽了咽口水，尽可能轻地抽出了手。就在这时，有个东西从凯特头顶的天空中一闪而过。他抬头望去，不禁屏住了呼吸。这是个晴朗的夜晚，夜空中遍布着无数小光点。

凯特顺着他的目光望去。"怎么，"她拉长声调说道，"你以前没见过星星？"

"没有，"奥古斯特轻声说道，"没见过这种。"天空仿佛正在燃烧。他很想知道伊尔莎是否见过星星——不是她皮肤上的那些黑色图案，而是真正的星星。真正的星星如此奇怪，如此完美。这时，有颗星星拖着长长的光迹划过天空。

"我看过一本书，"凯特说道，"上面说人是由星尘组成的。"

他将目光拉回到眼前："真的吗？"

"或许你和我们一样，也是由星尘组成的。"

奥古斯特总算露出了笑容。

逗他一笑虽说不易，但还是值得的。

转瞬之间，那抹笑容又消失了，奥古斯特颤抖着靠在了轿车上。似乎有股颤意正袭遍他的全身，从他的四肢涌向他的内心。

她的手悬在他身旁，不知所措："怎么了？"

"我……我会没事的。"他说道。

"胡扯。"

奥古斯特立刻扯开他的衣领作为回应。她看见他的胸口上有一丝光芒，虽然不亮，却像烟头一样燃烧着。那光芒呈一条直线，余烬般的红色逐渐暗淡下去，变成了黑色。一道新的条痕，新的一天。

“现在有多少条了？”

他的身子仍在颤抖，当他抬起头来时，他的眼睛里却有一种令人毛骨悚然的胜利之喜。

“四百二十三条。”

就在这时，黑暗中射来一道光线，从真理城方向驶来一辆卡车。

凯特立即挥了挥手电筒，随后松了口气，因为那辆卡车逐渐减慢了速度，最后停在了紧急停车道上。这是一辆半挂货车，显然为穿越“荒野”进行过加固，车头和侧面都安装了铁格栅，车窗上有一层防弹涂层。车身有几道划痕，可能不是科煞留下的。恶魔的目标是人类，而人类的目标是物资。

凯特将她那块装饰华丽的银质挂坠塞进衬衫，然后站上卡车的踏脚板。与此同时，副驾驶的车窗缓缓降了下来。

“你们这些孩子在这里做啥呀？”卡车司机问道。司机是个中年男人，有一张饱经风霜的面孔，一看就是大半辈子都在焦虑中度日的那种人。

“车子坏了，”说着，凯特露出了她最灿烂的笑容，“我们能搭个便车吗？”

他朝她身后的奥古斯特看去。凯特推测，在那司机的眼中，他应该只是一个又高又瘦、背着琴盒的青少年：“你们要去哪儿？”

凯特朝与真理城相反的方向点了点头。她想到了最东边的那座属城的名字："路易斯维尔[1]。"

司机摇了摇头。"那儿都到'荒野'的另一头了，"他说道，"你们最好搭个车回首府去。"

"往回走不远处，我们看到过一个类似城镇的地方，"她用充满天真的语气说道，"你觉得我们该到那儿去吗？"

那人皱了皱脸。"要是你们晚上试图进入要塞，只会挨枪子儿。"他用手捋了捋他的短发，"该死。"他的脖子上没有挂坠。凯特咽了口唾沫，掏出她的挂坠。

这块银质挂坠的重量让人踏实而安心。她不想放弃它，但她也不能就这么待在路边。她举着挂坠，好让那司机看到："你瞧，我们不想惹麻烦。我们没带多少现金，不过要是你能载我们一程，我就把这个给你。"

司机睁大了眼睛。凯特知道他动心了。毕竟有了哈克的挂坠，就等于有了安全的保障，而安全是一种奢侈品，比卡车、房子、生命更珍贵——更昂贵。

司机接过了银色挂坠："上车。"

凯特坐到了前排，奥古斯特则坐在了一张看上去能当折叠床的长椅上。他十指交叉，深埋着头。凯特不是傻瓜。他的状态明显不对劲。但每次她一问他，他就会大发雷霆，好像是她让情况变得更糟糕了似的。他看上去就像在生病。恶魔也会生病吗？还是说他们只会感觉到饿？自从他上次进食后，过去多久了？

---

[1] 美国肯塔基州北部城市。

“听着，”那司机说道，“我不是搞走私的，明白吗？我只是个卡车司机。我最远只能开到那些属城，所以要是你们想穿越边境，那恕我无能为力。”

“没关系，”凯特说道，“我们没打算出境。”

“那你们大晚上的跑到这儿来干啥？”

真奇怪，凯特差点儿就道出了实情。真话像泡泡一样冒了起来，飘出了她的脑海，飘出了她的嘴巴，速度之快，她不得不咬住舌头来阻止它们。关于苏籁和真话，奥古斯特当时怎么说的来着？她瞪了他一眼，但他只是弓着背坐在那儿，手肘撑着膝盖，眼睛盯着地板。

“我们和朋友，”她说道，“在玩儿一个挑战游戏。”

“今晚有场演唱会，”坐在后座的奥古斯特补充道，“在绿环边缘举行的。”

“没错，”凯特插话道，“我们的朋友出二十美元，赌演唱会结束时我们开不到‘荒野’。要是能从‘荒野’外的属城带点东西回去，我们就能赢四十美元。真是蠢，”她补充道，“我没有检查油箱。”

那司机摇了摇头。“现在这些孩子呀，”他将车驶回道路，“你们就是时间太多，常识太少。”他的袖子是卷起来的，右小臂上有几道可怕的伤痕。科煞留下的痕迹。“我可以载你们到下一个卡车停靠站去。那里是这附近最安全的地方。在那之后，你们就得自己想法子回绿环去。”

凯特点了点头。“没问题。”说着，她朝奥古斯特看了一眼。但是她看不清他的脸庞。他的脸隐藏在阴影之中。

11

奥古斯特感觉卡车正在减速，于是抬起了头。

卡车驶离强紫灯带，驶入了一条稍窄的道路。路灯瞬间变暗，而随着一座建筑映入眼帘，路灯又再次变亮。

与其说这是一个卡车停靠站，倒不如说是一座要塞。建筑周围有一圈高高的金属护栏，顶部安装了铁丝网。一盏盏巨大的强紫灯朝黑暗中射出一大片光芒，形成了一条发光的护城河。灯光扫过柏油路，照亮了每一处阴影。建筑上挂着一块牌子——这座建筑看上去很像几栋楼堆叠而成——表明此地叫“地平线”。

司机将车停在护栏前，按了按喇叭，然后开始等待。护栏两头各站着一个人，手中都有武器。其中一人手持一支高紫手电筒和一把砍刀，另一人则端着一挺机枪。一个负责对付恶魔，奥古斯特意识到，另一个则负责对付擅闯此地的人类。

大门在咝咝声中缓缓打开，卡车随即隆隆地驶进了停车场。奥古斯特听见大门在一阵金属摩擦声中再度关闭。想到自己被关在了这里面，他的胸口不由得一紧。

“我们最远只能到这儿了，”说着，那司机停好了车，“这里很多家伙都可以载你们回去。你们有现金吗？”

“有一点。”凯特说道，但奥古斯特十分确定他们只剩了些零钱。那人咬住嘴唇，把凯特的挂坠递到她面前：“那就把这个给他们。”

凯特犹豫不决：“我们说好了的。”

“我本来就要往这个方向走，”那司机说道，“快，拿着。”

凯特接过挂坠，塞进自己的衣兜，并轻声道了声谢。车外比刚才更加凉快，清凉的空气让奥古斯特感觉神清气爽。他们周围整齐地停放着十几辆卡车，就像路边的一条条没有影子的黑色条痕。他渐渐合上了眼睛，他的思绪飘向四百二十三道条痕，飘向萦绕在荒野中的回声，飘向枪声、尖叫声和强烈的饿意。

他感觉有人在拉自己，于是睁开眼睛，发现凯特正拖着他朝一座缭绕着荧光色烟雾的休息站走去。

“快走吧，”她说道，“我要饿死了。”他很想笑，可笑声像玻璃一样卡在了他的喉咙里。

凌晨四点待在“地平线”准没错。这里就像一座自给自足的小型城市，有一家自助餐厅，有配备了淋浴器的卫生间，还有杂货店。到处都亮堂堂的，光线晃得凯特眼睛刺痛。

奥古斯特咕哝着要洗个脸，已经去了卫生间。凯特则在货架之间到处转悠，一边浏览商品，一边尽力假装自己的钱包里不只有五美元。她有很多张信用卡，但信用卡会被追踪，而她的大部分现金已经给了那家汽车旅馆。

她正在考虑偷拿一根格兰诺拉燕麦棒[1]时，发现了一块手表。那块手表挂在货架下层，旁边还有几张地图和其他一些旅行用品。那是一块普通的数显电子表，只不过除了时间和温度外，它还能显示坐标。她不知道要去的地方的地址，但她知道经纬度。

北纬 38°　29.45

西经 86°　32.56

凯特尽可能随意地从货架上取下手表，检查了一番，才将其悄悄塞进了她的外套衣兜里。不过那并非她的外套，而是奥古斯特的。她把手表塞进衣兜时，手指碰到了一个光滑的金属物体：那部偷来的手机。她抬眼一看，没有发现奥古斯特的踪影，而其他顾客有的正忙着往咖啡里撒糖，有的则目光呆滞地盯着安装在墙上的一排电视。

凯特从衣兜里掏出了手机。为了省电，手机是关着的。她按住按钮，直到手机开机，心里盼着会收到短信。什么也没有。

她朝四周环顾了一圈。或许他们不必再赶路了。或许他们可以留在这里，留在“地平线”。为了抵御恶魔，这里构筑了六道防线，曼蛋绝对无法进来。而且这地方足够大，他们不太会引起他人的注意。或许——

就在这时，凯特听见有人在念她的名字。不是奥古斯特或杂货店里的人在叫她，而是墙上的电视机传出的声音。

她抬头看去，发现屏幕上有一张照片。

她的照片。

[1] 以红糖、葡萄干、椰子或干果等为配料的食品，通常用作早餐或营养品。

奥古斯特紧紧地抓着水槽，他的视野一会儿清晰，一会儿模糊。

他感觉越来越糟糕。

他注视着镜子，镜中的他则回看着自己。他大睁着眼睛，双颊深陷。他感觉自己的骨头正在燃烧；他低头看向自己的双手，仿佛透过皮肤看见了骨头，不是曼蛋那种黑色的骨头，而是亮白滚烫的骨头。高烧正在耗尽他的怒气，同时也在带来其他某种东西。

他摸索着打开水龙头，将手放在冷水下方。他的皮肤接触到水后，随即升起一缕缕蒸汽。

他们离真理城如此之远，附近缺少人类，缺少恶魔，缺少能量。想到这些，他不禁感觉头晕目眩。

把食物打包带去，利奥曾这样说道。

奥古斯特低声呻吟了一声。

以灵驭体。

以灵驭体。

以灵驭体驭地上的一具具尸体驭一天一天烙进皮肤的条痕直到灵魂出现裂痕直到灵魂分崩离析直到灵魂渗入持续的枪声和痛苦的旋律，这个世界由一首首残酷的乐曲组成，产生与组成，如此循环往复，巨响变成低泣经久不息一切都不是真的除了奥古斯特或者一切都是真的除了他……

他猛抽一口凉气，头脑恢复了清醒——保持清醒变得越来越困难——放在水槽边的手紧紧攥成了拳头。他感觉自己的指甲戳进了手掌，即将刺破皮肤。

奥古斯特以前也曾这么干过。他不再进食，坚信自己的意志足够坚定，然后因为自己不够坚定而厌恶自己，因为自己被饥饿折磨、他的哥哥和姐姐却几乎没有这种困扰而感到愤慨。他孤注一掷，想要在彼岸发现某种东西，发现某种除了黑暗之外的东西。奥古斯特曾经抵达过意识的边缘，曾经越过意识的边缘。他记住了每一个步骤，每一个阶段，仿佛将其记住是成功克服、智取——志取——这种需求的重要条件似的。最先感觉到的是愤怒，然后是狂躁，然后是喜悦，然后是悲伤。他们应该为此写一首童谣，愤怒呀，狂躁呀，喜悦呀，悲伤呀，愤怒呀，狂躁呀，喜悦呀，悲伤呀，愤——

他的意识再次模糊起来。

你没事，你没事，你没事。

“你没事吧，孩子？”

他抬起头来，看见有个男人站在他身旁，左脸满是伤疤。

奥古斯特吞了吞口水。“我已经厌倦了抵抗。”他说道。

那人洗手的同时，若有同感地摇了摇头。

“我们不都是吗？”

电视屏幕上的标题这样写着：

凯瑟琳·哈克遭到绑架，弗林家族嫌疑重大

“亨利·弗林否认自己与这起绑架案有任何瓜葛，”新闻主播说道，“可是据可靠消息来源证实，弗林家族有一名成员与凯瑟琳·哈克就读于同一所学校，而就在她失踪之前，有人曾看见他俩待在一起。另外，”新闻主播眼睛一亮，眼中充满病态的兴奋之情，“还有证据表明，是一个苏籁袭击了这所尊贵的学校，有三名学生和一名教师在袭击中遇害，哈克唯一的孩子则下落不明。”

凯特感觉胃里一阵翻江倒海。有几个人站在电视周围，正抬头看着屏幕。其中一人嘴里低声嘟哝着污言秽语，另一人则说最好有赏金。“快把这破玩意儿关了。”第三个人抱怨道。

“没用，”收银台后的老妇人说道，“每个频道都在播。”

电视镜头忽然一切，她父亲出现在了画面中。他身着亮黑色的西装，站在一座讲台前，一脸毫不知情的样子，仿佛他手下那些凶残的恶魔不是凶手似的。“我一定会救回我的女儿，”哈克说道，“我也会让凶手——无论他们是谁——为他们对我的家族和首府犯下的罪行受到惩罚。在我们北城人看来，这是一种战争行为。”

新闻主播再次回到画面中：“要是你有关于凯瑟琳·哈克的任何消息，请拨打下方的电话……”

凯特用那部偷来的手机发了条短信。

打给我。情况紧急。

她离开那排电视，躲到了一排货架后。货架上摆放着某种难以辨认、不易变质的食物。一分钟过去了。两分钟。手机终于响起。

“凯瑟琳，”手机里传来她父亲的声音，只不过没有了上次那种惊慌，他已经恢复了平时的镇定，“你没事吧？”

“你为什么在电视上说那些话？”她厉声说道，“我告诉过你不是他们干的！”

他从容不迫地呼了口气：“我又不能确定。”

“我确定。”她生气地低声说道。

“这么说他确实和你在一起。”

这个问题让她一怔：“什么？”

“弗雷德里克·加拉格尔，又名奥古斯特·弗林，亨利手下的第三个苏籁。”她的胸口骤然一紧。她之前本来打算告诉他的，其实她依然在考虑告诉他。不，其实她依然在考虑把那恶魔亲手交给她父亲。现在她却没有勇气说出他的名字。“他一直都和你在一起吗？”哈克追问道。

凯特没有回答。这不是奥古斯特的错。奥古斯特没想过要杀她。奥古斯特救了她的命。

“凯瑟琳——”

“斯隆在哪儿？”

“在追捕我的反对者。”

“就是他在反对你！”她怒吼道。

“不，”他平静地说道，“他没有。我亲自问过他，斯隆说他和这次袭击事件没有关系。”

“他在说谎！”

“我们都清楚他无法撒谎。”

凯特感到一阵天旋地转。一定是斯隆指使的。不然还能是谁？

“爸爸——”

“别回真理城，直到我给你打电话。”

“这样你就好误导大众，让他们以为我被绑架了？”

“这样我才能保证你的安全。”他的语气变得强硬起来，“你不必用暗号发短信，凯瑟琳。毕竟这是我的手机。难道还有谁会看到吗？”

你的影子会看到，她很想这样说。

但她没说，而是挂断了电话。

“你把冷气放出来了。”有个人尖声喊道。把头探进了饮料柜的奥古斯特抬起头来，看见一位精瘦结实、身着“地平线”制服的老妇人。

“很抱歉，”说着，他关上了柜门，“我本来是想放进去的。”他这话听起来怪怪的，但话已经说出了口。

附近有个女人正在用手机打电话，她的讲话声越来越大。

有个卡车司机放杯子的时候，不小心把咖啡洒在了另一个司机身上。后者咒骂着推了前者一把，力道有点过重。杂货店里的气氛顿时紧张起来。

那女人见势不妙，立刻便走开了。接着，就在两次心跳之间的那一刹那，奥古斯特闻到了罪犯的气味——惯犯的气味，一股寒气窸窣地拂过他滚烫的皮肤。奥古斯特的身子摇晃起来，他握紧琴盒的背带，目光扫过杂货店，扫过一排排货架和一张张面孔，然后……停在了那儿。那人及其周围的一切变得无比清晰。他身材矮壮，穿着一件溅满泥点的外套，留着参差不齐的短胡须，他的脑袋在他的肩膀上显得非常小。

但奥古斯特对这一切都不在乎。他在乎的是那蠢蠢欲动、像斗篷一样缩在那人身后的影子；他在乎的是那人走出了杂货店，带走了能使他的骨头降温、思路变清晰的希望。

奥古斯特正要跟着走出去，有人抓住了他的胳膊。

是凯特。“我们得走了，”她急促地说道，“马上。”

“凯特，我……”奥古斯特盯着那人逐渐远去的身影，无法移开视线。“我必须……”他话还没说完，她已经托住他的下巴——他很惊讶她的手指没被烫到——把他的脸扭向了安装在墙上的一排电视。所有的屏幕上都有一张她的照片，下方有一行标题：

凯瑟琳·哈克遭到绑架，弗林家族嫌疑重大

看见标题后，他猛然惊醒，感觉自己的思路变清晰了。“不，”他说道，就像呼气一样吐出了这个字，“我没有——”

就在这时，杂货店的正门伴着铃声打开了，那位载过他俩一程的卡车司机走了进来。看到电视屏幕后，他停住了脚步：“这是啥呀？”

“该死。”凯特拉着奥古斯特弓身躲在了货架下，“快走。”她推着他朝一条走廊走去。奥古斯特恋恋不舍地朝门口看了最后一眼，但那位拖着罪恶之影的男人已经不见了。

“快点呀。”凯特说道，推着他经过卫生间，走出后门，来到了柏油路的另一头。强紫灯光洒在他们身上，奥古斯特不禁皱了皱脸，脑袋里怦怦直响。

“我没有绑架你，”他说道，“我救了你一命。是你决定逃走的。”

“是你要跟我走的。”凯特已经走远了。远离了卡车停靠站，远离了他。她消失在最近的那处拐角后，他强迫自己跟了过去。

“我们得告诉别人，”奥古斯特一路小跑追上了她，“我们得让他们知道你没事。”

“提醒你一句，”她对他说道，“现在仍然有人想杀我。”

“他们现在不必杀你了！”奥古斯特知道自己说得有道理，决定坚持己见，“目前的局面正是他们想看到的，凯特。他们想以此来指责我的家人破坏了停战协议。要是我们不马上行动，他们的阴谋就将——”

凯特转身面向他：“你想要我怎么做，奥古斯特？我不能就这么回去——”

他们身后有对门被砰然打开。

“嘿，你。”一个声音喊道。

奥古斯特和凯特同时转过身去，是杂货店里的其中一个卡车司机。他一脸凶相，手上松垮垮地握着一把手枪，身后跟着一个赤手空拳的男人。奥古斯特刚一挡在凯特身前，她身后又打开了一对门，又有两个人走到了灯光下。一个男人手持一根球棍，一个女人握着一把匕首，刀锋在耀眼的光芒中闪闪发亮。在强紫灯光的照射下，他们的身后都没有投下影子——四个人，都不是罪人。

奥古斯特脚下的地面陡然倾斜起来。

他刚把琴盒从肩上取下，希望自己至少能解除他们的武装，第一个人便举起手枪，开了一枪。子弹打中了奥古斯特脚边的地面，随即反弹而起。枪声震耳欲聋。有那么片刻，他仿佛回到了那所学校的餐厅，正低头看着地上的黑色小条痕，凯特的声音随即将他拉回了现实。

“你他妈脑子有病吗？”她呵斥那人道。

“是真的吗？”说着，那卡车司机将枪口对准了奥古斯特的胸口，眼睛却盯着凯特，“你是哈克的孩子？”

“那你就是那个恶魔喽？”他身后那人插嘴道。

奥古斯特还没来得及回答，手持球棍的男人已经抓住凯特的手腕，将她拉了过去。她立刻用膝盖朝他一顶，他痛得倒抽一口气，同时往后退去。手握匕首的女人一把抓住凯特，往后一拽，把匕首架在了她的脖子上。

奥古斯特刚一往前迈步，枪声便再次响起，子弹擦着他的脸颊飞了过去。

手握匕首的女人露出了笑容，她的牙齿有一半都是金属做的："谁捡到就归谁，小伙子们。赏金是我的啦。"

"你得到的唯一奖赏将是一颗枪子儿。"奥古斯特有些希望那人能说到做到。已经站立不稳的他看了看球棍，又看了看匕首，最后看了看手枪。众人之间的紧张气氛正如热气一般，不断升腾。

"听我说，"手持球棍的男人说道，"女孩归我们，那男孩可以归你们。"

"我觉得他俩都归我们。"拿枪的那人说道。

凯特发出"嘶"的一声，她喉咙前的匕首顿时抵得更紧了。"你们打算如何办到呢？"那女人问道。

空气开始嗡嗡作响，手握匕首的女人和持枪的男人僵持不下；手持球棍的男人和赤手空拳的男人在互相一步步靠近。

他们的眼睛里闪烁着奇怪的光芒，就像每次人们对奥古斯特讲话时那样。他们内心的贪婪和暴力的欲望全都开始浮现出来……就像正在从他的饿意中汲取力量一样。奥古斯特感觉头晕目眩；他知道只要他的饿意还在增加，便无法平息众人狂热的情绪……但或许他不必这么做。利奥懂得如何扭曲人们的这些情绪，懂得如何将其增强和集中。

以灵驭体。

他不再克制自己的感染力，不再试图控制它，而是加大它的音量，任由它从这条柏油路和这些人身上席卷而过。

凯特一定察觉到了空气中的变化，察觉到了那些人的变化，也察觉到了她自己的变化，因为她对上了奥古斯特的目光。她的手指猛地一抽，他随即看见了她手里的金属物。

“我要用这把刀收拾这贱人。”说着，凯特将弹簧刀插进了那女人的大腿。她立刻发出一声尖叫，凯特抬手推开她的手臂，俯身躲开了她的匕首。与此同时，奥古斯特猛冲上前，使出全身力气将持枪男子撞到了他后面那人身上。手枪飞了出去，咔嗒一声落在了柏油路上，那二人则被撞倒在地上。一英尺之外，其余三人正一边咒骂，一边厮打，匕首和球棍都被扔在了一旁。这时奥古斯特听见了一辆卡车隆隆驶近的声音，听见了那辆卡车短促的喇叭声，抓起凯特的手便跑。奥古斯特听见人们在他俩身后大喊大叫，听见有人摔倒在地，听见一阵低沉的咒骂声，但他没有回头去看。他和凯特绕过拐角，穿过亮晃晃的柏油路，朝卡车停靠站敞开的大门狂奔而去。

那辆卡车驶入了要塞，大门随即开始关闭。守卫们都面朝大门之外，注视着卡车后方的那片黑暗。等他们看见奥古斯特和凯特冲过来时，已经来不及阻止。他俩在大门合拢的前一刻冲了出去。

他们离开铺有路灯的道路，跑进了草地。奥古斯特透过怦怦的心跳声，侧耳倾听轮胎的声音。但那些卡车并没有追来，守卫们没有开枪，大门也没有打开。

他们并未因此停下脚步，也没有回头去看。

奥古斯特感觉不到时间的存在，感觉不到仍然被他抓着的凯特的手，感觉不到高烧和痛苦。他已经疯了吗，还是说他开始退烧了？

他们一路狂奔，在荒草丛踩出一条参差不齐的小路，经过一座座地堡和一排排树木。等他们终于慢下脚步，最后完全停下来时，他们周围早已杳无人迹，只剩下一望无际的黑暗和远方道路的灯光。

凯特大口地喘着粗气，一只手按着她受伤的腹部。奥古斯特跪到地上，张开手指，抓进了冰凉潮湿的泥土里。

他好想躺下去，像伊尔莎那样把脸贴在地上，然后侧耳倾听。凯特在他身旁跪了下来，肩膀挨着他的肩膀。他们就这样跪坐了许久，就这样被荒草淹没。夜晚如此安静，世界如此平静；很难相信这是一个危险重重的世界。

奥古斯特听见远方传来卡车的轰鸣声，顿时心中一凛。不过那些卡车始终行驶在道路上，没有一辆敢驶出路灯的安全范围。

等他们终于站起来，黎明的第一抹曙光刚刚突破地平线，将黑色的世界染成了一片淤紫色。奥古斯特的视线模糊起来，凯特伸出一只手扶住他："你没事吧？"

这个问题回荡在他的脑海里，就像一颗石头掉进了一方池塘，在他的思绪中激起层层涟漪，答案随之逐渐成形。没事。没事。没事。

虽然不可思议，虽然难以置信，但奥古斯特确实没事了。痛苦在逐渐消失，他的肌肉和骨头终于开始放松下来。他颤抖着吸了口气，心中悲喜交加。利奥错了。他成功了。他挺过来了。

"奥古斯特，"凯特追问道，"你没事吧？"

"没事。"他说道，这个词占据了他的身体和脑袋。这是实话。

"很好。"她手里握着一个东西。她将那东西对准熹微的晨光，然后开始前进。

"我们去哪儿？"他跟在她身后问道。

凯特没有回头，但她的回答如音乐一般，飘然传至他的耳边。

"回家。"

第四篇

直面心魔

This Savage Song

1

“荒野”最东边有一所房子，曾经有六年都是她的家。那里远离黑暗，人迹罕至；那里远离城镇，看不到一点灯火。

真理城既来自过去，又属于未来，但凯特和她妈妈生活在现时。虽然她很想将那段生活当作一段枯燥、无聊和乏味的时光留在记忆里。事实却是，那段岁月非常完美。她过得很快乐，是那种将时间定格成无数帧美好画面的快乐。

她看书的时候，母亲的胳膊搂着她的肩膀。

母亲给她编辫子时，在她耳边温声细语。

花瓶、水杯和碗里插着各种野花，无论插在哪儿都很合适。

色彩无处不在，落日余晖将草地染得一片火红。

这世界的某个地方，的确正在燃烧。

这世界的某个地方，影子长出了尖牙和利爪，噩梦成了现实。

但是在那里，在“荒野”边缘的那所房子里，她们从未受到侵扰。在那里生活，很容易忘记这个世界已经满目疮痍。

那里唯独少了她父亲。但也可以说他就在那里。他存在于一张张照片里，存在于运来的物资里，存在于她们很快就能回家的一次次承诺里。

后来，凯特这样告诉自己：她一直都想离开；她已经厌倦了在那所小房子里生活；当提到家时，她指的是首府。

朝阳从凯特后方升起，前方的草地沐浴在一片阳光里。草尖上的露珠闪闪发亮，将她膝盖以下的裤子都弄湿了。空气闻上去清新而干净，这在真理城是闻不到的。奥古斯特走在她身后，离她有几步远。凯特看着手表上的坐标不断变化，离目的地越来越近。

他沉默不语，她也一样。

他们沿途绕过了许多和“地平线”一样戒备森严的工厂和仓库。经过一栋矮楼时，他们看见楼外站着一个面容憔悴、目光警惕的女人，于是上前询问了一番，确认她没有在夜里丢失任何东西。接近中午时，凯特发现远处有一座颓败的小镇。在阳光的照射下，小镇房屋的金属屋顶和外墙闪闪发光。他们绕道而行，有树木时就沿着林木线前行，没有树木时就走在高高的草丛中。凯特自始至终盯着手表，坐标离目的地越来越近，越来越近，越来越近。

前方有片树林映入了眼帘，回忆顿时浮现在她的眼前。这片屏障一般的树林虽然看上去很茂密，但是往里走半英里后，就会看到一片面积稍小的草地。

以及一所房子。

他们穿过林木线后，凯特才发觉身后没有了奥古斯特的脚步声。她转过身去，发现他站在后方不远处，正若有所思地用指尖抚摩一棵栗子树。

“走吧，”她喊道，“我们快到了。”他没动。“奥古斯特？”

“嘘，”说着，他闭上了眼睛，“它终于停了。”

她向他走去：“什么停了？”

“枪声。”他低声说道。

凯特眉头一蹙，环顾四周：“你在说什么呀？”

奥古斯特再次睁开眼睛，注视着粗糙的树皮。“利奥错了，”他柔声说道，声音悦耳得有些奇怪，“他说那就是我的本来面目，我相信了他的话。但是他错了，因为我仍然在这儿。”他露出孩子般的微笑。她从未见过他笑，从未见过他这样笑。“我仍然在这儿，凯特。”

“好吧，奥古斯特，”她疑惑不解地说道，“你仍然在这儿。”

“一开始我饿得疼痛难忍，可现在——”

凯特顿时僵在原地：“你饿了多久了？”

他大笑起来。一种单纯而快乐的笑声，听上去很不对劲。接着，他迎上了她的目光，凯特立刻屏住了呼吸。他的眼睛正在燃烧。不只是通红，而且燃烧着火焰，中央是冰蓝色，周围是一圈金色。

就像在直视太阳一样，她不得不移开视线：“奥古斯特——”

“没事的，”他开心地说道，“我现在好多了，你没看见吗，我——”

“都快把树林点燃了，”她说道，举着手向他走去，“你之前为什么不告诉我？”她向周围不住张望，仿佛附近正好有罪人等着似的。但这附近不可能有罪人，因为这里根本就没有人类。他们现在位于一片该死的荒野里的一片该死的树林里。凯特闭上双眼，努力思考。忽然，她感觉到一股高温，于是睁开眼睛，发现奥古斯特正在抚摩她的脸颊。

“没事的。”他温柔地说道。

她往后退开：“你的手。”

“我的手，”他重复道，同时注视着自己的手，“看上去像你的手，但又不是，因为我不是，我不像你，你看上去像我……但这么说不对，不是吗——”

“奥古斯特。”

“——我看上去像你，但你经历了出生和长大的过程，而我没有，后来我出现了，不是现在这个样子，完全不是，身材更小，年纪更轻……”他踱起步来，声音越来越狂躁，“……我从虚无中出现，然后忽然之间，我变成了某种东西，突然之间出现，和死亡完全相反，我以前从来没有那样想过……”

她摸了摸他的额头，随即猛地缩回了手：“你真的在燃烧。”

他露出了笑容，是那种粲然开心的笑容。“就像星星一样。你知道，其实所有的星星都在燃烧吗？一阵低泣，然后一声巨响，或者是一声巨响，然后一阵低泣，我不记得了，但我知道它们在燃烧……”她转过身去，拉着他的袖子在树林中穿行。高温从他身上散发出来，从他的袖子涌向她的皮肤。“天空中有那么多小火焰，它们之间有那么多黑暗，那么多黑暗，那么多狂——”他没说完，“不。”

“怎么了？”

他抽出手，抱住自己的头。“不，不，不……”他哀求着跪到了地上，“愤怒、狂躁、喜悦，我不想再继续下去了。”

“走吧，”凯特轻声说道，在他身旁蹲下，“我们就快到了。”

他却摇起了头，而且似乎完全停不下来。她感觉焦虑的情绪正像热气一样从他身上冒出，然后渗入她的皮肤。他的嘴唇动个不停，她勉强能听见他在说什么：“我没事，我没事，我没事。”

她用手臂搂住他的腰部，想要将他扶起。他的衬衫黏糊糊的，她以为是汗水，但他身上的其他部位是干的。她拿开手，发现手指上沾满了黑色物质。

“奥古斯特，”她缓缓说道，“你好像在流血。”

他低头看着自己的身体，仿佛认不出来了似的。凯特见他没动，于是伸手撩起他的衬衫。她发现他的肋部有块地方被子弹擦伤了。他摸了摸伤口，然后看着手上的黑血，就像在看某种异物一样。他脸上的狂躁笑容消失了，他忽然看上去很年轻，很伤心，很害怕。

“不，”他低声道，“这不对。”

他说得对。

苏籁理应刀枪不入。

没有什么是刀枪不入的。

一定是饥饿通过某种方式消耗了他的力量。

“我们走吧。”说着，她试图把他扶起来，但他将她拽了下去。她跪在了布满苔藓的土地上，他的手指戳进了她的手臂。他颤抖起来，短暂的狂喜倏然变成了另一种情绪。泪水从他脸上滑下，在抵达他的下巴前便已蒸发殆尽。

“凯特，”他呜咽着说道，“我不能再往边缘走了——别让我沉沦。”他的呼吸变得急促起来。“我不能我不能再次沉沦我不能再次黑化我现在紧紧地抓着每一块小碎片要是我放手我就再也找不回来了我不想消失——”

“好吧，奥古斯特，”她说道，努力让自己的声音保持平稳，“我不会让你沉沦的。”

他将滚烫的额头靠在她的肩膀上。“求你了，”他低声说道，“答应我。”

她抬起手来，抚过他的头发。“我答应你。”凯特说道。

他们已经走了这么远。他们必须到那所房子去，让他冷静下来，把保险箱里的现金取出来，把车库里的车开出来。然后他们将驱车离开，直到找到东西——找到人——给他吃。

“跟我来，”她一边说，一边拉着他的手站了起来，“跟我来。”

高温钻进了她的手指，一开始感觉挺舒服，接着便刺痛起来，但她没有松手。

2

他们来到了那所房子前。

凯特嘎吱嘎吱地踩着脚下的碎石，拉着奥古斯特穿过草地，经过杂草丛生的车道，登上了正门前的台阶。门上的蓝色油漆已经剥落，花园里的植物也已荒芜，有块窗玻璃上有一片蜘蛛网状的裂痕。除此之外，这里和过去完全一样。

就像一张照片，凯特心想，边缘有磨损，颜色也已褪去，但照片本身并无任何变化。

奥古斯特重重地坐到了台阶上，凯特则在杂草丛中搜寻排水管，搜寻藏有钥匙的小磁铁盒。倘若找不到钥匙，她只能破门而入。可这扇门已经存在了这么多年，她不想就这么把它弄坏。

“讲点什么吧。”奥古斯特模仿她在车里说的那句话，低声说道。他的呼吸很不均匀。

“讲什么？”她学他的话答道。

“我不知道。”他小声地说道，他的声音逐渐变成一种带着悲伤或是痛苦的啜泣。他蜷缩起身子，琴盒从他肩上滑下，“砰”的一声落在了台阶上。“我只是想……变得足够强大。”

她找到了小盒子，摸索着将其打开。直到钥匙掉进草丛，她才意识到自己的手在发抖。她只好又去草丛里翻找："这和力量无关，奥古斯特。这和你的需求有关，和你是什么有关。"

"我不……想……变成这样。"

她恼火地叹了口气。他为什么不进食呢？他为什么不告诉她呢？她找到了钥匙，站起来，把钥匙插进锁孔一拧。这个动作虽然微不足道，那种肌肉记忆却无比熟悉。门打开了。她知道屋内肯定一片荒凉，但看到眼前的景象，还是颇为吃惊。空气混浊不堪，到处都蒙着一层灰，杂草已经爬上了木地板。她差点儿出声呼喊她的妈妈——这股冲动来得十分突然，令人感到痛苦——但她还是忍住了，将奥古斯特扶进了屋。

她穿过客厅，在厨房找到发电机，打开了开关。这个简单的、下意识的动作，她曾经做了无数次。她没有等灯点亮，又径自朝铺有蓝白相间的瓷砖、配有瓷浴缸的浴室走去。

她打开淋浴器，暗自祈祷水箱仍能工作。水管咕噜几声之后，随即喷出了水。刚开始是锈红色的水，稍后便成了清澈的冷水。

奥古斯特站在她的身后，身子不住地摇晃。他放下琴盒，费力地脱掉夹克和鞋子，随即往前一栽，撑在了浴缸的边沿上。凯特想要过去扶他，他却伸出一只手，警告她别过去。那些条痕正在他的手臂和后背上燃烧，已经烧焦了他的衬衫。他一把扯下衬衫，她看见他的皮肤上有四百二十三条白炽的条痕在熊熊燃烧。

凯特一时不知所措。

"快走。"他低声恳求道。

"我不会扔——"

"求你了。"他的声音在颤抖，热气如微风一般吹拂着他的头发。他扭过头来看向她，脸上的骨头散发出耀眼的白光，眼睛变得越来越暗，黑影正在逐渐逼向火焰。她不由得后退了一步。奥古斯特半裸着身子爬进浴缸，站在淋浴器下，随即倒抽了一口凉气，冷水接触到他的皮肤后，顿时化作了蒸汽。

凯特转身朝浴室门口走去。透过咝咝的水汽声和哗啦啦的水流声，她听见他说了句话。虽然很小声，但她还是听见了：“谢谢。”

凯特把手放在厨房的水龙头下，感觉自己的手一阵阵地抽痛。看上去就像她刚才把手放在了火炉上，感觉上也是如此。她只不过是拉着奥古斯特的手没有松开而已。

愤怒、狂躁、喜悦……我不想再继续下去了。

这是他在树林里说的话。

此刻他正在经历的一切肯定和喜悦无关。他已经受了多久的折磨了？轿车坏了的时候，她曾注意到他在发脾气，但他设法忍住了大部分狂躁的情绪。他没能忍住喜悦之情。而现在……他那痛苦的声音回荡在她的脑海里。

我不想消失。

她把血迹斑斑的铁锥放进水槽，关上水龙头，然后回到了浴室。浴室里蒸气氤氲，但奥古斯特已经没有站在淋浴器下方。她顿时慌张起来，随即发现他那蓬乱的黑发搭在浴缸的壁沿上。

我不能再往边缘走了。

他闭着眼睛，脑袋仰靠在浴缸上，纹丝不动地淋着浴，水已经漫过他的髋部。

别让我沉沦。

“奥古斯特？”她轻声喊道。

他没有回答，没有动。凯特强迫自己走上前去，同时屏住呼吸，直到奥古斯特的身子微微一抖。见他有了动静，她如释重负地吐了口气。他紧紧地咬着牙齿，双眼紧闭，盖住了眼中的火焰。

她看着他吸了口气，然后潜入水中。

他没再起来。

他的骨头已经停止发光，骨架不再清晰可见。他刚才的样子让她想到了曼蚕，想到了恶魔。水下的奥古斯特看上去很像……人类，很像一个十几岁的少年。他蜷曲着修长的四肢，黑色鬈发漂浮在脸旁。她默数着时间，看着他吐出最后一口气，不知是否该把他拉起来。

终于，他浮出了水面。

他抓住浴缸边沿，勉力坐起来，水进了他的眼睛。他的眼睛已经不再燃烧，但是也没有恢复成以前的灰白色，而是变得更加深暗，变成了炭色，深陷在他那张骨瘦如柴的面孔上。

凯特跪在地上，抓住他的手指。他的手顿时绷紧，不过他的皮肤已经凉得可以触碰，而他也没有把手抽开。“凯特。”奥古斯特低声说道，视野时而清晰，时而模糊。

“我在这儿。”她说道，“你在哪儿？”

奥古斯特闭上双眼，深吸一口气。“躺在我的床上，”他低语道，“听着音乐，我的猫正在咬一本书的书角。”

凯特差点儿笑出声来，真是个普通的回答。他的手又开始发烫了，于是她把手从他手上拿开，背靠浴缸。她身后的淋浴器听上去就像在下雨。她从衣领下掏出银质挂坠，心不在焉地用一根大拇指抚摩着。

“这是你的房子。”奥古斯特疲惫地说道。她不确定他是否是在提问。

“曾经是。”凯特一边说，一边摆弄挂坠。

浴缸内传出一声微弱的、颤抖的叹息：“为什么这个世界上有那么多影子，凯特？难道就不能有那么多光芒吗？”

“我不知道，奥古斯特。”

“我不想做恶魔。”

“你不是恶魔。”凯特下意识地说道。虽然如此，但当她说出口时，她明白这是自己的真心话。他是苏籁——这点毋庸置疑——但他并不邪恶，并不残忍，并不像恶魔。他只不过是一个普通人，想要改变自己，变成并非他本来面目的那种人。

凯特对此深有体会。

“好痛苦。”他低声说道。

“什么好痛苦？”凯特问道。

“存在。不存在。屈服。坚持。无论我做什么，都感觉好痛苦。”

凯特把头往后靠在浴缸上。“这就是人生，奥古斯特。”她说道，“你不是想体会活着的感觉吗？这和你是恶魔还是人类无关，活着就会感受到痛苦。”

她等着他再说点什么，同时感到很奇怪，奇怪她为何不再有那种想说话的冲动。或许是因为她已经说出了心中所有的秘密，又或许是因为她已经适应了他。她再也无法忍受如此安静的气氛，于是吃力地从地砖上站起来，朝走廊左手边第一扇门走去。

她卧室的墙上积了一层灰尘，墙壁本身是黄色的——不是向日葵的那种黄色，而是浅黄，近乎白色，太阳的颜色，真正的太阳，不是小孩子画的那种太阳。她的床虽然不宽，但是很软，有面墙上还挂着几幅画。

她在抽屉里翻了一下，找到了一本旧日记和几件丢弃的衣服，都是当初她回真理城时没有带走的东西。当然，这些衣服全都太小，但她身上的衣服已经破烂不堪，必须换掉，于是她朝走廊尽头她母亲的房间走去。

房门没有关死，她轻轻一推，门便打开了。

房间内很朴素，光线昏暗，窗帘是拉上的。但是一看见那张床，以及床上的那堆枕头，一股强烈的思念之情顿时涌上她的心头。倘若她闭上眼睛，便能看见自己正躺在床上看书，而她母亲则开玩笑似的把枕头一个一个盖在她身上。

她缓缓走入房间，跨过地板之间的一堆杂草，在床的边缘躺了下来，没有理会飘飞的灰尘。灰尘之下，似乎仍然能闻到她母亲的味道。凯特不由自主地蜷缩在枕头堆中，把脸埋进了离她最近的那个枕头里。

家，她在心里想道。回忆开始浮现，将她拽入其中。

她们回到真理城已有四个月，凯特仍然无法入睡。每天晚上她都会梦见恶魔——尖牙、利爪、血红的眼睛——每天晚上她都会尖叫着醒来。

“我想回家。”她对她母亲说道。

“我们已经回家了，凯特。”

可这里并没有家的感觉。这和她小时候母亲给她讲的故事不一样。这里没有幸福的一家人，没有慈爱的父亲——只有一个她很少见到的身影，以及跟在他身后的那个恶魔。

“我想回家。”每当醒来时，她都会这样恳求。

“我想回家。”每当母亲把她抱回床上，她都会这样哀求。

“我想回家。”

她的母亲越来越瘦，她的眼眶一直是红的。这座城市正在一点一点地吞噬她。有一天晚上，她终于说道：“好吧。”

“我去和你父亲谈谈，”她保证道，“我们会想出办法的。”

出事那天晚上，母亲把她摇醒前，她仍然在做噩梦，梦见自己被困在一间遍布可怕阴影的屋子里。

“快起来，凯特。我们得走了。”

她母亲的脸上有一道红肿的伤痕，伤痕中间有一个字母 H 的印记，是卡勒姆·哈克的戒指打在她脸上留下的痕迹。她们穿过漆黑的顶层寓所，从破碎的玻璃上踩过，经过一把翻倒的椅子。办公室的房门紧闭着，凯特仍未睡醒，脚下磕磕碰碰。

“我们去哪儿？”她在电梯里问道。

“我们去哪儿？”她在车库里问道。

“我们去哪儿？”她在汽车引擎发动时问道，而她母亲终于回答了她。

“我们回家去。”

她们没能回去。

凯特坐起来。泪水从她脸上滑落，在灰尘上留下了痕迹。她用手背擦了擦脸颊。

我想回家。

这句话是她说的，一直都是。她曾经说过无数次。这句话从何时起在她记忆中变得如此扭曲、如此混乱、如此模糊？

她恳求她母亲，那天晚上，她母亲脸上的那块伤痕，代表她父亲的字母 H……她还忘记了什么？

那场事故浮现在她的脑海中，记忆的空白被一片一片填上。前方骤然亮起了车头灯，就像是她们的车突然拐向了迎面而来的车一样——可是她们并没有转向。是对面的车转向了。她母亲随即倒抽一口凉气，猛打方向盘，试图避开来车。为时已晚。撞击产生了巨大的冲击力，金属挤压、玻璃破碎时发出巨响，她的头重重地撞在车窗上。她母亲瘫靠在方向盘上，竭力想把空气吸入已经破裂的肺里，一次，两次。世界忽然悄无声息，她的耳朵里充斥着白噪声，眼睛里全是鲜血。她父亲的宠物站在破碎的玻璃之外：血红的眼睛，犀利的目光，嘴巴扭曲，一脸狞笑。

凯特猛然翻下床去，在老旧的木地板上干呕起来。她蹲在地上，竭力把空气吸入肺里。她怎么会忘记那么多事？

但现在她想起来了。

她想起了一切。那些记忆并非属于另一个凯特。那些就是她的记忆，她的人生，她的伤痛。无论如何，她都要杀了斯隆。

她颤巍巍地站起来，稳住身子，走到床的另一边，用鞋子挑起地毯，然后在木地板上摸索起来。她摸到一块松动的木板边缘后，立刻将其掀开。她在黑漆漆的地板下找到一个金属盒子，将其取出。她转动密码锁，对准数字，盒子啪嗒一声打开。她在盒子里找到一沓钞票、一沓比钞票更宽的证件，以及一把手枪。当初她母亲不想要这把枪，但哈克坚持要她留着，于是她把手枪和其他不需要的东西都放在了盒子里。凯特把钞票揣进衣兜，检查了一下手枪的弹匣——弹匣里装满了银弹——把枪塞进背后的腰带，然后翻开那沓证件。她一页一页地翻看，看见艾丽斯·哈克的照片时，她迟疑了一下。她把她母亲的证件放回盒子，折好她自己的证件，然后站起来。

凯特在她母亲的五斗橱里找到了一件深色针织衫。她将其举起，惊讶地发现她俩的尺寸竟如此接近。又是一件提醒她时光飞逝的物品。她把针织衫放在五斗橱上，脱下奥古斯特的夹克和里面的衬衫。她穿上干净的衣服时，扯到了伤口的缝线，不禁瑟缩了一下。银质挂坠贴在她的皮肤上，感觉暖暖的。她闭上眼睛，把针织衫的袖口放到鼻子前，吸了吸已经变淡的薰衣草香味。为了让衣服保持清新，她母亲在每个抽屉里都放了薰衣草。

她给奥古斯特找了件 T 恤衫，搭在自己的肩上，走出了房间。

浴室里仍旧鸦雀无声，她把 T 恤衫挂在门上，来到了室外。她踩着杂草，穿过破败的花园，朝小车库走去。太阳开始西沉，但阳光仍然照见了远方的某个东西。那东西在树林之外，位于“荒野”的方向。

凯特眯起眼睛。

看上去像是某种货仓，又像是一座工业仓库。那座建筑很新——至少六年前那里没有建筑——整个地方却静悄悄的，烟囱没有冒出烟雾，没有卡车进出，周围也没有防御工事。那地方要么已被遗弃，要么已被洗劫一空。

她在车库里找到了车。她们当初在这里生活的时候，其实从未开过这辆车，但她母亲坚持要停一辆在这儿，以备急用。她们回真理城那天，哈克派了一个随从来接她们，所以她们没把车开走。她断开发电机和蓄电池的连接，关上引擎盖。她往油箱里倒了一加仑汽油，试着拉了拉车门。车门发出嘎吱一声，但还是被打开了。凯特坐进驾驶室，在遮阳板下找到车钥匙。她将其插进点火器，屏住呼吸，然后转动钥匙。第一次尝试，车子抖动了一下。第二次尝试，车子轰然启动。

她的喉咙里发出一声胜利的呼喊。

接着，就在她将车熄火的那一刻，她听见了另一辆车的引擎轰鸣声。来自远方的一辆卡车。她屏住呼吸，提醒自己主路在树林之外，位于一条斜坡的另一头。她提醒自己，没人能从那里看见这所房子。但她仍然坐在车里，紧握着方向盘，直到她听见的全是自己的心跳声。

3

奥古斯特知道他正在失去理智。

最糟糕的是，他感觉得到。

病痛已经占据了他的身体，感染了他的思绪。他被困在了自己体内，被一层薄雾笼罩着，就像一个正在做梦的人被困在了睡梦中。他能感觉到梦境的边缘，但无法触及，无法从中脱身。

他连说话都无法控制了。话语悄悄穿过他的思绪，离开他的嘴巴，在他明白其意思之前便已烟消云散。

狂躁和喜悦暂时缓解了他的痛苦。但现在，他皮肤上的条痕再次烧灼起来，剧烈地跳动。枪声像白噪声一样，在他脑袋里响个不停。他把滚烫的额头贴在冰冷的瓷砖上，他的皮肤发出呲呲的声响，仿佛火焰被浇灭了一样。

身体终于凉了下来，他仰靠在浴缸上，任由冷水漫过他的小腿，没过他的背脊，淹没他的肋部。

凯特来了又去，她的深色眼眸在茫茫蒸汽中时隐时现。

她现在就在这里。

“听我说，”他努力集中精神说道，“你得……离开这儿。”

“不行。”

“我沉沦的时候……你不能……在这儿。”

她再次把手搭在他的手上。一只冰凉的手，一只滚烫的手。他分不清哪只手是谁的。他的视线模糊起来：“我不会让你沉沦的，奥古斯特。”

又来了，恐惧，强烈的悲伤：“我……无法……”

“你无法伤害我，”她打断他的话头道，“只要你仍然是你，就无法伤害我，对吗？所以我要留下来。”

他咬紧牙关，闭上双眼，集中精神感受他的心脏，感受他的骨头，感受他的肌肉，感受他的神经。他把自己撕成一块块碎片，一个个细胞，努力地感受着组成他的每一个微小的原子。

那些原子都在求他放手，求他屈服，求他让黑暗吞噬。他感觉自己在逐渐失去意识，他强迫自己保持清醒。他害怕要是他现在沉下去，会有另外的某种东西浮上来。

凯特坐在沙发边沿，嘴里叼着一支烟。

她刚在房子里翻寻了一番，找到了她母亲藏起来的半包烟。

那种东西会要你命的，他们第一次见面时，奥古斯特曾这样说道。

凯特撇了撇叼着烟的嘴。她点燃银色打火机，看着火焰在其顶端跳动，然后灭掉火，将未点燃的烟扔到了一旁。

还有很多种死法。

她打开电视，随即在屏幕上看见了自己的面孔，身子不由得瑟缩了一下。

“……哈克的新闻发布会结束后不久，”新闻主播说道，“‘裂缝’附近便爆发了一场骚乱。据报道，弗特队和哈克的手下发生了冲突。现在我们来看看亨利·弗林这边……”

电视画面切换到一场新闻发布会的现场。有个身材修长的男人笔挺地站在一张讲台后。

一位深色皮肤的女人站在他左边，手搭着他的肩膀——是他的妻子艾米莉。他右边站着一个手臂吊着绷带的弗特队队员。弗林手下有成千上万名特战队成员，他却偏偏选了一位伤员。高明，凯特不情愿地在心里想道，把自己扮成受害者。但话又说回来，他确实是受害者：他的儿子失踪了，还被诬陷犯了一个他没有犯的罪行。而这一切都是因为她父亲，因为她。

“我的家族与凯瑟琳·哈克遇袭事件没有任何关系。”

“你真的在她就读的学校里安插了一个间谍吗？”

“你的某个苏籁真的失踪了吗？”

“你真的——”

凯特关掉电视，从衣兜里掏出手机。她正在给她父亲发短信时，有个声音打断了她的思绪。

轮胎。碎石路。

她猛然抬起头。刚才电视机的声音和咝咝的水流声盖住了轮胎声。她从沙发上站起来，往窗外一看，那辆车刚好停在了前门外。驾驶室下来一名男子，看上去年纪不大，身材偏瘦，头戴一顶弗特队队帽。凯特心中一凛。弗林特战队队员？她从背后抽出手枪，解除保险。与此同时，那名男子走上台阶，敲了敲门。

她看见门把手时，感觉胃部一沉。她没有锁门。

“奥古斯特·弗林？”那人喊了一声，继续说道，“你在里面吗？”

凯特屏住了呼吸。

他来这儿干什么？

她犹豫不定。或许没有危险。或许他无意伤害他们。或许她可以和奥古斯特一同前往南城……

那人又开始敲门。她悄悄往客厅另一头走去，不确定该去门口还是去走廊。或许……可他是怎么找到他们的？

敲门声停止了。

“凯瑟琳·哈克？”那人喊道。

她的胸口一紧。

“我知道你在里面。”

由于眼睛一直盯着门口，她没有注意到脚旁的茶几，她的膝盖以前经常撞到的那张茶几。她的小腿磕在了茶几的木腿上，放在茶几上的相框正面朝下，“啪”的一声摔在了地板上。

门把手开始转动，凯特拔腿便朝走廊冲去。

她跑到一半时，房门被砰然推开。

奥古斯特透过水流声听见了某种声音。

一种强劲的节奏。他以为是凯特在放歌，可他没有听见歌词，只有反复不断的砰、砰、砰。

奥古斯特撑着坐起来。虽然呼吸很痛，移动很痛，但他仍然在这里，他仍然是他。

他摇摇晃晃地站起来，被水浸湿的裤子紧贴在他的皮肤上。他扶住墙壁，稳住身体，然后关掉淋浴器，顶着脑海中的枪声仔细倾听。

除了断断续续的巨大响声，他还听见了他的名字，然后又是那种响声。他恍然意识到，那是拳头在木头上不停敲打的声音。

砰、砰、砰。

他跨出浴缸，感觉自己的身体像是玻璃做的——只要走错一步，就会粉身碎骨。他撑在浴缸的边沿上。

“凯特？”他喊道。

就在这时，他听见了碰撞声。

凯特刚刚跑到门口，房门便被砰然推开。那人一把抱住她的腰部，他俩随即一同摔在了地上。他将她压在身下，把她的手腕扳到了她的头上。她抬起膝盖顶向他的腹部，然后用脚一踹，把他踹到了墙上。她翻身爬起，举起手枪。

“别动。”她大吼道。她的心虽然狂跳不已，手却十分稳。他的帽子已经滚落，头发垂在眼前。但在此之前，她已经发现他的额头上有个被毁掉的字母H。他不是弗特队的人，他是斯隆的手下。“把手举起来。”

“哈克小姐，”他镇定地说道，举起一只手来，另一只手仍放在背后，“我不是来杀你的。”

她晃了晃手枪：“双手。举起来。”

“没必要这样，”那人说道，“是你父亲派我来的。”他的眼神十分冷峻，充满了算计。

她看了看地上的帽子，又看了看他额头上的伤疤：“胡扯。”

“那只是一种伪装，”他平静地说道，“以防来开门的是那恶魔。”他露出一个近乎得意的笑容。“我难道还有其他办法知道你的位置吗，哈克小姐？”

“他为什么派你来？”

“他很担心你。”

“那块伤疤又是怎么回事？”

他把头一偏，头发随即垂向一旁，露出了那个印记：“你真是聪明呀。你先把枪放下——“

“把你另一只手拿出来。”

他缓缓地伸出手来，手上握着一部手机。“看见了？”他平静地说道。

“把它放到——”

这时又传来了轮胎碾过碎石的声音。凯特朝旁边看了一眼，但有这一眼就够了。那人冲上前来，试图夺走她的武器。她回过头来时，他的手指已经摸到了枪管，然后她开了枪。

她的手臂被巨大的后坐力震得往上一抬，枪声响彻屋内，她健全的那只耳朵里顿时充满了静电声。这一枪并不干脆利落——子弹击中那人的脖子，在他身后的墙壁上打出了一个洞。手机从他手中滑落，掉在了地上。他紧紧地捂住喉咙，可是鲜血已经从他指间流出，从他身前淌下，滴在了木地板上。

红色。

不是恶魔那种黑色的血，而是人类的鲜红色血液。

他的嘴唇在动，但凯特听不清他在说什么。等她能听清时，已经太晚了。他跌跌撞撞地往后退去，靠在后方的墙壁上，眼中随即失去了生机，身子倒向了地面。倒在地上之前，他已经成了一具尸体。

凯特看着鲜血逐渐散开，无法移开视线。

杀死他本应该和杀死恶魔是一样的。

可是并不一样。

她浑身一阵颤抖。这时，她听见了沉重的呼吸声，抬头发现奥古斯特正站在走廊入口，身上湿淋淋的，痛苦地弯着腰。

不，不是痛苦。

是饥饿。

“凯特，”他喘着粗气说道。他吃力地抬起头来，眼中的光芒已经消失，他的眼睛又大又黑。“你做了什么？”

4

奥古斯特的视野变窄了。

屋内的影子开始弯曲，从墙上剥落，从地板上爬起，在凯特四周围成了一团。她朝他走来，她自己的影子在她身旁翻滚扭动。

“我不是——是他朝我扑过来的——我以为——”

她伸手来抓他的胳膊，她的灵魂犹如一片红色的光芒，在她皮肤下不住跳动。他摇摇晃晃地向后退去。后退，后退，后退。

奥古斯特想要说话，话却卡在了他的喉咙里。

他感觉屋子里的重力正在倾斜，就像凯特身后的墙壁随时都会变成地面，而他会朝她跌去一样。她却只是站在那儿，等在原地，而他只需伸出手，将她抓住，把指甲戳进她受伤的肩膀，将她的灵魂扯上来，痛苦将就此结束，一切将就此结束——

“快跑。”他恳求道。他的肉体在燃烧，他的骨头在鸣响。

“奥古斯特，我——”

“快跑。”

这次她听从了他的话。她跌跌撞撞地退至门口，然后跑到了暮色朦胧的室外。就在这时，又一辆车停在了房子前。

凯特在碎石路上滑行着停下脚步，有辆黑色轿车挡住了她的去路。

一个她不认识的曼蚕从一侧车门下了车。

斯隆则从另一侧下了车。

他的目光落在她的身上，随即嘴角上扬，露出一个笑容：“你好，凯特。”

撞毁的汽车。龇牙咧嘴的笑容。血红的眼睛。

她举起手枪：“你来这儿干什么？”

他摊开细如电线的手臂：“我是来接你回家的。”

“我父亲没派你来。”

“就是他派我来的，凯特。虽然你一直在他耳边说坏话。”

她握紧了手中的枪：“我哪儿都不会跟你去。是你派那些恶魔来杀我的，对不对？”

斯隆审视着她：“还有呢？”

“你之前说不是你干的——”

他一脸狞笑：“我从来没那么说过。”

是她父亲说的：我亲自问过他。我们都清楚他无法撒谎。

凯特感觉自己仿佛挨了一拳。斯隆无法撒谎，但哈克可以。

“奥斯洛，”斯隆对另一个恶魔说道，“去找那个苏籁。这里交给我。”

那曼蚕朝房子走去，凯特立马掉转枪头，朝其开了一枪。银弹射进那恶魔的肩膀，他嗥叫一声，黑血顿时浸透了他的衬衫。凯特立刻把枪指回斯隆，但他已经来到她的面前，用冰冷的手指钳住了她的手腕，另一只手则把枪管扳了上去。“又玩这种游戏？”他冷冷地说道，“你真以为自己能挑唆我的主人对我翻脸？”他说主人的时候，语气中带着一丝不屑。他将凯特拉到自己身前，在他扼住她的喉咙之前，她空着的那只手摸向了衣兜里的打火机。

斯隆刚一扼住她的喉咙，凯特便用弹簧刀往上一挺，插进了他的手腕。银质刀片令斯隆瑟缩了一下，她立刻拔出弹簧刀，猛地朝他的喉咙挥去。但他的身手实在太快，她还没来得及再次挥刀，他已经一拳击中了她的下巴。她重重地摔倒在地，一口鲜血吐在碎石路上。

打火机落在了她够不到的地方。他用冰凉的手指抓住她受伤的肩膀，强行扭转她的身子，使她仰面躺在地上，然后用双手掐住了她的脖子。

“我们的小凯瑟琳，已经完全长大了。”

她使劲抓扯他的手腕，感觉却像在和石头搏斗。

“你以为你真有资格统治真理城？它不属于你，也不属于卡勒姆·哈克——再也不属于他了。恶魔们很快就会发起暴动，而等他们一动手……”他倾身向她靠近，“真理城就是我的了。”

他用膝盖顶住凯特受伤的肋部，她顿时痛得想要尖叫，却吸不进空气。她的肺在厉声尖叫。

“你把自己弄得一团糟，”他继续说道，“该死的时候不死。连你母亲都能做到这一点。”

她又踢又扭，竭力想要找到支撑点，想要抬起一条腿。她的视野模糊起来，逐渐变窄。“我现在应该杀了你，”他渴望地说道，“这是为了你好。不过——”

他把她的头往地面一摔，一切随之陷入黑暗。

奥古斯特步履蹒跚地走进浴室。他跪到地砖上，把琴盒拉到面前，摸索着打开锁扣。就在此时，门口忽然出现一个阴影，镜子里映出一对红色的眼睛。

奥古斯特不够快——他的手指刚一摸到琴弦，一只靴子就踢中了他的肋骨，将他踢飞了。他的后背重重地撞在水槽的瓷质底座上，肺里的空气被猛然挤出。

“哎呀，哎呀，”那曼蛋用湿答答的声音尖声说道，“现在的你好像没那么可怕了吧？”

奥古斯特挣扎着撑起身来，朝琴盒爬去。那曼蛋立刻用靴子踏住他的手腕，用力往地砖上踩。一阵剧痛向奥古斯特袭来，非常清晰，非常像人类的感觉。那曼蛋用利爪将他拽起，然后朝后方扔去。他重重地撞在墙上，撞碎了瓷砖。在他落地的同时，碎裂的瓷片如雨点般落在他的身上。

奥古斯特尝到了血味。他颤巍巍地站起来，那曼蛋则用手抓住了小提琴的琴颈。

不。

“苏籁呀，苏籁，双目似炭，”那恶魔一边唱道，一边用指甲抚过琴弦，“为你歌一曲，再盗走你的魂。”

奥古斯特猛冲上前，那曼蛋则立刻抡起小提琴，朝奥古斯特的头上砸来。

他抬起手，想要挡住这一击，或者至少保住他的小提琴，但他的动作太慢了。小提琴砸中他的头部，顿时碎裂而开，碎木片和断裂的琴弦漫天飞舞，寂静骤然降临。

5

世界再次变得支离破碎。

膝盖下的水泥地。

拴住他手腕的铁链。

晃来晃去的灯光。

嗒、嗒、嗒的金属敲击声。

一阵阵回声，空旷的场所。

世界再次变得支离破碎，奥古斯特也是如此。有那么片刻，他惊恐万分，以为自己已经迷失了自我。但是脑袋里的痛楚、手腕上的刺痛，以及皮肤上的炙热高温都在告诉他，他没有黑化。目前还没有。

他跪在一座仓库里，被玻璃、尘埃和一道刺眼的光芒围在中间。这道光芒的轮廓无比分明，光芒之外的空间宛如一道黑墙。他的胳膊被扭到了头上，手腕刺痛不已。他感觉自己的手腕被铁链紧紧勒着，皮肉磨得有些痛，而他本不该有这种感觉。

他在哪儿?

凯特在哪儿?

光芒之外的某个地方，敲击声持续不断。奥古斯特眯起眼睛，第一眼看见的既非金属的闪光，也不是皮肤上的污迹，而是曼蚕眼里熊熊燃烧的红光。

奥古斯特挣扎着想要起身，身着黑色西装的曼蚕朝他走来。他手里握着一根长长的铁棍，尖端锋利无比，呈锯齿状，似乎是从某个大型机器上拆下来的。那曼蚕把铁棍断裂的那一端杵在地上拖行，尖厉的摩擦声刺入奥古斯特的脑袋，他不禁痛苦地皱起了脸。

这个恶魔的样子很奇怪。他虽然骨瘦如柴，但他的脸部线条、肩膀宽度、走路姿势，看上去都和人类相差无几。

相差无几。

奥古斯特刚刚抬起一只脚，突然响起了一阵嗡嗡的电流声。他上方的铁链骤然拉紧，将他逐渐拽起来，最后逼得他踮起了脚尖。他拼命寻找立足点，他的肩关节承受着巨大的拉力。他的肌肉和骨头从何时起变得如此敏感？他感觉自己全身上下都十分脆弱。他的内心深处有个声音在问，这是否就是做人类的真正感觉。

“奥古斯特·弗林，”那曼蚕流利地说出了他的名字，“我的名字叫斯隆。”

当然了。哈克的宠物。

“你要知道，”斯隆继续说道，眼睛盯着他那指甲削得很尖的手指，“你看上去可不太好。”他倾身向前。“你有多久没进食了？”

奥古斯特想要说话，却发现自己无法开口。他的牙齿紧紧地合在一起，他的嘴巴被胶带封住了。

“噢，对，那个，”曼蚕说道，“我知道苏籁的声音神通广大，尤其是他们变身以后。利奥和我曾经有点交集。”他若有所思地顿了一下。“从你哥哥和你姐姐身上，我了解了很多关于你们族类的事。

但我想我这个结论似乎下得太早。”

他身后的黑暗中浮现出另一对红色的眼睛，但斯隆的注意力仍在他手中的铁棍上。他抬起铁棍，贴上奥古斯特的肋骨，奥古斯特在卡车停靠站被子弹击伤的部位正渗出黑血。

“你在流血呀，”斯隆用一种恶心而夸张的语气，佯作担心地说道，“这不是很奇怪吗？”他拿开铁棍。“他们说苏籁刀枪不入，但我们都知道这不是真的。”

斯隆抡起铁棍，照着奥古斯特的肋部打了下去。这一下剧痛无比，奥古斯特感觉自己的骨头即将碎裂，他的意识被这一棍敲得七零八落。他隔着胶带呻吟了一声。胶带仿佛正在熔化，与他的皮肤融为一体，仿佛有烟雾阻塞了他的感官，他拼命地想要吸入空气。他的头感到一阵天旋地转。

“不，你越觉得饿，就越像人类。但光是像还不够。”斯隆把铁棍的锯齿端抵在奥古斯特的下巴下，强行托起他的头。“你会受伤，甚至还会流血，但你就是死不了。”

奥古斯特的锁骨上挨了一棍，胸腔里爆发出一阵剧痛。他忍住了抽噎的冲动。

“你也许想知道，”斯隆继续说道，同时用双手握住了铁棍，“我现在到底想把你怎么样，奥古斯特。”

他怒视斯隆，竭力稳住自己的呼吸。

“其实很简单，”他的红色眼睛犹如两团摇曳的火焰，“我想让你黑化。”

已经缓缓来到光芒边缘的另一个曼蚕紧张地看了斯隆一眼，奥古斯特则感到一阵恶心。

斯隆的笑容益发灿烂：“我想你知道为什么。”

奥古斯特刚一摇头，他的肋骨就挨了一棍。一阵剧痛向他袭来。奥古斯特低下头去，竭力撑住，不让自己被疼痛击垮。斯隆把他的头扳起来，指甲戳进了他的下巴。

“想一想。”他用尖锐的指甲敲了敲奥古斯特的额头，然后在他的左边眉毛上划了一下。

利奥的伤痕。奥古斯特一直都没想明白这一点，因为苏籁不会留下伤痕。只要他们还是血肉之身，就不会留下伤痕。也就是说，利奥留下那道伤痕时，他已经不是血肉之身。

“我认为，”斯隆用湿腻的声音说道，“苏籁最强大的形态，也就是其最脆弱的形态。我认为当你黑化以后，我就能把这根棍子插进你的心脏。”斯隆倾身向他靠近，奥古斯特灼热的肌肤顿时感受到了那恶魔的灵魂散发的阴冷腐气。“实际上，”他轻声说道，“我十分确定，因为我昨晚已经验证过这一想法。在伊尔莎身上验证的。”

奥古斯特的心骤然狂跳。

胆汁涌上了他的喉咙。

不。

黑影逐渐涌起，很快就将浮现。那曼蚕开心地哼了起来。

“那么多星星。”那恶魔说道。

别担心，弟弟。

“我看着它们全部消失。”

我不怕黑暗。

“就在我割断她的喉咙前。”

凯特睁开眼睛时，眼前仍旧一片黑暗。

不，不只是黑暗。

是漆黑。

是那种位于密闭空间里、没有外部光线的漆黑。

她的头怦怦直响，被斯隆扼过的喉咙刺痛不已。她吃力地吸了口气，闻到了一股饱经风雨的废弃之地特有的那种潮气，闻到了金属、土壤和石头散发的浓烈气味。

她打了个寒战，随即意识到自己正坐在地上，背靠着一面墙（两者都是混凝土），寒意正渗入她的背脊和腿。有种金属物体贴着她的手腕，她试着拉了一下，听见了钢铁相撞的哐当声。她的双手被铐在右侧的某个东西上。她转过身去，面向那个东西，然后把手举起，用手指摸索了一番，摸到了一根扁平的金属杆，似乎是脚手架的一部分。凯特使尽全身力气拉了拉，那金属杆却纹丝不动。

她抓住金属杆，缓缓起身，以防撞到头部。往上移动三英尺后，一根横梁挡住了她的手铐。她只好再次跪下，顺着垂直的金属杆往地面摸去。金属杆的底部用螺钉固定在了某种金属板上。这样她根本无法脱身。她侧过头去，用健全的那只耳朵仔细倾听，希望除了自己的脉搏声外，还能听见什么声音——任何声音都行。她一开始什么都没听见，但过了一会儿，透过混凝土墙壁、金属架以及其他将她与外部世界隔绝的物体，她听见了一个说话声。

那声音又腻又滑，听上去即将变成笑声。

斯隆。

凯特咬紧牙关，纠结于到底是大喊他的名字，直到他出现，还是静观其变，直到她有机会杀掉他。隔着一道道墙壁，她还听见了一些声音——金属的摩擦声、低沉而痛苦的呻吟声——她的胃里顿时一阵翻搅。

奥古斯特。

奥古斯特瑟瑟发抖地站在走廊里，大睁着黑色的眼睛，眼中充满了恐惧和饿意。

去找那个苏籁。

凯特深吸一口气，强迫自己集中精神。她得从这儿逃出去。她的打火机在之前的打斗中弄丢了，这意味着她既没有武器，也无法看见自己在做什么。她没有东西可以撬开手铐的锁，而且——

一道道墙壁之外又传来一阵低沉的呻吟。

她瑟缩了一下，强忍住战栗的冲动。某个平行世界里的凯特可以害怕，但她没有时间害怕。她强压住心头的惧意，再次摸向被螺钉固定在地上的金属杆底部。她摸到了四颗全都已经锈死的螺钉。这座脚手架虽然相当牢固，但如果她能使金属杆离开那块底座，或许就能将其扳斜，然后把手铐从金属杆下面滑出来。她可以稍后再想办法解开手铐。手被铐着总好过被铐在某个东西上。凯特深吸一口气，再吐出一口气。又传来一阵呻吟声，她不禁屏住了呼吸。

她试图将一颗螺钉拧松，但那螺钉丝毫未动。她又撬又拧，弄得手指痛，指甲断裂。

完全没用。

她闭上眼睛，努力思考，手指摸向了贴在她胸椎骨上的挂坠。她猛然睁开眼睛。她把身体贴在金属杆上，然后抓住挂坠的链条，将其从针织衫的衣领下掏了出来。这个姿势虽然不太雅观，但她很快就把挂坠从头上绕了下来。她把挂坠的边缘往螺钉的凹槽里塞，暗自祈祷能塞进去。尺寸刚好吻合。她开始竭尽全力地拧挂坠。她的手指两次打滑，擦破了指关节处的皮肤。

但过了一会儿，她终于拧动了第一颗螺钉。

她咒骂着将其拧了出来。

搞定一颗，她心想，还有三颗。

房门之外，斯隆的声音抑扬顿挫。

她把银质挂坠插进第二颗螺钉里。

她听见“砰”的一声巨响，就像金属打在了肉体上，棍子打在了骨头上。

她用力地拧挂坠，手指打滑，再继续拧。

一阵低沉的呻吟。

“坚持住，奥古斯特，”凯特恳求道，第二颗螺钉终于开始转动，“坚持住。”

6

一滴黏稠的黑血滴在地上。

“这一切最后只有一种结局。”斯隆一边说，一边让指甲沿着铁棍的锯齿端划过。

奥古斯特努力想要吸入空气。斯隆刚才照他的脸打了一拳，鲜血正从他的鼻子里流出，浸透了封住他嘴巴的胶带。鲜血和恐惧让他难以呼吸。每当视野变模糊，他就会想起伊尔莎。

站在窗前的伊尔莎，手指按在玻璃的裂纹上。

“那么多星星。”

镜子里的伊尔莎，下巴靠在他的肩膀上。

“我看着它们全部消失。”

躺在牢房地板上的伊尔莎，用歌声催那个叛徒入眠。

“就在我割断她的喉咙前。”

他的肺一阵抽痛。他的视野一片模糊。

坚持住，奥古斯特向他的身体恳求道。

空气中忽然响起一阵嗡嗡的电流声，将奥古斯特吊着的东西随即消失了。锁链突然松开，他往下一落，重重地摔在了地上。他的手腕仍然很痛，仍然拴着锁链。

“斯隆。”另一个曼蚤警告道。

奥古斯特努力想要起身，但没有成功。仓库逐渐扭曲，变得模糊不清，最后变成了一间卧室，一条小巷，一所学校。有人在喊一个名字，他的名字，接着他便站在了一片树林里，正用手指抚摩树干。他听见了音乐声、嗡嗡声，凯特皱着眉回过头来，然后——

体侧传来一股剧痛，奥古斯特随即跌倒在地。他想要翻过身来，背靠地面，可是地面如此冰冷，像水一样淹没了他，他躺在浴缸里手指抓着浴缸边沿凯特抓着他的手指水不断滴落就像下雨一样他的体内正在燃烧燃烧燃烧黑暗在光芒外等待等待等待。

斯隆耸立在他的上方，全身笼罩在阴影之中，除了那对血红的眼睛。他举起铁棍，用力往下一插，但与此同时，奥古斯特猛一抬手，抓住了铁棍。

黑影如蒸汽一般升起，裹住了他的手指。

“放手，奥古斯特。”说着，斯隆将他全身的重量压在了铁棍上。寒气顺着铁棍蔓延下来，遇上了奥古斯特散发的热气。他加大握力，目不转睛地盯着自己的手指，希望能像他哥哥那样控制身体形态的变化。

利奥可以在不完全失控的情况下，改变一部分身体形态。

因为他已经不再完整。

不再有人性。

不再真实。

光芒之外的某个地方，传来金属刮过地面的摩擦声。奥古斯特眯起眼睛一看，发现周围的黑暗其实并不严实。阴影中隐隐约约地耸立着许多庞大的物体，旁边有条走廊，通往刷蹭声传来的地方。

走廊尽头有一对双开门，门外的夜色没有室内那么暗。

“奥斯洛，”斯隆说道，他仍然斜压在奥古斯特上方的铁棍上，“去瞧瞧凯特。”

奥古斯特的心脏在他伤痕累累的胸膛里怦怦乱跳。快跑，他在心里对她呼喊道，尽管他自己现在也情况危急。

那曼蚤转身欲走。

“别把她杀了。”斯隆补了一句。

“放心吧，”那恶魔傻笑道，“我会给你留点——”

“你要把她毫发无损地留给我。”斯隆警告道。他的语气冰冷而滑腻，干涩的嘴唇紧紧地绷在牙齿上。奥古斯特的皮肤越来越烫。

“你可以结束这一切。”那恶魔说道，他的注意力又回到了铁棍上。奥古斯特知道他可以。但他也明白，只要自己一放手，那曼蚤就会把铁棍插进他的胸口。铁棍将穿过即将化为烟雾与黑影的血肉之躯，插入他那颗炽热的心脏。

然后他将死去。

无论他由什么组成——或是星尘，或是灰烬，或是生命，或是死灵——都将烟消云散。

伴着一阵低泣，而非一声巨响。

伴着枪声而来，随着青烟而去。

奥古斯特还不准备死去。

尽管活下去并不简单，并不容易，并不合理。

尽管他永远都无法成为人类。

他想证明自己存在的意义。

他想活着。

凯特拧松最后一颗螺钉时，她的手不住地颤抖，汗水顺着她的脸颊直往下流。

她拔出螺钉，抓住金属杆，用力一拉。

没拉动。她咒骂着使出全身力气往外猛拽，可金属杆依旧纹丝不动。筋疲力尽的凯特把头靠在金属杆上，随即感觉金属杆朝前滑离了底座。她惊讶地屏住呼吸，然后舒了口气，抓住金属杆使劲一推。金属杆朝前磨去，刮过地面，发出一阵刺耳的剐蹭声。凯特不禁瑟缩了一下——她的秘密行动到此为止。她设法把金属杆扳到合适的角度，然后将手铐从其底部抽出，随即赶忙站起来。

外面的走廊传来脚步声。她屏住呼吸走到门边，背靠在墙壁上，希望自己手里有件武器。希望手里有个东西。任何东西都行。但即便手里没有东西可用，她也绝不能被再次打倒，她要拼死一搏。

金属门滑开后，屋内投映出一个瘦骨嶙峋的影子。

微弱的光线照在歪斜的金属杆上，照在散落一地的螺钉上，照在凯特本该待着的地上。

那恶魔嘶鸣着正要进屋，却被什么东西一把拽回了走廊。

门外传来脖子被掐住的哽咽声，传来皮肉被洞穿的湿滑声，接着便没了动静。凯特屏住呼吸，又一个影子从门前走过，随即消失不见。

斯隆的声音在远处回荡，腻得令人恶心。

凯特默数了十下，然后离开墙壁，前去找他。

奥古斯特越来越虚弱，他的轮廓正在逐渐化为黑影。他侧身躺在地上，脸颊贴着地面，想要聆听这个世界的心跳。

他没听见。

但他听见了脚步声，轻柔而稳健。

接着，一个阴影来到了光芒之外。他眯起眼睛。

不是那个曼蛋。

不是凯特。

阴影移动得十分缓慢，步履十分平稳。

阴影从黑暗中现身，变成了一个男人的模样。他身材高大，相貌英俊，一头金发，双眼黑如暗夜。

利奥。

他看着奥古斯特，将手指放到嘴唇边，示意他别出声，黑血正从他的手指上滴下。他表情沉着，若有所思，悄无声息地走向光芒的边缘。

奥古斯特咳了一声，努力撑起身来，手膝触地趴在地上。斯隆耸立在他的上方，一双红色的眼睛注视着他，等待着。

看着我，奥古斯特心想，看着我。

利奥无声无息地步入光芒之中，黑影如烟雾一般在奥古斯特身下聚集。

斯隆脸上浮现出一丝笑意。“结束了，小恶魔。”说着，他举起铁棍。

奥古斯特做好了迎接这一击的准备，但斯隆还没来得及下手，铁棍不见了。上一刻还在他手中的铁棍，下一刻已被利奥握在了手里。接着，他哥哥以一个流畅的动作，将铁棍插进了那曼蛋的背脊。斯隆发出一声嘶哑的尖叫，跌跌撞撞地朝前走去，指甲在贯穿他锁骨的铁棍上一通乱抓，黑血顺着他的衬衫直往下淌。他转过身来面向利奥，身体却失去了平衡，一个趔趄，单膝跪在地上。

“协议里面，”利奥说的同时，斯隆弯下腰去，不停地口吐黑血，“可没说要我弟弟死。”

斯隆的嘴唇往后咧，露出利齿，试图开口说话，却没能说出来。接着，他的身体颤抖起来，骨头猛烈地抽搐了一番，最后终于栽倒在地上。

奥古斯特把额头抵在地上。利奥的影子罩住了他。他翻过身来，背靠地面，迎上他哥哥的目光。有那么片刻，他只有一种如释重负的感觉。接着，他的心头不知何故涌起了一股惧意。利奥的黑色眼眸中既看不到震惊，也没有一切尽在意料之中的神情。他的眼睛里全是失望之情。

“你好，弟弟。”

利奥跪下来，撕掉贴在奥古斯特嘴上的胶带。奥古斯特立刻倒抽一口气，夜晚的清凉空气一时让他有些透不过气。他咳嗽起来，将黑血吐在了地上。他试着说话，却没能发出声音。

利奥把头靠了过来：“你说什么？”

奥古斯特又试了一次。“我是说……”他喘着粗气勉力说道，“什么协议？”

利奥遗憾地看了奥古斯特一眼。仿佛答案很明显似的。

他和斯隆的协议。两个想要发动战争的恶魔达成的协议。

“你做了什么？”

利奥抓住奥古斯特手腕上的锁链，将他拽了起来：“做了该做的。”

奥古斯特的身子不住摇晃。“你……你把我的事告诉了他们……

你派我去那所学校，然后告诉斯隆我在那儿。”利奥没有否认。“亨利知道吗？”

“亨利·弗林太累了，而且变得越来越懦弱，”利奥说道，“他已经不再适合领导我们。”

“可伊尔莎——”

“我们的姐姐不该插手此事。”他摇了摇头，“失去她有损我们的使命，不过我对你充满了希望。”

奥古斯特开始不住地摇头：“你背叛了我们的家人。”

“他们忽视了我们的使命，”说着，利奥握紧了手中的锁链，“这座城市需要我们，奥古斯特。不只是南城或北城，是整座城市。罪恶在蔓延，暴力在蔓延，一切都在蔓延。我们不能躲在这些停战协议和‘裂缝’之后，不能就这么等着。我们是苏籁。我们来到世上，是为了净化这个世界，而不是躲在一旁，任其腐烂。我们肩负着一个使命，奥古斯特。现在是时候由你来承担了。”

“亨利绝不会原谅你的。”

“我不需要他的原谅。他是人类。”利奥用反感的语气说道，“他自身的恐惧，他自身的求生欲望，蒙蔽了他的双眼。”

“你终究只是个恶魔。”

奥古斯特试图扯开锁链，抽身离开，但利奥并没有放手。“我是苏籁，”他说道，“我是神圣之火。如果不得不烧毁这个世界才能将其净化，我对天发誓，我一定会动手的。”他用一只手托住奥古斯特的脸颊。这本该是个温柔的动作，他却做得并不温柔。他用大拇指扳起奥古斯特的下巴，强迫他对上自己的目光，他眼中的黑色瞬间变成了深邃的哑光黑：“她在哪儿，弟弟？”

凯特。

奥古斯特从他哥哥眼中看到了他的意图。利奥打算结束由他挑起的一切。他打算杀了她。但奥古斯特无法回答他不知道的事。他摇了摇头。

利奥嗞嗞地说道：“你竟然保护一个罪人。”

“我在保护我们的家人，保护我们的城市。杀了她会引发一场战争。”

一抹淡淡的、阴森的笑容：“战争已经开始了。而且要杀她的不是我，弟弟。是你。”

7

凯特第一眼看见的是一具尸体。

和斯隆一同前来的那个曼蛋横躺在门前，黑血正从他的身前流出。他的胸口被撕开，肋骨支离破碎。凯特蹲下去，捡起一片黏糊糊但是很锋利的骨头。这骨头虽然不是匕首，但必要时可以当匕首使。

她站起来，环顾四周：一头是敞开的仓库大门，黑夜正等候在门外，空荡荡的泥土地之外是一大片草地。而另一头，奥古斯特跪在一片光芒之中。他遍体鳞伤，鲜血淋漓，身上冒着烟雾，犹如一团即将熄灭的火焰。他面前站着一个身影，一开始她以为是斯隆，可等她走近一些后，才看见那曼蛋的尸体扭曲地躺在地上。随后，她发现新来者身材高大，肩膀宽阔，一头金发光泽闪闪，立刻意识到那是利奥。

眼见奥古斯特还活着，斯隆已经毙命，她不禁大大地松了口气。可就在这时，利奥将他弟弟拽了起来。她看见奥古斯特那张血迹斑斑的脸上满是痛苦之情，听见他用沙哑的声音痛苦地恳求他的哥哥，然后试图抽身离开。

凯特往后退了一步。一定是她手中那片沾满血污的骨头发出了反光，或是她这一动在静止的背景里太过显眼，奥古斯特与身处阴影中的她对上了目光。即便相距很远，她也能看见他大睁着眼睛，眼神中流露出的不是宽慰，而是恐惧。

瞬间过后，利奥也把头转了过来，并眯起了他那双黑色的眼睛。

他的眼中没有善意，没有仁慈。

凯特跌跌撞撞地往后退去，差点儿被另一具曼蚕的尸体绊倒。利奥放开奥古斯特，从他的外套里掏出了一个东西。那东西的金属表面在光芒中不住闪烁，起先她以为是一把枪，但随后便看清楚了。

是一件乐器，一支比他的手还小的笛子。

他将其放到嘴唇边。凯特吸了口气，等着音乐响起，然后才恍然明白那是针对她的。

“快跑！”奥古斯特大声喊道，同时向他的哥哥扑去。

他俩一同摔倒在地上。凯特立马转身，朝仓库外的黑夜中跑去。

奥古斯特不是利奥的对手。他太年轻，太饥饿，不仅双手被铐着，而且遍体鳞伤。他哥哥摆脱掉他，然后冲出光芒，奔进了走廊。奥古斯特挣扎着站起来，用他仅存的一丝力气向他哥哥追去。

“站住！”利奥冲入黑夜中时，奥古斯特大声喊道。奥古斯特步履蹒跚地在他身后追赶，跑至仓库大门时，他的一只膝盖一软，跪了下去。他竭尽全力站起来，却立马再次跪倒在地。与此同时，利奥把笛子举到嘴边，吹出了第一个音符。

轻柔悦耳的笛声悠然响起，宛如一股清风。

“不！”奥古斯特尖声叫道，试图阻断音乐的旋律，可是并没有用。

凯特正双手捂着耳朵一路狂奔，但音乐刚一响起，她的脚步便踉跄起来，逐渐减慢，最后完全停住。她的手从头上滑下，缓缓垂至身体两侧。

“不。”奥古斯特竭力想要再次起身，却没能站起来。他跪在地上，看着凯特的皮肤上逐渐浮现出红光，看着她转身朝他们走来。利奥的音乐正在勾出她的灵魂，同时也在模糊奥古斯特的心神。当伊尔莎哼唱时，他会有心神安宁的感觉；当利奥演奏时，他却有种自己正在瓦解、化为黑影的感觉。

此刻的他确实正在化为黑影。

透过高温和痛楚，奥古斯特感觉一道新的条痕正在抓挠他的皮肤。新的一天，四百二十四天。而这一切都已不再重要，因为他正在燃烧，正在沉沦。

凯特的嘴唇在动。等她走近之后，他听见了她的话。听见她在坦白。

“……以为他要伤害我。我本来不必向他开枪，可这在当时似乎是最简单的选择……他可能在说谎。我已经很久没听过真话了。我不知道还能相信谁……”

“放她走，利奥，”奥古斯特苦苦哀求，“求你了。”

那苏籁停止了吹笛。凯特站在数步之外，她的容貌在耀眼的光芒中显得模糊不清。

“抓住她。”

“不。”

“她的灵魂是红色的。”

“不。”

“你也有罪，弟弟，”利奥说道，“你违背了你的本性，违背了你的使命。”他的话强行钻进奥古斯特那支离破碎的脑海里，“你的潜力无可限量。你我联手的话，肯定能成就一番伟业。但首先，你必须赎罪。现在给我站起来。”

奥古斯特颤抖着站起来。黑影裹住他的身体，像蒸汽一样涌向他的四肢。他皮肤上的条痕正在逐一消失。

我不是恶魔。

“够了，弟弟。”

我不是……他胸膛里的心脏在剧烈地抽动。

“屈服吧。”

我……他感觉自己正在瓦解。

“接受你真正的形态。”利奥命令道。他的话从奥古斯特身上席卷而过，扫除了他最后一丝力气。

奥古斯特知道利奥是对的，知道他该做什么了。

他停止了抵抗。

他刚一停止抵抗，痛楚立刻烟消云散，烈火也随之熄灭。他向下跌去，跌去，跌去，跌进了黑暗之中。

8

凯特独自站在黑夜里，感觉到了……什么也没感觉到。

没有惊慌，没有恐惧。音乐虽然已经停止，却仍旧在她的脑海中回荡，与光芒相互交织……红色的光芒……每个人都有那么多光芒吗，就像鲜血那样？好多光芒……

她听见自己在说话，却无法将注意力放在那些话上，无法将注意力放在任何事物上，除了她面前的那个男人，以及他身后的那个男孩。

那男孩跪在地上，手腕被缚，看上去十分痛苦，十分害怕。她好希望能把自己内心的平静给他。这个男孩……他是谁……不是男孩，是恶魔……不是恶魔，是男孩……音乐终于开始消散，从她的脑海中消失，凯特的思绪随即汇聚成一个名字。

奥古斯特。

奥古斯特为什么跪在地上？这个男人又是谁？凯特竭力想要恢复清醒。一切都是那么遥远，但她的思绪正在整理、分类，找回条理。站在她面前的是利奥，而他身后是奥古斯特。只不过他已经没有跪在地上。他正在起身，他的肩膀散发出如蒸汽一般的黑影。

接着，就在一瞬之间，他变身了。

他的脸变得平静，嘴巴和眼睛不再紧绷，肩膀不再沉重。他头朝前倾，黑色鬈发遮住了他的面孔，黑影开始席卷他的皮肤。黑影从他胸口散开，涌向他的四肢，裹住他的身躯。有那么片刻，他完全成了一团烟雾。接着，烟雾仿佛被他吸了进去似的，开始变换、收缩，逐渐勾勒出一具轮廓带着火光的身躯。

原本站着一个男孩的地方，现在站着一个恶魔。

恶魔身材高大，姿态优雅，令人生畏。它手腕上的锁链突然粉碎，随即如灰烬一般被风刮走。它抬起头来，大睁着黑色的眼睛，眼中空洞无物，暗无光泽，好似无月之夜的苍穹。烟雾涌上它的头顶，形成一对犄角，从它背后升起，化作一对翅膀。翅膀上不断落下翻卷的火舌，就像燃烧的纸片。在它的身体正中央有一个裂口，它的心脏正随着摇晃不已的火光跳动，犹如黑影中一块引燃的煤块。

凯特注视着眼前这个生物，眼中含满了泪水。她无法移开自己的视线。火焰在它的胸腔里熊熊燃烧，它的轮廓——四肢、翅膀、犄角——在黑影中不住晃动。它看上去十分迷人，和那晚在教堂里燃烧的烈火一样迷人。诞生于世，然后自由释放。那场大火源自一根划燃的火柴，而眼前这个生物，源自一个男孩。

利奥退到了一旁，那个生物则把头探向凯特。

“奥古斯特。”她说道。

可它并不是他。

它的脸上没有奥古斯特的痕迹，只有一片阴影。

它的眼中没有奥古斯特的痕迹，只有余烬和灰烬。

凯特想要逃走，但在那个恶魔的注视下，她无法动弹。她的身体僵住了，不是因为恐惧，而是因为其他某种原因，某种更深层的原因。红色光芒仍在她的皮肤上跃动。她十分惊奇，一条生命竟然能以如此简单的方式被吸走，一次触碰竟然能让一条生命就此逝去。

那苏籁朝她走近一步。它走路的姿势与其他恶魔不同，既不像科煞那样抽搐抖动，也不像曼蛋那样张牙舞爪。不，它移动的时候犹如一团烟雾，脚踏一股她感觉不到的清风，伴着一支她听不见的乐曲。

它抬起一只手，它的指尖正在燃烧。高温摩挲着她面前的空气，恐惧终于攫住了她。她竭尽全力想要抽身离开，想要摆脱覆盖在她皮肤上的红光。泪水从她的脸上滑落，但她没有闭上双眼。

“我不怕死。”凯特低声说道，迎上苏籁的目光，而它的手向她伸了过来。她不知道奥古斯特是否还在它的体内，不知道他是否能听见她说话，不知道他是否在乎。“我不怕。”她说道，做好了被苏籁触碰的准备。

可它并没有触碰她。

那苏籁又走了一步，却忽然将一只手伸向利奥，用它那些影影绰绰的手指扼住了他的喉咙。利奥惊讶地倒抽一口气，却无法脱身。他拼命反抗，不住地抓扯那恶魔的手。但它毫不动摇，它力大无穷。

“你在干什——”利奥厉声问道。那生物立刻加大握力，打断了他的话。它倾身凑到利奥耳边耳语了几句，利奥脸上的震惊和愤怒随即消失得无影无踪。他的脸上既看不到平静，也不见镇静，只有……一片空白。

利奥的皮肤上开始浮现出某种物质，既不像曼蛋的灵魂呈黑色，也不似罪人的灵魂呈红色。那苏籁的皮肤上浮现的物质，凯特无法形容。那是光明与黑暗，是光芒与暗影，是耀眼的星光与漆黑的午夜，是更加离奇古怪之物。那是慢镜头中的爆炸，是悲剧、丑恶和决心的化身。那物质从利奥的皮肤上席卷而过，从那恶魔的烟雾中蜿蜒穿过，在黑影中勾勒出一个男孩的身影，犹如风暴中的闪电。

忽然，那物质像闪电一样消失了。

利奥双腿一弯，往下瘫去，那苏籁和他一同跪了下去，它的手仍然扼着它哥哥的喉咙。那苏籁跪在尸体旁，尸体则逐渐石化，化为灰烬，最后彻底消失。凯特站在原地，她的灵魂发出的红光仍然在她伤痕累累、血迹斑斑的皮肤上浮动。不过随着她的灵魂开始撤回至她体内的安全区域，这层光芒也渐渐暗淡下去。

那苏籁站起来，利奥的最后一点残骸在它手中化成了灰烬。那对燃烧的翅膀猛地一扇，灰烬顿时随风飘散。那苏籁抬起长着犄角的脑袋，目光回到了凯特身上。

它优雅地迈出两步，来到她的面前，然后抬起一只手。凯特终于闭上了眼睛，随即发觉它的手指散发的高温并未触及她的皮肤，而是涌向了她手腕上的手铐。她惊讶地眨了眨眼，看着手铐在它的触碰下变成黑色，碎成粉末。

那苏籁低头看着她，手悬在他们中间，身体的轮廓如烟雾一般不停晃动。就在这时，它忽然颤抖起来。一股剧烈的颤意从它的犄角涌向翅膀，接着席卷而下，穿过它的身躯，直达它的脚底。黑影如潮水一般退去，露出了黑色的头发，光洁的皮肤，灰色的眼睛。

奥古斯特光脚站在原地，上身赤裸，胸口一起一伏。他的伤口和瘀痕都消失了。他皮肤上那些代表天数、月数和年数的黑色条痕也不见了。整整一秒钟，他的脸上都是一片空白，他的面容无比平静，他的表情和他哥哥一样空洞。他看着她，仿佛他们从未见过一样。

仿佛他们没有携手逃亡，没有并肩作战，没有差点儿死在一起似的。

他的双眼之间出现一道细微的皱纹，似乎是在皱眉。

“你没事吧？”他问道。

他的声音听上去仍然很遥远，但其中透着某种语气，一丝担忧。凯特费力地吐了口气。她低头看向自己，看着身上破烂的针织衫和血淋淋的双手：“我还活着。”

他的脸上闪过一抹疲惫的笑意。“好吧，”他说道，“至少是个好的开始。”

9

一切并无不同。

一切都已不同。

他们默默地穿过草地，天边出现了第一抹曙光，凯特看着远处那所房子，奥古斯特则看着凯特。她的影子在她身后晃来晃去，蠢蠢欲动，把手伸向这个世界，不停地轻轻拉拽他的意识。

他想安慰她一下，却开不了口。他的内心有一片空白，里面存在着某种东西，他不明白这是为什么。他希望是自己的疲惫、失落和迷惘造成的。他希望这一切都会过去。

房子和他们离开时一样：汽车停在碎石路上，房门敞开着，尸体仍在走廊里。凯特从草丛中捡起她的打火机，然后绕过那具尸体，走进了厨房。奥古斯特来到了浴室。他的小提琴支离破碎地躺在地砖上，琴颈已经折断，琴弦也断开了。他强迫自己绕过了小提琴，就像凯特绕过那具尸体一样。

他穿上他的鞋子，看着自己的手系上鞋带。他的皮肤光滑洁净，手臂上没有黑色条痕。他若有所思地用一根手指抚摩自己的手腕。

四百二十四道条痕不见了。

被抹除了。

他站起来，眼睛朝镜子看去。他抚摩自己的脸庞，试着回忆数小时前的自己，回忆那个紧紧抓着水槽、竭力不让自己失控的男孩。当时他目光迷乱，双眼通红，面孔因为恐惧和痛苦而扭曲，每一种感觉都无比清晰，无比可怕，无比真实。他试着回忆，但之前发生的一切恍如一场梦，各种细节已经变得模糊不清。

“奥古斯特？”

他转过身来，看见凯特站在门口，注视着地上那堆小提琴的残骸。

“没事的，”他轻声说道，“只是些木头和丝弦而已。”他本想让自己的话听上去令人安心，但在他听来，他的声音有点不大对劲。太平稳了，就像利奥的声音一样。

他的心头顿时泛起——一阵惊慌，一股恐惧——但他马上便平静了下来。

凯特递给他一件黑色T恤衫。他伸手去接时，他们的手指碰了一下。他迅速抽回手，怕她受到伤害。不过什么事都没发生。他的小提琴散落在浴室的地砖上，她的灵魂则安全地待在她的体内。

他套上T恤衫时，闻到了薰衣草的味道，质地柔软的T恤衫拂过他冰凉的皮肤。

“奥古斯特，”凯特生硬地说道，“你……没事吧？”

“我还活着。”他模仿她的回答说道。

她抱起双臂，目光却毫不动摇：“你还是……你吗？”

奥古斯特看着她：“我受过拷打，改变过形态，我还杀了我哥哥。我也不知道我现在是什么。”

凯特咬住嘴唇，却点了点头：“有道理。”她看上去有些迷惘。

奥古斯特用手捋了捋他的头发："我必须回真理城，凯特。我必须去见亨利。我必须帮助我的家人——剩下的家人。利奥说战争已经爆发，而且——"

"我明白。"

"外面有两辆车。我会——"

"我也要回去。"

奥古斯特眉头一皱："这么做明智吗？"

"也许不，"说着，凯特抓住了挂在脖子上的银质挂坠，"但是我得见我父亲，你可以和我一起去吗？"

奥古斯特心中一凛。他们携手走到了现在，他相信她，可是一想到要面对哈克……"为什么？"

凯特紧紧抓着挂坠，指关节已经开始发白。"我得问他一些事，"她说道，"我得知道他说的是真话。"

10

凯特·哈克坐在她父亲书桌的边沿上，看着朵朵白云从窗外飘过，在城市上空形成一道道白色条纹。她的心怦怦直跳，全身上下疼痛不已，但她还是来到了这里。来到了她属于的地方。

“哈克城堡”是一座戒备森严的要塞；出入此地不可能不被人看见。

凯特对此并不介意。她就是要让他们知道她在这儿。

要让他知道。

但她尽了最大努力不让奥古斯特暴露。她告诉他应该站的准确位置，以免监控摄像头发现他。

他们就这样进来了。

他们花了四小时驾车回到首府。此时白日正当空，这座城市的恶魔正处于最虚弱的状态。顶层寓所的十二个扬声器播放着音乐，音量虽小，但节奏始终没有间断。奥古斯特想听古典乐，凯特却选了摇滚。

她没有清洗身上的血迹，没有换衣服。她一只手握着哈克放在书桌抽屉里的手枪，另一只手则拿着她遇袭那天早上哈克给她的挂坠。

凯特一直都没想明白，那天下午他们是如何找到她的。他们找到了那栋距最近的安全屋有两个街区远的建筑，找到了那家餐馆，找到了那所房子。直到从金属板里撬出最后一颗螺钉，她才终于明白。挂坠的银质外壳出现了裂痕，露出了藏在里面的芯片。

斯隆没有撒谎。

但她父亲撒了谎。

驾车回城途中，凯特一直在想她该说什么，做什么。她知道自己应该逃走，但她做不到。她必须知道真相，必须亲耳听到真相。

奥古斯特背靠门边的墙壁站着，双臂交叉，手指在袖子上漫不经心地敲打。就在他那双灰色的眼睛开始变得迷离之时，她听见顶层寓所的房门被人打开，一个人迈着稳重的步伐从木地板上走过。只有一个人。

即便发生了那么多事，他还是没把她当一回事。

“凯瑟琳？”她父亲呼吸急促地喊道，声音里透着一丝焦急，仿佛他才听说她在这儿，才听说她安然无恙似的。

“我在里面。”她回应道。片刻过后，他出现在门口。他用那双深蓝色的眼睛扫了一眼房间，将一切尽收眼底，除了奥古斯特。他顿时露出如释重负的神情。演得真像。“你来这儿干什么？”他问道，“你应该待在那所房子里。”

“我之前确实在那儿，”她说道，“但斯隆找到了我。他说是你派他去的。”

哈克的目光落在了枪口对着桌子的那把枪上：“他现在在哪儿？”

“他死了。”哈克皱了皱脸。她见过她父亲面露喜色，见过她父亲大发雷霆，见过他冷若冰霜的面孔，见过他充满算计的表情，见过他从容镇定的模样。但她从未见过他大吃一惊的样子。“我告诉过你，”她说道，“等我找到幕后的那个恶魔，我会亲自动手。”

“斯隆不是——”

“够了，”她说道，同时从桌上拿起那块破裂的挂坠，“我只想知道，这是他的主意，还是你的主意？”

哈克审视着她。他的嘴角微微一撇。一个阴森的笑容，严肃而冷峻，就像在表达歉意。看见这个表情后，凯特顿时明白了。

“为什么？”她问道，“为什么要破坏停战协议？”

“停战协议正在逐渐失效。如果没有战争，曼蚕们就会发动叛乱。”

“那些毁掉的烙印又是怎么回事？那些挖掉自己脸上烙印的恶魔呢？”

哈克耸了耸肩：“那是斯隆的主意，这样我才不会受到大众的指责。”

凯特大吃一惊。这就是真相，一定是——可这实在是太荒唐了。

恶魔们很快就会发起暴动，而等它们一动手，真理城就是我的了。

她苦笑一声。“你真是个蠢货，”凯特对她父亲说道，“斯隆并不是在帮你。是他发动的叛乱，而你正好给了他可乘之机。”

哈克脸上的笑容逐渐消失。“好吧，”他冷冷地说道，“谢天谢地，你把他除掉了。”他朝凯特走近一步，“你证明了自己的价值，凯瑟琳。你不愧是哈克家族的一员。”

凯特怀疑地摇了摇头：“你根本不在乎血缘，不是吗？”

哈克的神情变得冷峻起来。“我本来不想要女儿，但艾丽斯想要。

我爱她，她说我会爱上你的。后来你出生了，而她说得对，我确实爱你。”凯特的胸口一紧。“只不过是用我自己的方式。他们说一个男人做了父亲后会改变。我没有改变。艾丽斯……她却因此被毁了。你忽然成了她生命中的一切，她的眼中只有你。最后，她因此丧了命。”

“不，”凯特怒吼道，握紧了手中的枪，“是斯隆杀了她。我记得。”

她本想再次让他大吃一惊，本想看着他因为被背叛而露出震惊的神情。可他并不吃惊。他全都知道。“她那时已经不再属于我了，”他冷冷地说道，“我的妻子绝不会在夜里逃走。我的妻子要坚强得多。”

她举起手枪，对准她的父亲：“你的女儿要坚强得多。”

他眯起眼睛：“你不会开枪打我的。”

“你真不了解我，爸爸。”说着，凯特扣下了扳机。

枪声震耳欲聋，不过这一次，当枪开火的那一刻，她没有被吓一跳。

哈克的身体往后一耸，鲜血从他肩膀上汩汩地流了出来。

他咧嘴一笑，一张可怕而凶残的笑脸。“终究不是哈克家族的真正一员，”他责备道，“我的女儿应该一枪就取人性命。”

她瞄准下方，再次扣下扳机；子弹洞穿了哈克的左膝，他左腿一弯，跪在了地上。他痛苦地咬住牙关，嘴却仍在说话。

“我还以为那样行得通呢。要是你能活下来，要是你没有发现科尔顿中学的真相，那将是最完美的结局。或许我们还能共叙天伦之乐。”

这一度曾是凯特唯一的愿望。但现在她一想到这个就觉得恶心。

“你不配做父亲，更不配做人类。你是个恶魔。”

“这是一个充满恶魔的世界，”哈克说道，“这个世界没有你的立足之地。”

她把枪对准她父亲的心脏。“你错了。”她说道。她的声音虽在颤抖，她的手却十分稳。可她还没来得及扣下扳机，一个身影挡在了她面前：“凯特，住手。”

哈克眯起了眼睛：“奥古斯特 · 弗林。”

“让开。”凯特警告道，奥古斯特却迎上前来，直到枪口抵住他的肋骨。

“不。”

“我必须这么做。”凯特的声音有些哽咽，她这才意识到自己哭了。她讨厌自己哭泣。哭泣代表软弱。她并不软弱。她现在准备证明这一点。“这是他罪有应得的惩罚。”

“可你并不该受到惩罚。”奥古斯特伸出一只手，放在她握枪的手上。

“没关系，”她说道，“反正我的灵魂已经变成了红色。”

“那只是个意外。你当时受到了惊吓。你只是犯了个错。可现在这……现在这种情况是没有挽回的余地的。你绝不想——”

“我想伸张正义，”她厉声说道，“我想主持公道。”

奥古斯特将另一只手搭在她的肩膀上：“那就让我来吧。”

她迎上了他的目光。他大睁着灰色的眼睛，她从他的眼睛里看到了她自己，看到了她曾努力想要成为的那个自己——她父亲的女儿。凯特的手指开始颤抖起来。她松开手，任奥古斯特拿走了手枪，然后——

奥古斯特肩后忽然出现一道金属的闪光，哈克起身朝他猛冲过来。

他没能得逞。奥古斯特转过身去，一把抓住她父亲的手，扭掉他手中的匕首，将他推回到木地板上。奥古斯特用手指戳进哈克受伤的肩膀，哈克立刻发出痛苦的嘶声。奥古斯特看上去并不以此为乐，但也没有放开他。

“你走吧，凯特。”

“不。”她说道。可是看着哈克在奥古斯特身下挣扎、扭动，她的胃里不禁翻江倒海。她的父亲看上去一向都是那么高大，现在却被奥古斯特的膝盖牢牢顶在地上，痛苦万分，皮肤上浮现的红光犹如汗水，整个人看上去如此弱小。

“快走吧，”奥古斯特说道，“不要让别人来打扰我们。”

凯特往后退了一步，然后又退了一步。她看着她父亲的眼睛——深色的眼睛，和她的一模一样——看了最后一眼，然后说道：“别了，哈克。”

她转身走出房间，关上了隔音门。

过了很久他才死去。

奥古斯特并没有延长这一过程，没有故意延长，可是此人的最后一丝灵魂反抗了很久。一切都结束后，卡勒姆·哈克姿势扭曲地躺在地板中央，眼睛烧得焦黑。窗外，太阳开始西下。

奥古斯特站起来，血水从他的手指滴了下去。他依旧讨厌看到血。他尽最大努力擦干血迹，然后走出办公室，走进了顶层寓所。

凯特坐在一张黑色皮沙发上，指间夹着一支未点燃的烟。

“那种东西会要你命的。”他轻声说道，不想把她吓到。

她抬起头来。她双眼通红，仿佛哭过似的，但现在眼泪已经干了。“所以我才没抽，”她说道，“还有很多种死法。”她朝他身后的办公室房门看去。“尤其是现在。”

她已经洗过澡，换了身衣服，收拾好了一个背包，包上放着那把手枪。她的金发上已经没有血迹和污垢，并且梳向脑后，扎了个马尾辫，露出了那道从太阳穴直到下巴的银色伤痕。她身着一袭黑装，指甲重新涂过。

“你可以跟我一起走，”奥古斯特说道，“去南城。我们能保护你——”

但凯特摇了摇头：“没人能保护我，奥古斯特。这座城市里没人能保护我。再也没人能保护我了。哈克没有朋友，他只有奴隶和敌人。现在他死了，你认为他们会放过我吗？”

不，他不这么认为。虽然斯隆已死，但曼蚤已然发动了叛乱，哈克的制度正在崩溃。这里不安全。哪儿都不安全。

他们乘坐私人电梯来到车库，她之前把斯隆的车停在了这儿。夕阳正在下沉，要不了多久就会有人去找哈克，发现他的尸体。她把枪放在副驾驶的座位上，枪下面是她从那所房子带走的出境证件和现金。

“你要去哪儿？”奥古斯特问道。

“我不知道。”凯特说道。她说的是实话。

她在打开的车门旁犹豫了一下，一只脚踩在车里，另一只仍踩在地上。奥古斯特掏出一张从哈克的书桌上拿走的字条，字条的边角沾有血迹。他已经在上面写下了弗特队的电话，还写了接通亨利专线的暗号，因为他没有自己的专线。“要是你需要帮助的话。”他说道。凯特什么也没说，只是接过字条，塞进了她的衣兜。

“一路小心，凯特。注意……”他本想说“安全”，却立马改变了主意，“保命。”

她扬起一边的眉毛：“你有什么好建议吗？”

奥古斯特试着露出笑容：“像我保持人性那样，过好每一天。”

“你不是人类。”凯特说道。她说这句话并没有恶意。她正要上车，他却伸出手，握住了她放在车门上的手。她没有抽开手，他也没有。虽然只是短暂的一刻，却意义重大。虽然头脑不是很清醒，但他还是能感觉出来。

奥古斯特拿开了手，凯特随即关上车门，用指甲敲击着打开的车窗。他后退一步，把手揣进衣兜里：“祝你好运，凯特·哈克。”

“再见，奥古斯特·弗林。”

看着汽车驶离后，他走出车库，来到街上，朝“裂缝”走去，朝南城走去，朝家里走去。

他们看见他回来了。

奥古斯特一走进大本营，消息肯定立马就传开了，也可能是他穿过“裂缝”后，帕丽斯给他们打了电话，因为电梯门打开时，亨利和艾米莉就等在门口。他还没来得及开口，他们便扑上前来，紧紧抱住了他。奥古斯特靠在他们身上，把一切都告诉了他们。

关于凯特的事。

关于斯隆的事。

关于利奥的事。

发生在科尔顿中学的事。

逃亡的经历。

与伊尔莎分别。

那个曼蚩。

他哥哥的叛变。

以及他的死。

他坦白了一切。讲完之后，他跪了下去，亨利也和他一起跪了下去。他们就这样跪在走廊的地板上，额头紧紧靠在一起。

亨利告诉奥古斯特，他打来电话后，他们大吵了一架。利奥随后便离家而去，抛弃了弗林夫妇和他们交给他的使命，为了他自己的使命。他们没能阻止他。

奥古斯特阻止了他。

“我以为我已经失去了你。”他父亲说道。

你确实已经失去了我，奥古斯特想说，但是他留下的部分要比失去的部分更多，于是他说道：“我就在这里。我对利奥的事感到很难过，还有伊尔莎。”

“她会没事的。”艾米莉摸着奥古斯特的肩膀说道。

他猛然抬头：“什么？”

心中燃起的希望之火一时让奥古斯特透不过气来。但他随即又恐慌起来，害怕自己听错了：“可是斯隆——”

亨利点了点头：“就差一点，奥古斯特。她逃脱了，不过……嗯，她逃脱了。这才是最重要的。”

“她在哪儿？”他已经站起来，经过他们身畔，朝她的卧室跑去。

他推开房门，发现一头金褐色鬈发的伊尔莎就站在窗前，看着夕阳西下，趴在床上的阿莱格罗也看着窗外。她身穿一件窄肩背心，即便站在门口，他也能看见她的皮肤光洁无痕，曾经覆盖在她背部、形成一片星空的数千颗星星已经不见了。

“伊尔莎。”他急促地喊道，心中如释重负。

她转过身来，奥古斯特心中顿时一凛——她的喉咙上有一道鲜红的割痕。斯隆说的是事实，虽然并非全部事实。

他不知道斯隆是如何全身而退的，但他还是很庆幸，庆幸利奥把铁棍插进了那个恶魔的背里。

尽管有伤在身，伊尔莎一看见奥古斯特，脸上还是立刻露出了喜色。她没说话，只是朝他伸出了一只手。他穿过房间，一把将她抱住。她身上仍有薄荷的香味。

“我以为你死了。”他轻声说道。她还是没说话。他往后一退，看着她的眼睛。他不知道该如何告诉她利奥的事。伊尔莎是第一个苏籁，而利奥是第二个。利奥或许不曾爱过她——或许不曾爱过任何人——但她深爱着他。

“我们的兄弟——”他刚一开口，她却用手指按住了他的嘴唇。

她已经知道了。

“我好害怕，”他隔着她的手轻声说道，“我失去了自我。”当然，他还失去了很多东西。他吸收了另一个苏籁的灵魂。即便是现在，这具灵魂仍像星星一样在他体内燃烧。“我似乎没有完全找回自我。”

她忧伤地摇了摇头，仿佛在说是不可能完全找回的。

她张开嘴巴，似乎想要说话。她没有发出声音，但他从她的眼睛里，从那双宝蓝色的眼睛里，看到了千言万语。他知道她想说什么。

没人能保持不变。

伊尔莎转身回到窗边，看着窗外的城市，看着“裂缝”。她把手伸向依旧布满裂痕的窗玻璃，以夜幕为背景，画了一颗星星，然后又画了一颗，接着又画了一颗。奥古斯特搂住他姐姐的肩膀，看着她用星星填满天空。

哀歌

凯特驾车一路向西驶去。

她穿过红环、黄环和绿环，穿过“荒野”和一座座小镇，在日落之前抵达了边境。她把证件交给边境守卫，然后等着。那人看了眼证件，又看了看她，然后再看向证件——她已经撕下了右上角那张幼年凯特面带笑容的照片，贴上了一张她在学校拍的照片。她记不清是在怀尔德·普赖尔中学拍的，还是在圣艾格尼丝中学拍的。证件上的大部分资料都与她相符，但她的名字写的是凯瑟琳·托雷尔。那是她母亲的娘家姓。

她把手一直放在方向盘上，强忍住敲击指甲的冲动。那守卫仔细地查看着她的资料。

这座边境检查站还有三名全副武装的守卫，一个站在地上，另外两个站在岗台上。她的座椅下绑着她父亲的手枪。凯特希望没必要用到它。

“出境目的？”那个边境守卫问道。

“去学校。”她一边说，一边努力回忆这个方向通往哪所寄宿学校，但他没问。

“这些证件并没有授予你出入边境的特权，你应该知道吧？”

她点了点头。“我知道，”凯特说道，“我没打算回来。”

那人走进了检查站。凯特把头仰靠在座椅上，在车里等着，希望那些证件可以应付过去。她感觉流过泪的眼睛有些刺痛，不过数小时前她就已经不再流泪，她的太阳镜也挡住了落日的耀眼余晖。收音机里，一男一女正在谈论哈克和弗林之间日益紧张的关系，“裂缝”附近发生了一场骚乱，卡勒姆·哈克尚未就此做出回应。她关掉了收音机。

“托雷尔小姐，”说着，那人把证件还给了她，“开车小心。”他又补了一句。她差点儿露出笑容。

“我会的。”

大门抬升，凯特驱车向前，驶出真理自治领，来到了外面的世界。这里距最近的岔路口有十英里。凯特将在这十英里内决定去往何处。

她再次把收音机打开。这里已经接收不到真理自治领的电台信号。不多时，收音机的杂音便完全消失了，里面传出了来自另一块领地、另一座城市的声音。没有北城的新闻，没有关于哈克家族和弗林家族的报导。她一边开车，一边心不在焉地听着收音机，直到其中一句话引起她的注意：“……残忍的谋杀案已经引发民众的恐慌，警方对此束手无策……”

凯特伸出手，将音量调大。

“是的，没错，詹姆斯，这些报导实在令人不安。繁荣自治领警方目前仍在调查发生在首府的一连串可怕的谋杀案，这些案件最初被认为与黑帮有关。”

她抵达了岔路口，随即踩下刹车。

左边通往节制自治领，右边通往财富自治领，正前方通往繁荣自治领。

“虽然警方拒绝透露任何信息，但据一位目击者称，这些谋杀案就像某种神秘的宗教仪式。就在上周，本领地才刚发生过一起导致三人死亡的袭击事件。虽然本领地的犯罪案件近几年一直在增加，但最近发生的这些案件标志着繁荣自治领已经进入一个恐怖的新篇章。”

“可怕的世道，贝丝。”

“没错。”

“没错。”凯特附和道，同时踩下了油门。

奥古斯特摸了摸手腕上仅有的那道黑色条痕。

新的一天。

新的开始。

他站起来，穿上衣服，不过穿的并非科尔顿中学的校服。

他审视着镜中的自己。黑色作战服与他修长的身躯紧紧贴合，他的胸口缝有“弗特队”三个粗短的白字。他的头发依旧垂在眼前，但他眼睛的颜色比以前更深，现在呈青灰色。他发现他在回避自己的目光。

奥古斯特坐到床沿上，开始系靴子的鞋带，阿莱格罗立刻跑过来玩起了他的鞋带。系好鞋带后，他把猫抱到他的膝盖上，注视着它的脸蛋。

“我是好人吗？”他问道。阿莱格罗用它那对绿色的大眼睛盯着他，然后像伊尔莎思考时那样，把头歪向一边。接着，那猫将一只黑色的小爪子搭在了他的鼻梁上。

奥古斯特情不自禁地笑了："谢谢。"

他站起来。书堆上放着一个琴盒，那是亨利和艾米莉送给他的礼物。里面有一把新的小提琴，不是抛光的木质琴身，而是用不锈钢做的，琴弦有些重。旁边放着一根钢质琴弓。

一件新的乐器，为新时代而准备。

为新的奥古斯特而准备。

他拿起小提琴，将这件冰凉的金属乐器抵在下巴下，用琴弓从第一根琴弦上拉过。

他拉出的这个音符不只是一种声音。它既高亢又低沉，既柔缓又急促。它以一个稳定的音调填满了整个房间，如低音一般震颤着奥古斯特的骨头。这和他听过的任何声音都不同。他的手指开始发痒，渴望演奏，但他忍住了这股冲动。他放下小提琴，任琴弓滑向他的体侧。

以后有的是时间演奏。

有的是时间召唤灵魂。

哈克死后，北城陷入一片混乱。那些挖掉自己烙印的曼蛋正在向"裂缝"发起进攻。科煞正在捕食一切它们能抓到的活物，即便其戴着哈克的挂坠。北城居民惊惶不已。当钱财无法换来安全时，他们就一筹莫展了。弗特队穿过"裂缝"进入北城只是时间问题。

奥古斯特将和他们一起行动。

他不是利奥，但他哥哥已经不在了，他姐姐又失去了声音，他现在是南城仅存的苏籁。他将竭尽全力拯救这座城市。

他可以做恶魔，如果那样能让其他人保持人性的话。

奥古斯特之所以杀哈克，是因为他不想让凯特亲自动手。他对杀戮毫无兴趣，可如果他不那么做，她的灵魂就会被玷污，而他的灵魂不会。这一切并非只和罪人有关，还和罪行本身有关，和吞噬了人性之光的阴影有关。而奥古斯特不是人类。

他并非由血肉或者星光组成。

他是由黑影组成的。

利奥有一点说得对——奥古斯特是时候承认他的本质了。

是时候接受他的本质了。

"荒野"之外有一所房子，里面空空荡荡，只有一具尸体。

位于走廊的浴室里，水龙头仍在滴水，水槽已经半满。

蓝色的前门大开着，满地的落叶被风吹进了屋里。

夕阳西下，木地板上的影子被逐渐拉长。

大部分影子都纹丝不动，其中有一个却忽然蠕动起来，像地上那摊血水一样，朝四周扩散开。它僵硬了一下，随即脱离那具尸体，爬到了墙上。它开始伸展，扭曲，然后直立而起，抽离那堵血迹斑斑的墙壁，进入屋子。

她又高又瘦，尖锐的指甲像金属一样闪闪发亮，眼睛如烟头一般散发着光芒。

这恶魔跨过尸体，漫无目的地步人走廊，走进浴室。浴室的地板上散落着一把小提琴的残骸。她用脚尖踢了踢碎木片和断裂的琴弦，然后看见了镜中的自己，随即露出一个满口银牙的笑容。她在走廊尽头的卧室里发现了一张照片，照片上有一个男人和一个女人，他们中间有一个女孩。这曼蛋对照片上的男人和女人毫无印象，但她认得那女孩。

她拿着照片离开了卧室，然后哼着小曲走出房子，走进黑夜，穿过碎石路，走进了草地里。这恶魔一路抚摩着野草，循着血腥味和死亡的气息，朝远处那座灯光摇曳的仓库走去。

她在走廊里发现一个心脏被挖掉的曼蚕。她从他身上跨过，向第二个曼蚕走去。他躺在一片光芒之中，身上插着一根铁棍，铁棍贯穿了西服，皮肤，骨头。

西服，皮肤，骨头……但没有贯穿心脏。

她把头一歪，考虑了片刻，然后握住那根沾满污血的铁棍，“哧”的一声将其拔了出来。

那曼蚕一动未动。

毫无动静，毫无动静。突然，那曼蚕的胸腔里发出一阵嘎啦的响声，随即猛然睁开了那对血红的眼睛。他坐起来，将一口黑血吐在了地上，然后抬起头来看着她。

“你叫什么名字，小曼蚕？”

她思索了整整一秒，等着某个名字浮现出来。有个名字如血液一般忽然涌入了她的脑海，于是她答道：“艾丽斯。”

那曼蚕咧开嘴唇，露出一个邪恶的笑容。他放声大笑，笑声回荡在仓库里，犹如一支歌。

致　谢

每当坐下来写致谢辞时，我都会感觉浑身冰冷。不是因为要感谢的人太少，恰恰相反，要感谢的人太多了。而且我越来越惊恐地发现，我越是想努力记住他们，忘记的人就越多。有鉴于此，我用了很粗的笔画来写下他们的名字。但我心里也明白，我的每一位读者、支持者、朋友和粉丝，都为我写出这本书（或者说每一本书）贡献了一份力量。

感谢我的父母。在我写了十本书以后，你们依然没有放弃对我的支持，或者说依然没有叫我去找一份真正的工作。我保证绝不把你们写进我的书里。

感谢我的经纪人霍利·鲁特。感谢你对我坚定不移的支持和努力认真的工作态度。你是最棒的。很高兴你是我的经纪人。

感谢我的编辑玛莎·米哈利克。你不仅是一位严格的编辑，也是一个可爱的人。感谢你激发出了最好的我。能和你共事，我感到非常荣幸。

感谢我在绿柳图书公司的团队，包括各位设计师和营销人员们。感谢我在英国泰坦图书公司的团队，包括米兰达· 朱伊斯、莉迪娅· 吉廷斯，以及其他许多人。

感谢我的室友詹娜。感谢你常常神奇地将各种不相关的食物原料烹调成美味的大餐。感谢你提醒我要到室外去呼吸新鲜空气。

感谢纳什维尔地区的作者圈和读者圈。身为其中的一分子，我感到很快乐。

最想感谢的是我的读者，感谢你们与我风雨同舟，始终支持着我。